生《しょう》死《じ》の門

柴錬剣豪譚

柴田錬三郎

集英社文庫

生死《しょうじ》の門　柴錬剣豪譚

目次

生死《しょうじ》の門

柴錬剣豪譚

まえがき

剣の真髄は、おのれの心身を、生死の境に置くことにある。

人間にとって、これほど、凄絶な瞬間はない。だからこそ、剣の奥義をきわめた兵法者は、いかなる時も、恐怖というものをおぼえぬ。

私の知る限り、剣の真髄を知り、その奥義をきわめるために、生涯を斯道《しどう》ひとすじにつらぬいた者の存在は、日本以外に見当らない。

もとより、剣そのものは、兇器《きょうき》であり、一歩踏みはずせば、この修業を成した者は、地獄の世界に身を入れることになる。

そこに剣のおそろしさがあるとともに、並の人間では会得し得ない『心気一如』をさとることができる。『心』とは動くものであり『気』とは動かざるものである。相背反する二つを、ひとつに合せることができるのは、剣の真髄のみである。

私が、自信を得て、これを謂《い》うのは、現代でも、マスコミと無縁の世界に、その達人がいることを見とどけているからである。

数年前、私は、美濃《みの》山中で、一人の老人から、直径十数糎《センチ》の三米《メートル》あまりの青竹を、ただ地上に立てておいて、一閃裡《いっせんり》に、ななめ四つに両断してみせてもらっている。まさしく『心気一如』の神業であった。
私が、本書に登場させた剣豪たちが、あながち、ただの空想力の所産ではないことをこの老人が証明してくれたことに、いまも、感謝の念を忘れない。

柴田錬三郎

塚原卜伝

一

永正《えいしょう》元年春——応仁《おうにん》大乱が起こって四十年後の、ある日のことであった。
常陸国《ひたちのくに》鹿島郡《かしまぐん》塚原《つかはら》の城主・塚原土佐守《とさのかみ》新左衛門《しんざえもん》安重《やすしげ》は、鹿島神宮の祇官《ぎかん》卜部《うらべ》覚賢《あきかた》を訪れると、

「御子息の一人を、養子に頂きたい」

と、申し入れた。

鹿島神宮は、古来、武神として、武人防人《さきもり》の尊崇をあつめてきた。神功《じんぐう》皇后が出陣にあたって、ここに祈って以来、代々征途に赴く者は、それにならった。

「鹿島立ち」という言葉は、かかる事情に発するものである。伝えるところによれば、鹿島の大行事《だいぎょうじ》国摩真《くになずのま》人《ひと》が鹿島の神に祈って得た「神妙剣《しんみょうけん》」という一の太刀《たち》を定め、これが、神官たちに継承されたという。したがって、武人たちが出征壮途に上るにあたって、この一の太刀の技筋を請うたことも考えられる。

事実、鹿島神宮の神官たちは、代々刀法にすぐれ、「神妙剣」の上古流は又、「鹿島の太刀」として、卜部基賢《もとかた》、卜部宗広《むねひろ》、卜部繁雅《しげまさ》、卜部宗景《むねかげ》へと、その極意が伝承され、

さらに新工夫が加えられて、当代卜部覚賢にうけ継がれていた。

もちろん、鹿島の太刀のみが、当時唯一の剣法ではなく、大和《やまと》には三兵の達者高田石成《たかたのいわなり》の剣、九州《きゅうしゅう》には、九州随一の物切りとして肥後《ひご》の追手次郎太夫則高《おいてじろうたゆうのりたか》の創《はじ》めた剣があり、下って京八《きょうはち》流の祖鞍馬《くらま》の重源《ちょうげん》、中条《ちゅうじょう》流の祖鎌倉《かまくら》の中条出羽《でわの》守頼平《よりひら》等がいた。

ただ、日本剣法の祖は、天津児屋根命《あまつこやねのみこと》十代の孫、国摩大鹿島の子孫である国摩真人であるとされていたため、その正統を継ぐ鹿島神宮の神官が、重きをなしていたということになろう。

世は、戦乱である。

昨日までの敵地は、今日我が領地となり、明日はまた他人に奪われるかも知れぬ。依《よ》って、主《あるじ》たる者は、その家来を吟味すれば、家来もまた主を吟味する。そうでなくてさえ、世に大牢人《たいろうにん》、小牢人、大渡者《わたりもの》、小渡者が、あふれ、いわゆる偪下者《ひょくかもの》、僣上者《せんじょうもの》として野心を燃えたたせている。主従相互の吟味が、家柄より人柄となるのは当然のなりゆきである。門地の有無を問わず、奇才異能が選ばれることになる。

塚原土佐守が、卜部覚賢を訪《おとの》うて、その子息を養子に迎えようとしたのも、時代に処する思惑と打算によるものであった。常陸の守護は、佐竹《さたけ》氏であり、塚原土佐守は、佐竹氏の随身にすぎなかった。佐竹氏が、いつ滅びるかも知れぬ乱世にあって、塚原土佐守は、その時に於《お》いて一人生き残るためには、抜群の俊士を後継者にして置かねばならなかったのである。

ひとつには、塚原土佐守もまた、一流兵法者であり、その「天真正伝《てんしんしょうでん》流」の極意をさずける者を必要としたのである。一説に「天真正伝流」は香取《かとり》の飯篠《いいざさ》長威斎《ちょういさい》（山城《やましろの》守家直入道《いえなおにゅうどう》）が創めた「香取神道《しんとう》派」から出た、といわれる。ちなみに、「香取神道流」は、足利尊氏《あしかがたかうじ》麾下《きか》の将で佐々木佐渡《ささきさど》判官《はんがん》という人が、下総《しもうさ》流罪中に起こした「直清《じきせい》流」の流れをくむものである。

卜部覚賢は塚原土佐守の申し出を、即座に承諾して、

「子は、二人居《お》り申す、いずれなりと――」

と云《い》ってから、

「ただし、二人の子に、鹿島の太刀筋は、未《いま》ださずけては居りませぬぞ」

と、断った。

「いや、それは、かえって当方にはねがってもない幸せ。塚原の子となれば、塚原の剣をさずけ申す」

「では、よしなに――」

土佐守は、この場で、直ちに、二人の子息のうちのどちらかを指名しようとはせずに、

「おそれながら、御子息たちに、それがしの見送りをさせて頂きたい」

とたのんだ。

瞬間、覚賢は、大きく目をひらいて、じっと、土佐守を瞶《みつ》めた。土佐守の肚裡《とり》に、危険なものがひそんでいるのを読みとったのである。

土佐守は、見送られる途中、不意に、刀を抜くかも知れぬ。兄弟が、その試しを当然のこととして受けて、能《よ》くたたかうだけの技を持っているならば、土佐守は、満足して、刀を鞘《さや》におさめるであろうが、もしそうでなければ、土佐守は、たちどころに、兄弟を斬り伏せてしまうに相違ない。覚賢としても、むざむざ仆《たお》れるような息子たちを持ったことを恥として、一語の抗議もゆるされぬところである。

「いかがであろうか？」

と、重ねて促されて、覚賢は、静かに頷《うなず》いた。そして、二人の子を呼んで、

「土佐殿を森のはずれまで、お送り申すがよい」

と、命じた。

やがて、三人は、森の木立の中の、あやめもわかたぬ暗《くら》がりの途《みち》を歩いて行った。

土佐守は、屋敷を立ち出た時から、二人の若者の挙動に対して、鋭く心をくばっていた。

森のはずれに出るまで、しかし、ついに、土佐守は、刀を抜く隙がなかった。それは弟の小太郎《こたろう》の方が微塵《みじん》も油断がなかったからである。

小太郎は、玄関を出る時、兄に提灯《ちょうちん》を持たせてまん中に、土佐守を右側に、おのれは左側に――その位置を、逸《いち》早く占めていたのであった。

土佐守は、右側ながらも、兄の方を斬るだけの自信はあった。しかし、その時は、もう、左側から小太郎の太刀をまっ向に受けるのを覚悟しなければならなかった。土佐守

は、とある刹那、こころみに、殺意を閃《ひらめ》かせてみて、間髪を入れず兄をへだてた小太郎から、その殺意に応ずる剣気がうちかえされるのを直感したのであった。

曲り角に来るごとに示す小太郎の所作もまた、土佐守に戦慄すべき示唆を与えるものがあった。なんということもなげに、小太郎は、曲り角に来ると、半歩おそく踏み、角をよけていた。曲り角こそ、土佐守の位置を有利にするのだが、それを小太郎は、牽制《けんせい》したのである。

小太郎は、別に、父から、警戒せよと耳うちされたわけではなかった。また、父のように、土佐守の肚裡を読みとっていた次第でもなかったろう。ただ、ふだんの心を、兵法としていたのである。

もし、土佐守を客として礼し、土佐守の身を案ずるのであったら、弟たるおのれが提灯を携《さ》げるか、さもなくば、土佐守の左側に立った筈《はず》である。小太郎は、敢《あ》えてそうせず、おのれ一人を有利の立場に置いた。兵法者の非情である。

土佐守もまた、別れて一人になった時、

――これでなければならぬ！

と、心で叫んでいたのであった。

二

小太郎は、塚原土佐守の養子となってからは、新右衛門高幹《しんえもんたかもと》と名乗った。

しかし、実は、土佐守には、一子があったのである。帯刀《たてわき》という。帯刀は、心身ともに弱く、小太郎が養子になって間もなく、蚤死《そうし》（早死）した。あるいは、土佐守が、ひそかに殺したのかも知れなかった。

高幹となった小太郎は、鹿島の太刀に、天真正伝の極意を加えて、「一の太刀」を会得し、「卜伝流《ぼくでん》」を創始したのであった。

小太郎は、鹿島神宮時代に、松本備前《まつもとびぜんの》守から、「一の太刀」を学んでいて、それを天真正伝の極意によって、大成したのであった。ただし、技術としては、極めて単純なものであって、卜伝流は、正確に彼一代きりのものであった。あとにいかなる後継者も見出せない。いわば、孤独の剣であった。史書には、伊勢国司北畠具教《いせこくしきたばたけとものり》が、その極意を受け、また後世松岡兵庫助《まつおかひょうごのすけ》が、その妙旨を悟って、徳川家康《とくがわいえやす》に伝えた、などとあるが、俗説であって、卜伝流のような孤独の剣法は、そのまま伝承される性質のものではなかった。

何故ならば、卜伝流の如《ごと》き兵法の要旨は、当世的にいって非常に形而上学《けいじ》的な悟りにあるのであり、そこに悟達した当人のみ能くするところであった。口に伝え難く、書に記し難く、理論づけたり体系づけたりすることが殆《ほとん》ど不可能なのである。したがって、上泉《かみいずみ》伊勢守の兵法が、確立するまでの、いかなる流派も、正確には継承されていない。

強いて、卜伝の兵法を受け継いだ者をさがせば常州江戸崎《じょうしゅうえどざき》の諸岡一羽《もろおかいちう》であろうか。

尤《もっと》も「形」としてすこぶる単純な卜伝流も、単に「形」として受け継ぐことなら、小児と雖《いえど》もなし得たであろう。第一、卜伝流自体が、形としては、鹿島の太刀あるいは天真正伝流などの上古流の「一の太刀」とまったくちがわなかった。

一の太刀というのは、甲陽軍鑑《こうようぐんかん》によれば、「一つの位、一つの太刀、一つ太刀、斯《か》くの如き太刀一つを三段に見分け候」とあって、わずか三種の技術のみである。難しいのは、この単純な刀法にともなう、それを打つ時の精神の持ち方であった。

具体的に云えば、木太刀《きだち》をふりかざして、「えいっ」と斬り下した時、卜伝ならば、岩を真二つにすることが出来た。他の者は、逆に手がしびれて、木太刀を取り落すのが関の山という結果を招く。この場合、どうしたら岩を斬り断つことが出来るか——と問われても、卜伝には、ただ、

「そんなことをきくうちは、到底石は斬れぬ」

と、こたえる以外にはなかった。

こうした修練を積んだ挙句の一つの境地の会得が、卜伝流であった。他の者が、その「形」を受け継いだところで、また同じ修練を重ねたとしても、果して、砕岩の太刀を発見出来るとは限らない。もし、能く石を斬るのを自得したとしても、その時その者の達し得た境地は、もはや卜伝流とは、甚だしくちがった流儀であるかも知れないのである。真の孤独と自我の発明は、その瞬間に於いて、類型を脱している。

もとより、卜伝と雖も、年若くして、至妙の極意に達したわけではなかった。

塚原氏に入ってからの小太郎の日常は、昼夜寸時の怠りもなく、兵法の修練につきた。

（断っておくが、兵法というのは、剣法であり槍法《そうほう》であり、そういう一切の武術のことで、なにも戦術戦略を意味するものではない）

小太郎は、弓を能くした。また、槍術に長《た》けていた。そうして、彼は、必ず岩石を相手にえらんだ。岩肌にむかって、矢を射る。矢は、見事に岩心に突きささった。槍《やり》でも同じであった。刀でも同じであった。これは気合もさることながら、恐るべき力の発揮といわねばならない。小太郎は、堂々たる体軀《たいく》の持主であったが、相応に怪力の所有者であった。

力を養うに、当時の修業は、例外なしに、薪《まき》割りをえらんでいる。薪割りをつづけると、異常な握力と手首の強靱《きようじん》さが得られるからである。人を斬る場合、最後の斬れ味は、握力と手首の強さできまる。まして、戦場においては、術のあれこれを云々《うんぬん》してなどいられるものではないし、ただ、強い力でたたき斬るか、突き刺すかである。近代の拳闘においても、強いパンチというのは、殆ど握力と手首の強さから生まれている。ちなみに、常に何かを握りしめる修練というものは、末梢《まつしよう》神経ならびに血管の毛細部まで刺戟《しげき》して、不老長寿の秘法となる。卜伝が八十二歳まで矍鑠《かくしやく》としていたのも、柳生《やぎゆう》宗矩《むねのり》八十歳、丸目蔵人《まるめくらんど》九十歳など、達人のことごとくが長生している理由も、ここにある。くるみの実を、からころと行住坐臥《ぎようじゆうざが》、掌《てのひら》に握っていれば、中風にかからぬというのも、全く同じ理屈からである。

とまれ――岩石ばかりを相手にしている小太郎にむかって、

「石は死物じゃ。弓なれば、なぜ飛ぶ鳥を狙わぬ。槍なれば、なぜ渓谷の魚をこころみぬのじゃ」

と、土佐守が、たしなめたことがあった。

「お言葉ながら、父上、石より固いものがござりませぬ」

「固いが、動かぬではないか」

すると、小太郎は、微笑して、

「それがし、石の固さを、人の心の固さに通わせているのでございます。真の敵は、鳥や魚のごとく怯《おび》えもせず、逃げもせず、われらの面前を動きませぬ」

「成程《なるほど》——」

と、頷いてみたものの、土佐守は、まだ釈然としなかった。

が、すぐ話頭を転じて、土佐守は、云った。

「どうだ、そろそろ嫁をもらわぬか」

小太郎は、しばらくこたえなかった。

女性について考えたことはない。ただ、ある衝動は、ときどき起こった。この衝動は、一種の焦燥に似ていた。しかし、矢を巨岩に放ち、その矢が、グサリと岩心に突き刺さった刹那、彼の心は、はればれと解放されるのを常とした。すがすがしい孤独感であった。

「女は、欲しくありませぬ」

小太郎は、ひくい声でこたえた。素晴しい偉丈夫に成長した小太郎の、ひくい声を、土佐守は、青春のはじらいだと見た。

「女は、必要だぞ。猛《たけ》る心にゆとりをくれるものじゃ」

それはどういう意味なのか、と小太郎は、あらためて、養父を瞶めたが、土佐守は、ただニヤリと笑っただけであった。

三

某日、次のようなことがあった。

当時の豪族は、絶えずおのれの館を補強増築して、なるべく城の体裁をそなえたものに近づけていた。塚原土佐守も、例外ではなかった。館の一角に、新たに堡塁《ほるい》を築くために、夥《おびただ》しい石と石工が集められた。

小太郎は、これらの工事を監督していた。そのうち、石工が石を割る動作に、はっと鋭い目をとめたのであった。

手にあまる巨石、または積み重ねるに不都合な凹凸を石工は、手にした鎚《つち》で、いとも簡単に、割り揃《そろ》えたり、切り崩したり、せっせと形をととのえていた。しかも、彼らは渾身《こんしん》の力をふるったり、無念無想の境地で、石に対しているのでもなかった。となりの人夫と雑談したり、陽気に流行《はや》り唄を口ずさんだりしながら、ひょいと石に鎚をあてて難なく割ったり切ったりするのであった。

小太郎は、つかつかと寄って、石工の一人に呼びかけた。

「その方――」

「へい？」

「この石を割ってみよ」

小太郎は、かたわらの特別に大きな石を指さした。

石工は、小太郎の意嚮《いこう》がわからずに、おどおどしたが、ともかく、しめされた石の前に立つと、しばらく、各面の肌をなでてしらべていた。それから、ここときらいをつけた個所を、表面にすると、そこへ鎚をあてがって、一気に叩《たた》いた。大石は、ぱくりと割れた。

「うむ！」

小太郎は、唸《うな》った。

「その方、兵法の心得があるか？」

「とんでもございませぬ、若殿様」

「しかし、この大石をこともなげに割ったではないか」

「石工なら、誰でも割ります。若殿様だって、すこし石にお馴《な》れになれば、なんの、造作もないことで――」

なにも感心することはないのだ、と石工は云いたげであった。

小太郎には、わからなかった。

「よし、それを貸せ」

と、石工から鎚を借りうけ、そこいらの手頃な石をみつけて、えいっと気合もろとも、叩きつけてみた。ぱっと火花と石粉が散っただけであった。小太郎はもう一度鎚をふりかざした。

するとと、石工があわてて、

「若殿様、やたらに叩いても無理でございます。……ええっと、この石はと——ここじゃな、ここでございます、ここをお叩きなされませ。力は、ほどほどに——」

と、側面になっていたところを表にかえして、一個所をしめした。いわれた通りに叩いてみて、小太郎は驚いた。手がしびれるほどの固さで反撥《はんぱつ》した石が、こんどは、他愛なく、ぽかっと割れたのである。

「どうしたわけなのだ、これは——？」

「どんな石にも、目がございます。そこに、鎚をあてれば割れ、割れた石にも目があり、目、目、と割って形をととのえるのでございます」

「わしには、石の目は、全くわからぬ」

「すこしお馴れになればわかりますでございます」

小太郎は、石に目があると教えられ、また実際に石の目を実証されて、しばらく考え込んだ。岩石を相手に、むやみと怪力をふるった行為が、ひどく愚かなことだったように思えて来た。

「目、か！」

やがて、小太郎は、ぽつりと呟《つぶや》いた。

心中に、翻然と悟るところがあった。

即《すなわ》ち、これが、「一の太刀」の理念的な要旨となった。一心万法の原則は、「目」にある。敵の「目」を見抜いて、一刀で一閃《いっせん》して、倒す——即ち、これが卜伝の新当流《しんとう》、つまり「卜伝流」の極意となった。

四

記録によれば、塚原卜伝は、八十年の生涯を通じて、偽剣（木太刀・木槍）真剣を合せて、百余度の試合を行い、出陣三十七度におよんでいる。しかし、それらの具体的な戦功譚《せんこうたん》や、試合の模様を伝える逸話は、殆ど残っていない。講談としてきこえている、「無手勝流《むてかつ》」の一席——すなわち、江州矢走《ごうしゅうやばせ》の渡《わたし》の川舟で、傲慢な武者修業者に試合を挑まれるや、その者を離れ島に追いあげておいて、水棹《みさお》をとって、舟をさっさと沖へつき戻してしまったというエピソードなどは、勿論《もちろん》作りものである。

卜伝の試合、武功は、記すべき派手さがなかったのである。試合は、一瞬にしてきまったし、見物している者たちの目にとまらなかった。戦場に於いては、大将首を取るのを、目的としなかったため、たとえ討取っても、その首を持参しなかった。ひろった者の功名になったのである。いわば、日常の生活は、影のごとく静かであり、一度《ひとたび》たたかえば、風のごとく速く――記録にとどめることは不可能に近かった。

ただし、卜伝が百度以上の試合をしたといっても驚くにはあたらず、事実は、百度が二百度にもおよんだに相違ない。

というのは、養父土佐守は、常陸の豪族であるとともに、天真正伝の兵法者である。だから、この館に、絶えず、天下の大牢人、大渡者がたずねて来た。いずれも、かなり腕の立つ者で、あわよくば土佐守に認められて、そのまま塚原氏の随身となるか、または、土佐守の推輓《すいばん》で、佐竹氏の禄《ろく》を食《は》むことを目論《もくろ》んでいた。

奥州《おうしゆう》の伊達《だて》氏、常陸の佐竹氏は、比較的、天下の大局から離れて安泰である。どうせ後生をねがうなら、なるべく二度と失職せずにすむ土地の有力者にすがりたいと望むのは、人情である。

土佐守は、これら禄を求めて館の門をたたく者たちに、小太郎の剣をもってあたらせた。小太郎は、好むと好まざるとに拘《かかわ》らず、彼らを、片端から、土に這《は》わせなければならなかった。

訪う牢人者の殆どは、大なり小なり合戦において、生死の経験を重ねていた。尤も、それは、それだけの兵法で、いうところの、

「戦場の武士は、武芸知らずとも事すむべし。木刀などにて稽古するは、太平の代にて切るべき物無きにより、その切形を覚ゆるまでの事なり。戦場へ出る時は、始めより切覚えに覚ゆれば、自然の修練となるなり」

であり、また、

「戦場にて名を得れる物師、覚えの者と雖も、一人も槍太刀の芸の上手もなく、槍も太刀も、ただ棒の如くに覚えて、敵を叩倒すことなり」

という腕前であった。

それにひきかえて、小太郎は、実戦らしい実戦の経験はなかったが、不断の練達において、歴戦の猛者よりも、はるかに優《まさ》っていた。剣と剣を交えて、牢人たちは小太郎の敵ではなかった。

訪問者を、庭先に招じて、

「いざ！」

と、むかい立って、無造作な一の太刀の構えをとった瞬間、小太郎の心眼は、相手の「目」をしかとたしかめていた。もはや、相手は、割られるのを待つ石と同じである。そして、石の固さは、小太郎の心にある。

「ええいっ！」

声をかけるのは、いつも小太郎の方だけで、相手は一瞬の後、立木が折れるように倒れていた。この場合、本来ならば、木太刀が、相手の眉間を割る寸前で止め、いわゆる「つめ」だけで、勝負を決するのがしきたりなのであったが、土佐守は決して審判役をしようとはしなかったので、小太郎の非情は、仮借なく、相手を片端にするか、生命《いのち》を奪っていた。

こうした幾十人かの犠牲者を出した後、小太郎の一撃をあびて、完全な聾唖《ろうあ》になった者がいた。

もと北畠の家臣で、杉辺刑部《すぎべぎようぶ》といった。

小太郎に打ち伏せられて、昏倒《こんとう》し、息を吹き返した時、刑部は、完全に聴覚を失っていた。と同時に、失語症にも陥っていた。

試合が終ると、さっさと自分の居間にひきとっていた小太郎は、家来から、このことを告げられると、

「痴呆《ちほう》になり果てたか？」

と、訊《たず》ねた。

「いえ、それが、頭脳の働きは、元通り明白でございました。筆談いたしましたるところ、再度、若殿に試合をねがう心算《つもり》であると記しまして、立去りましてございます」

小太郎は、奇妙なことだ、と思っただけであった。聾唖にされた者の憤怒と復讐心《ふくしゆうしん》の烈《はげ》しさが、ちらと脳裡を掠《かす》めたが、すぐ払いすてていた。

杉辺刑部は、常陸を去って、どのような経路を辿《たど》ったか、四年後には、愛洲陰流《あいすかげ》の兵法を会得して、再び、小太郎の前に出現したのであった。小太郎は、生まれてはじめて、一の太刀に勝る剣を見て、戦慄した。

愛洲陰流というのは「師系集伝《しけいしゆうでん》」という書に、

「愛洲移香《いこう》（惟孝《いこう》）奥州の産、足利氏季世の時の人、幼より刀槍の技を好み、広く

諸州を修業し、九州に渡り、鵜戸《うど》の磐屋《いわや》に参籠し、剣術の微妙を得んことを祈る。夢に神猿の形に現れ、奥秘を示す。一旦惺然《せいぜん》として大悟す。自ら其名《そのな》を影流と号し、其人に非《あら》ざれば伝授せず。是《これ》中興刀槍の始祖也」

とあり、後に剣聖上泉信綱《のぶつな》が、この流を伝承したものである。実際、上泉信綱自身が、その「当流由来の巻」の中で、

「当流の起本は、愛洲移香という人ありて、兵法の諸流を極め、その中より一流を選み出し、世に弘《ひろ》めんと欲す。然《しか》る後、九州の国に赴きて、霊社あり、これを鵜戸の大権現という。移香、かしこに至って参籠する事三七日、当流の天下に於いて流布せん事を伏願う。既に、夢中に告げを蒙《こうむ》って——、陰の流と号す」

と、記している。尤も、年代的にいって、信綱が直接に学んだのは、移香の長男小七《こしち》郎《ろう》惟修《いしゅう》からであったにちがいなく、杉辺刑部も、この人についたと思われる。

とまれ、愛洲陰流の兵法がどんなものであったか、これまた始祖が夢中に得た妙儀とあっては説明のしようもないが、しかし、上泉伊勢守の陰流から推測するに、形として、ト伝流よりは、はるかに複雑なものであった。即ち、素朴強引なト伝流にくらべて、すくなくとも陰流は、「懸待表裏」の四つ、つまりは、技に駆引が加わっていた。

なお、これをわかり易《やす》くするために、拳闘にたとえるならば、こうである。初期の拳闘は、腕力をたよりに、一発必殺の、テクニックも何もないものであった。所詮、強拳の持主が勝つことである。ところが、フットワークが発明され、さらにジャブとかウィ

ービングなどの、いわゆる駆引が加えられて、いたずらな強拳の持主を眩惑《げんわく》し、疲労させ、ついにそれを弱拳でＫ　Ｏ《ノックアウト》するようになったのである。

このように、単純素朴な卜伝流が、駆引の多い陰流に対した時、どうなるか。よしんば卜伝流が、一刀万法の精神的昇華を経たものであったとしても、勝敗が瞬間にかかっている以上、ひとたび一閃の一刀がはずされた時、あとの立直りが問題となる。しかも立直りの隙を与えず、相手の剣が襲って来るかも知れない。勿論、その極意の一点に於いては、いずれも同じ兵法であろう。が、それだけに、技の多岐にわたる陰流に、一歩の利があるとみえるのだ。

さて――。

杉辺刑部が、再び、小太郎の前に出現した時、小太郎は、その名前さえも忘れていた。例によって、庭先に招じて、

「いざ！」

と、木太刀を構えたとたん、小太郎は、はっとなった。相手の剣に妖しい誘いのあるのを見てとるとともに、四年前に自分の一撃で聾唖にされた者の凄《すさま》じい復讐の一念が発するのを直感したのである。

小太郎は、ずるずると魔の深淵《しんえん》にひきずり込まれるような体と心との崩れを感じて、

「お見事！」

と、叫んで、ぱっと跳び退《しさ》った。

流石《さすが》に、刑部は、そのまま、小太郎を打ち込むことが出来ず、それでいったん小太郎は、危地を脱したのだが、顔面に汗の粒を拡《ひろ》げた刑部から、いま一度の試合を、という身振りを示され、ふたたび、ぞっとなった。

この瞬間、小太郎は、

「勝ちを制するを欲せず、敗れを取らざるを期す」

という境地を、開眼したのであった。

小太郎は、刑部の申し出を受諾して、何気ないふりで、木太刀を取り換えに、縁側へあゆみ寄ろうとした。

刑部の方は、木太刀をだらりと下した。

その刹那――。

小太郎の、五体が、羚羊《かもしか》のように走って、刑部を襲っていた。

「うわああっ!」

と、聾唖者の口から名状しがたい異様な声がほとばしって、その木太刀は、むなしく宙を切っただけであった。

五

兵法者は、試合の前であろうと、後であろうと、一瞬の油断もあってはならなかった。ましてて、杉辺刑部は、復讐の執念をもって、試合にのぞんだのである。たとえ、小太郎が、剣を引いても、容赦すべきではなかった。小太郎が、背を向けて縁側へ寄ろうとした態度も、ゆるすべきではなかった。それを、むざむざ見のがした刑部の方が、不覚というべきであった。

刑部は、愛洲陰流の奥義をきわめながらも、復讐に、完全に失敗した。

奇怪であったのは——こんどまた息をふきかえした時、刑部は再び、耳がきこえ、口がきけるようになっていたことである。

のみならず、皮肉にも、沈黙の世界から解放されるや、刑部の、せっかく四年間鍛えぬいた兵法は、すっかり鈍磨していたのであった。けだし、刑部は、不言不聴の中で、兵法の極意の会得に必要な心の統一をなし得ていたのであった。

心をうしなっては、愛洲陰流の剣法も、単なる棒踊りにすぎなかった。

この一事は、小太郎の人間を大きく成長させた。小太郎は、刑部によって、他流のおそろしさを知らされると同時に、生命の神秘さも教えられたのである。

それから数日後、小太郎は、養父のゆるしも受けずに、飄然《ひょうぜん》として、旅に出ていた。

旅に出る決意をした時、小太郎は、その目的を愛洲惟修に会うこととしていた。愛洲陰流は、終生、彼の意識の底に、最大の敵としてわだかまることになったのである。

しかし、いざ、旅に出た小太郎は、目的を変えて、陰流との出合いを避けることにしたのであった。あえて勝を制することを欲せず、敗れを取らざることを期するには、大敵との遭遇をなるべく避けることこそ最上の法であった。後年、馬のうしろを通る時、遠廻《とおまわ》りしたという卜伝であった。旅に出て、目的を変更したのも、彼の臆心ではなく、まさに兵法者として、老巧さを加えた心得にほかならなかった。

心に生ずる思惑に、おのれの思想と、剣の道を照射して、あれこれと迷いつづけるのも亦《また》、修業であった。

「学びぬる心にわざの迷いてや、わざの心のまた迷うらむ」

という彼の残した武道秘歌は、いみじくもこの間の消息を語るものであろう。卜伝のような、一種隠者めいた達人の人生は、迷うこと、迷いを切ること、切れぬ迷いにまた迷うこと、といった連続によって、完成されていったのである。

小太郎をあらため卜伝と名乗った彼は、陰流との出合いを避けるとしても、なにがし他流の一つ二つは見たいと志した。同じ常陸国にも、鹿島の太刀筋ばかりでなく、小田《おだ》流などという流派があった。

小田流は、小田讃岐守《さぬきのかみ》孝朝《たかとも》が創めたもので、これは鎌倉の中条出羽守頼平を家祖とする中条流から出たものであった。孝朝は、はじめ頼平の門に入り、後、芦田《あしだ》山日神に祈念して、小田流を編んだ。

なお鎌倉には、中条流のほかに念《ねん》流の流れがあった。さらに、近くの下野《しもつけ》に、宝山《ほうざん》流を伝えるものもあった。

念流は、奥州相馬《そうま》の達人で俗名相馬四郎義元《しろうよしもと》、即ち念阿弥慈恩《ねんあみじおん》を流祖とし、宝山流は、この慈恩の門人堤《つつみ》山城守宝山がひらいたものであった。また、家祖頼平の子兵庫助長《なが》秀《ひで》が、慈恩に学んで、はじめて中条流を確立し、その始祖となったのである。

もし、卜伝が、見ようとすれば、近国だけでも、これらの流派が存在していた。だが、結局、卜伝は、ついに、どの他流をも見ようとはしなかった。試合を避け、見るのを止《や》めた卜伝の旅は、兵法者として無駄であったか。そうではなかった。旅路の風や雨や雪や、天然の風趣や変化は、卜伝にとって多大の収穫となったのである。

とはいえ、無目的で歩いた旅路にあって、卜伝の前に立ちふさがる刀槍は、幾本かあった。次に述べる二つの出来事は、彼にとって、かなり重要な人生的意味をもった。

そのひとつ――。

武蔵川越《むさしかわごえ》における長刀《なぎなた》の達人梶原長門《かじわらながと》との、止むを得ざる試合である。

川越には、太田道灌《おおたどうかん》の築いた立派な城があった。本丸、二の丸、三の丸、外曲輪《そとぐるわ》、内曲輪、新曲輪をそなえ、文正《ぶんしょう》元年の起工、文明《ぶんめい》元年六月の完成である。むろん、最初は、道灌の居城であったが、その後、大永《だいえい》四年に、上杉朝興《うえすぎともおき》がこの城に拠《よ》った。やがて、これより十数年経て、川越城の戦いというのがあり、卜伝も従軍することとなる。

ともかくも、卜伝が、最初の旅で川越の城下にやって来た時は、上杉朝興が当地を支配していた。関東管領上杉家と、常陸の守護佐竹氏とは盟友の間柄であり、したがって、塚原土佐守も、一応上杉管領の麾下である。だから、卜伝は、川越の町を、そ知らぬ顔で通過するわけにいかなかった。また、次第に衰退の兆《きざし》を示しはじめている上杉家としても、麾下の豪族の後継者をおろそかにする筈はなかった。

朝興は、某日、卜伝に謁見を許した。

その謁見のついでに、卜伝と梶原長門を試合させたのであった。

朝興は、麾下の大将随一の長野信濃守業政《ながのしなののなりまさ》に仕える上泉伊勢守（当時は、武蔵守信綱といった）や、安中《あんなか》城の勇士安中左近《さこん》のことについては、よく知っていた。しかし、卜伝の腕前が、上泉や安中にくらべて、どの程度のものかは、全く知らなかったのである。塚原土佐守が選んだ養子というからには、相当以上の兵法者と思ったが、それだけに、とくとその腕前の程を見たいと欲した。

折しも、下総の梶原長門という槍長刀の使い手として名のきこえた人物が、それを売り物に仕官を求めに来ているという。恰度《ちょうど》いい、卜伝と試合をさせてみよう、という気になったのである。

卜伝は、試合を所望されると、再三辞退した。が、上杉朝興の口から、是非にと、くどくのぞまれては、あくまで拒否は出来なかった。

試合は、川越城内本丸の庭前で、行われた。時刻は午《うま》であった。

長門は長刀、卜伝は太刀。当時の考え方によれば、太刀のほうが不利であった。この時、卜伝は「勝ちを制するを欲せず、敗れを取らざるを期す」の心構えに徹した。

卜伝は、相手の長刀を中心として、間合をとったのであった。

間合というのは、たとえば「一刀一足の間合」などといい、双方青眼に構えた時、切先が一、二寸交差する位置の関係を即ち一刀一足の間合といって、間合の基本としているのである。つまり、この間合は、あくまで相手の体が観測の中心であり、一歩踏み込めば、相手と撃突することが出来、一歩退けば相手の刀が自分にとどかない位置を取り得る。そして、終始この間合を保つことが出来れば、幾時間戦っても、敗れる筈はないわけである。むろん、一刀一足の間合における、両者間の距離は、身体《からだ》や太刀の長短によって一定しない。

いわんや、卜伝と長門の場合、長刀と太刀であり、間合の取りかたは、複雑となって来る。卜伝は、長門の体を無視して、長刀を軸にして距離を定めたのであった。試合を見ているすると、長門から眺めて、卜伝は、ずいぶんと遠くに退いていた。

人々の目にも、卜伝が、はるかに気押された形に映った。

長門は、気負い込んで、びゅっと一振り躍り入る。

だが、卜伝のはかった間合は、先の如くで、とても卜伝の身体に長刀が届くべくもなかった。

長門の体勢が、やや前へ傾いて、崩れをみせると、卜伝は、身ゆるぎもせず、

「やあっ！」

と、掛声もすさまじく、一刀を斬り下げた。

どっと、長門が、もんどり打って転倒し、ぐるりと地べたを一回転した際に、まばゆいばかりの刀先のきらめきが走ったので、見物の人々は、長門が、大きく斬られたのだと思った。

しかし、事態は、長門の長刀柄が、鍔元《つばもと》から切り落され、刀先は光って飛び、柄の根元だけを持った長門が、勢いあまって、もんどり打ったのであった。

卜伝は予定した通りに長刀だけを狙ったのである。

朝興の方に一礼して、すたすたと遠ざかる卜伝を見送ってから、ようやく、人々は、勝負の結果を見てとることが出来た。

人々の視線は、卜伝の後姿から、試合場へ戻り、そこに、一尺ばかりの長刀を柄だけ持って、キョトンと立上がっている長門の、間抜けな姿を認めた。どっと嘲笑が起こり、これは長門にとって、死以上の屈辱であった。

人々には、卜伝が、長門の命をわざと奪わなかったように思えた。それ程、天下の長刀の達人梶原長門が、だらしなくみえた。

後になって、人々が、それを云ったのに対して、卜伝は、不機嫌に、

「いや、あれが、それがしの、せいいっぱいの技でござった」

と、説明したが、誰も納得しなかった。謙遜としか受取らなかった。

この試合をきっかけに、塚原卜伝の名声は、関東一円にひろがった。

六

川越を去って、常州江戸崎に入った時、卜伝は、諸岡一羽を知り、その素朴な人柄を愛して、その家に暫《しばら》く逗留《とうりゆう》した。

晩年癩《らい》を病み、不遇に終った諸岡一羽が、飯篠長威斎の天真正伝の流儀を、正しく、卜伝から伝えられ、そして「一の太刀」を会得したのも、この逗留期間であった。のちには、一羽は、長威斎の再来とうたわれた。一羽が、その腕前を証明する試合を記録にのこしていないのも、いかにも師卜伝の生涯に似ている。一羽もまた、極力、血なまぐさい決闘を避けることに終始した人であった。

某夜、卜伝は、一羽が、何事かを考え込んでいるので、理由を問うた。

「ある者に、試合を挑まれましたが……工夫がつきませぬ」

と、一羽は、自嘲してみせた。

「その者の流派は？」

卜伝が、訊ねた。

「上泉伊勢守より陰の流を習って、新たにそれに奇手を加えたと称して居ります」

これをきくと、卜伝の眉宇が、一瞬、険しく、ひそめられた。が、すぐ無表情に戻ると、

「奇手とは、いかなる太刀筋を用いるのか？」

「構えは左太刀。そこから、相手の利き腕を斬り落すのを、もっぱらの得意の技として居ります」

「片手斬りだけを得意とするのだな」

「左様《さよう》――」

間合の変化だ、と卜伝は思ったが、一羽にそれを教えてもわかるまい。

「うちすてておくのだな」

その時は、卜伝は、笑ってすませた。

相手は、しかし、挑戦を止めなかった。

再三の催促に、一羽が、あらためて卜伝に相談すると、

「試合に当って、片手斬りは、卑怯《ひきよう》ゆえ、無用に願いたい、と返辞を出すがよい」

と、卜伝は教えた。

一羽が、その通りに申し送ると、相手は、折返して、

「当方の流儀についての御意見こそ無用に願いたい。試合の儀を致されるか、致さざるか。もし、左太刀片手勝負厭《いや》と思召《おぼしめ》すならば、試合せずして、当方の勝ときめ申す。如《い》何《か》に？」

と、きめつけて来た。

これに対して、卜伝は、一羽に、同じ申し入れを書き送らせた。

すると、相手もまた、同じ返辞を寄越して来た。

同じ押問答は、十度くりかえされた。

「もうよかろう」

卜伝は、笑い乍《なが》ら、一羽に、試合をゆるした。つまり、卜伝は、片手斬りという妖剣を使う相手に対して、心理的な駆引をもちいたのである。

あとは、卜伝は、

「常に、まっすぐに、相手に正対することを心掛けるがよい」

と、さとすことで足りた。

野球でいえば、非常にそれて飛んで来る球にも、両手で受けとめられるように姿勢をその真正面にもっていけ、というようなもので、きわめて簡単な道理であった。

試合は、小野《おの》川の岸辺、葦《あし》をわけて吹きつける寒風のただ中で、朝霧の散った時刻に、おこなわれた。

相手は、天下の渡者らしく、別に検分役などを連れてはいず、一羽もまた一人であった。卜伝は、見なくとも、結果はわかっていた。

相手は、乱髪を風になびかせて、近づくと、ふてぶてしく、にたりとした。わが片手斬りを極端に怖《おそ》れる一羽を、頭から呑《の》んでかかった倨傲鮮腆《きよごうせんてん》を露骨にむき出していた。

卜伝が、思うぞんぶんに、慢心させたのである。

一羽の態度は、かたわらの葦のごとく静かであった。

試合は、あっけなかった。

相手は、おのれの利とする距離に迫るやいなや、左太刀の構えから、たッと跳躍して、片手斬りに出たが、その一瞬の間、静を保っていた一羽が、猛獣の呶号《どごう》に似た掛声もろとも、まっ向から、ずうんと斬り下していた。

次の刹那、一羽は、一歩、右へ体をひらいて、脇構えに——相手を睨《にら》んだ。

相手の額から、鼻梁《びりょう》、顎へかけて、一線の血のすじがばくっとざくろ割りになった。倒れるのを支えようとして、上半身を烈しく痙攣《けいれん》させたが、ととっとよろめくや、どうと横倒しになった。

妖剣に対して一瞬の勝をおさめた諸岡一羽が、卜伝の秘太刀を授けられたものとして、世に喧伝《けんでん》されたことは、当然である。実際、この試合は、一羽の試合というよりも、卜伝の試合といったほうがいい。ところが、卜伝は、一羽に、妖剣に勝つ秘術を一手も教えたわけではなかったのである。

世間の印象は、

「弟子の一羽があれほど強いとすれば、卜伝の強さは、はかりしれないものがある」

ということになった。

この一事で、卜伝の声価が、決定するに充分であった。

たしかに、卜伝の兵法は、技術的には、この頃、殆ど完成の域に達していたのである。尤も、卜伝としては、おのれの流儀に、何々流というような名をつける気持は、未だなかった。また、当時の達人は、自らおのれの流儀にわざわざ呼称を付することはせず、世間が呼ぶにまかせた。「当流は……」とのみ云う卜伝にしたがって、いつしか人々は「新当流」と勝手に呼びなし、それが、「卜伝流」といわれる頃、彼の名は、天下にとどろいたのである。

七

卜伝の旅は、七年つづいた。

その旅路の終り近く、卜伝は、下館《しもだて》の旅館に投じた。

下館も、当時、城下町として、人々の往来はげしかったところである。

相模屋《さがみ》というあまり上等でない旅籠《はたご》に入って行った時、卜伝と相前後して到着した男女があった。

武士は、四十五、六歳で、陰険な顔つきの、一見して諸国浪々の風体であった。女は、若かった。どこか面やつれしてはいるが、生活の垢《あか》に未だまみれぬ気品のある起居《たちい》振舞いをみせた。ということは、かなりの身分、すくなくとも、水仕事などを知らぬ育ちと思われた。

二人を一瞥《いちべつ》して、もとより男女の関係に興味もなければ、それがどんな関係か見分けのつく卜伝でもなかったが、なんとなく、不自然なものを直感した。二人は、夫婦ではない。夫婦らしい睦《むつ》まじさも、お互いの挙動に狎《な》れた気配もなかった。

いや、それどころか、女の表情には、一種名状し難い苦悩の翳《かげ》が刷《は》かれていた。

卜伝が、行きずりの旅で、たまたま同宿した牢人者に添うた女人について、一室にくつろいでからも、妙に心を残したのは、兵法者なればこその鋭い直感力が働いたからであった。

卜伝は、女の表情を暗くしていたものが、まぎれもなく、心にひそめた殺気だ、と気がついたのであった。

「何かが起こるな。……あるいは、あの婦人は、連れの武士を殺すかも知れぬ」

予感というよりも、確信に近かった。

しかし、卜伝は、女の殺意の事情にまで、想像の翼をひろげるのを避けた。

ところが——。

卜伝が、不浄に立って、また、件《くだん》の女人と廊下ですれちがった時、意外にも、彼女は、非常になまめいた姿に変っていたのである。さっきとはうって変った女の様子に、卜伝は、はぐらかされたような気持を味わい、かえって、一層の不安をおぼえた。

そのために、卜伝としたことが、珍しく、睡《ねむ》りを得ることが出来なかった。やむなく、必要もないのに、再び不浄に立った。そして、その部屋へ、気をくばった。殆どの部屋が灯を消してしまっているのに、その部屋は明るく、件の武士の酔った声と、小さくそれに応ずる女の声がきこえて来た。

事態は、卜伝の観測と別の様相を呈していた。しかし、卜伝の心中は、女の暗い表情がひそめていた殺気にこだわり、それを否定しきれなかった。

そうして——それから半刻《はんとき》も経《た》たぬうちに、卜伝の直感は、現実となって裏書きされた。

けたたましい物音が——凄じい呶号、何かがぶっつかるにぶい音、甲高い悲鳴、障子の倒れる音などが入りまじって、深夜の静寂を一挙にかきみだした。

がばとはね起きた卜伝は、それらの物音の中から、はっきりと、男の断末魔のひくい呻《うめ》きをききわけていた。

まさしく、それは、例の部屋から起こったのである。

旅籠中が、大騒ぎになり、黒山になった人々のうしろから、卜伝も、部屋の内部を覗《のぞ》いてみた。

事態は、さらに、複雑なものへと進展していた。

たしかに、牢人者は、殺されていた。女が、そばで、慟哭《どうこく》していた。

殺された牢人者も、女も、みだらな営みの名残りのままに、全裸に近かった。

部屋の一隅に、まだ昂奮《こうふん》しきって、血刀を摑《つか》んだ若い、ひよわな感じのする武士が、立ちすくんでいた。

牢人者は、むざんにも、女との情事の最中を、矢庭に踏み込まれて斬られたのである。苦痛に剝出《むきだ》した眼球、開いた口から流れ出たよだれ、敷蒲団《しきぶとん》の端を摑んだ片手、頸《くび》、肩、背中など、未熟な太刀で割られた幾箇所もの傷口からじくじくと滲《にじ》み出る血潮。そして、かたわらに俯《うつぶ》した女の、あらわになった太腿《ふともも》に、べっとりと塗られた返り血。

正視に堪えない、あさましい醜悪な光景であった。

卜伝は、顔をそむけて、自分の部屋にひきかえした。卜伝は、痴情の沙汰と見てとったのである。

しかし、翌朝にいたって、きくともなしに、卜伝の耳に入った、その夜の惨状の真相は、まったく卜伝の意想外のことであった。

すなわち、女は血刀を携げていた若い武士の妻だったのである。牢人者は、若い武士の父の仇《かたき》ということであった。

夫婦は、仇を討たねばならなかった。しかし、格段に腕がちがっていた。そこで、若い武士は、妻に因果をふくめたのである。妻の貞操を犠牲にして、左様、若い武士は、見事に、仇を討つことは討った。

卜伝は、真相をきいて、暗然たる感慨にとらわれた。敵を討つために若い武士が用いた方法についてよりも、目的をとげるためのむごたらしい道具にされた妻の気持についてであった。

卜伝は、二階の窓辺から、逃げるように旅籠を発《た》って行く夫婦の姿を——就中《なかんずく》、良人《おっと》に一歩おくれて、ふかくうなだれた妻の、白い項《うなじ》に、視線を落して、

——どうなるのであろう、あの女人は？

と、思いやらずにはいられなかった。

所詮、卜伝には、卑劣で未熟な良人のために、仇に肌をゆるした妻の気持など、到底理解の埒外《らちがい》にあった。ただ、卜伝に、この時想像がついたのは、やがて、女は、すてられるであろうということだった。

本懐をとげたあかつきには、すてられることを、女は覚悟していたに相違ない。覚悟

して、卑劣で未熟な良人のために尽くした女心とは、いったい、なんであろう？

この事件が、卜伝の女性観の形成に、殆ど決定的ともいえる不信の要素を与えたことは、間違いない。

卜伝は、街道の彼方《かなた》に、豆粒程に小さくなった夫婦の姿へ、なおも、眼眸《まなざし》を送りながら、

——自分が信頼出来るのは、剣のみだ。

と、呟いていた。

北畠具教

一

「塚原卜伝《つかはらぼくでん》が、明日、当城へ参るが、試すか？」

近江日野《おうみひの》城のあるじ蒲生《がもう》右兵衛大輔《うひょうえたいふ》は、さき頃やとった兵法指南者・落合虎右衛門《おちあいとらえもん》に、問うた。

落合虎右衛門、京《きょう》の三条大橋《さんじょうおおはし》上に於《お》いて、夜盗から、前後三名ずつ、襲われ乍《なが》ら、殆《ほとん》ど一瞬裡《り》に、悉《ことごと》くを斬りすてて、名をあげた兵法者であった。

「試したく存じます」

虎右衛門は、昂然《こうぜん》と頭を擡《もた》げて、こたえた。

塚原卜伝の剣名は、あまりにも、天下に知れわたっている。のみならず、当時、兵法者は、名も知れぬ家の出身者が全部であったが、卜伝は、上泉伊勢守信綱《かみいずみいせのかみのぶつな》とともに、名流であった。

卜伝は、鹿島《かしま》神社の祠官《しかん》・卜部覚賢《うらべあきたか》の次子で、のち塚原土佐《とさ》守の養嗣になった。卜部家は、孝謙《こうけん》天皇の天平《てんぴょう》十八年三月紀に「常陸国《ひたちのくに》鹿島郡の卜部に、鹿島連《むらじ》の姓を賜う」とみえている名家であった。

すなわち、卜部とは、卜兆《ぼくちょう》を職とする神祇官《じんぎかん》である。卜というのは、亀を灼《や》くという意味である。兆とは、灼いた亀の縦横の文《あや》を意味する。

卜伝が養嗣となった塚原家は、桓武《かんむ》平氏の名家・烟田《かまた》家からわかれた常陸塚原邑《むら》の豪族である。烟田家は、平氏としては、宗家清盛《きよもり》の家に次ぐ名門である。

いつの時世にも、名家の出身者が、尊敬されるのは、云《い》うまでもない。なお、その上に、稀有《けう》の天稟《てんぴん》をそなえ秘法「一の太刀《たち》」を創った卜伝が、幾万の兵法者のはるか上に、位置したのは、当然である。

多くの一流兵法者が、塚原卜伝を仆《たお》せば、一流として名が売れる、と志したのも、また当然のことである。

これまで、卜伝は、真剣勝負十九度、木太刀《きだち》を持っての試合はかぞえきれなかったが、ただの一度も、相討ちにすらなっていないのであった。

落合虎右衛門としては、卜伝が、日野城に来るときいて、武者ぶるいせずにはいられなかった。城主の許可があった、となれば、もう、その瞬間から、総身の血が、たぎった。それを表情に現さなかったのは、かえって、その肚裡《とり》の闘志がなみなみでないのを意味した。

「ただし、尋常の試合は、おもしろくない。卜伝には、挑むと知らせず、不意を衝《つ》け」

蒲生右兵衛大輔は、命じた。

翌日、卜伝は、日が昏《く》れてから到着し、背中に癰《よう》ができている旨を侍臣に告げて、城主への挨拶を、次の日まで猶予を乞うた。

しかし、蒲生右兵衛大輔は、即刻会いたい、と申し入れた。

やむなく、卜伝は、城主の室《へや》を訪れて、半刻《はんとき》ばかり、酒膳を中にして、四方山《よもやま》の話を交した。

やがて、辞して、卜伝は、次の間へ下がり、入側の屏風《びょうぶ》のわきを通りかかった。

瞬間、無声の気合もろとも、白刃が、電光のごとく、閃《ひらめ》き出た。

卜伝は、風のごとく、奔《はし》った。

そのあとに――。

屏風が、ゆれて、倒れた。

襲撃者は、そこに、太刀を杖《つえ》にして立っていた。

すでに、虚空へむかって、放たれていた双眼は、徐々に光を喪《うしな》いつつあった。

廊下へとび出して、この光景を眺めた蒲生右兵衛大輔は、思わず、複雑な呻《うめ》きを発した。

落合虎右衛門が、音たてて仆れた地点から二間のむこうに、卜伝は、佇立《ちょりつ》していたが、なぜか、その右手に持たれていたのは、太刀ではなく、脇差であった。

右兵衛大輔は、足早に近づいて、

「塚原殿、意趣にはあらず、試しと思われい」

と、弁明した。

卜伝は、微笑して、頷《うなず》くと、脇差を鞘《さや》に納めた。兵法者として、いついかなる場所に於いて、試されても、これを憤ることは、許されなかった。

「うかがうが、太刀を抜かずに、脇差を揮《ふる》われた理由は？」

「その御仁の剣が、あまりにも早業であり申したゆえ――」

「と申すと？」

「せなかのできものの痛みを忘れるために、殿が下された盃《さかずき》を、兵法者の分をこえて、たくさん頂戴いたし、いささか酩酊《めいてい》いたして居《お》りました。兵法者としては、不覚の状態にあり申した。病んで衰え、酔って乱れて居ったそれがしが、その御仁の早業に、尋常の働きをもって、到底敵《かな》う道理があり申さぬ。されば、やむなく脇差の鞘を払い申した次第」

「わからぬ」

右兵衛大輔は、正直に、かぶりを振った。

「三尺の太刀を抜くよりは、一尺四寸の脇差の鞘を払う方が、その長さのちがいだけ、はやいが道理でござる」

「成程《なるほど》――。もし、酒気がなくば、太刀を抜くいとまがおありであったか？」

「多分、躱《かわ》し得て、無益の殺生をせずともすんだかも知れ申さぬ。病んで、酔った身といたしては、その御仁が頭上から斬り下して来る前に、脇差をもって胴を薙《な》ぐよりほかに、すべはなかったのでござる」

卜伝は、そう云いのこし、そのまま、城を出て、何処《いずこ》かへ立去った。

二

それから五年の後、六十歳になった卜伝は、武州川越《ぶしゅうかわごえ》に於いて、最後の真剣勝負をした。

対手《あいて》は、薙刀《なぎなた》の達人としてきこえた梶原長門《かじわらながと》であった。刃渡り一尺五寸の薙刀で、飛ぶ燕《つばめ》を、狙うがままに、斬り落した。

また、敵と対峙《たいじ》するや、

「右手！」

と宣告しておいて、確実に、その右手を両断した。左手を斬る、と明言すれば、必ずその通りにした。

その手練の早業は、目撃者たちを、戦慄させたものである。まだ、三十歳になったばかりで、心身ともに、兵法者として絶頂にあった。

卜伝の門下の人々は、師がすでに、かなり体力がおとろえているのを知っていたので、挑戦状に対して、ことわりの返事をされるように、とすすめた。

卜伝は、なにげない口ぶりで、

「お主らは、悦哉《えつさい》という鳥がいるのを知らぬか？」

と、訊《たず》ねた。

誰一人、知らなかった。

「悦哉という鳥は、またの名を雀鷹《じやくよう》という。ようやくひよどりぐらいであろうか。鳩《はと》の半分もない鳥じゃ。しかし、この鳥は、平常はおとなしいが、いざとなると、大層な強さを発揮する。たとえば、もずという鳥は、おのれよりはるかに大きい鳩を追いかけるほどのたけだけしい鳥じゃが、悦哉に出会うと、たちまち、木の葉、笹かげに、にげかくれる。……どうやら、梶原長門は、もずのように思われる。薙刀は、柄こそ長いが、刃の長さは一尺五寸にすぎぬ。三尺の剣を持って、立ちむかって、どうして勝てぬ道理があろう。これまで、長門に、右手左手を両断された兵法者たちは、薙刀を、おのが太刀より、長いもの、ときめてしまっていたので、そこに不覚があった、と思われる」

そう云われても、門下の人々には、納得できなかった。

えらばれた試合場は、川堤上であった。

卜伝と長門は、土手下や磧《かわら》に、夥《おびただ》しい観衆を集めておいて、歩み寄った。

卜伝は、二尺九寸の太刀を携《さ》げていた。

長門は、十数人の脚を斬った薙刀を、八双に立てていた。距離は、せばまった。

真剣の勝負に於いては、間合がきわまれば、そこで、不動の対峙の時間があるものであった。長いのは、二刻も、睨《にら》みあっているのを珍しいとはせぬ。

しかし、この試合にあっては、その不動の対峙はなかった。

歩み寄り、間合がきわまるや、双方同時に、躍った。しかし、躍った姿は、誰一人の目にもとまらなかった。

はっ、となった刹那には、明るい秋陽の中に、血飛沫《ちしぶき》がほとばしっていた。次いで、薙刀が、柄なかばから両断されて、宙高く、はねあがったのが、見えた。

卜伝は、俯《うつぶ》した長門へむかって、一礼しておいて、踵《きびす》をまわしていた。

人々が近寄ってみると、長門の右手は、肱《ひじ》から、皮一枚のこして、両断されていた。

爾後《じご》、卜伝は、京洛《きょうらく》、畿内《きだい》、伊勢などをめぐったが、ついに、一度も、試合をしなかった。

六十五歳になって、故郷常陸へ帰った。

塚原宿は、沼尾《ぬまお》と須賀《すが》の間にある。常陸鹿島郡潴尾郷《ぬまのおごう》である。水路、潮来《いたこ》へ二里である。

隠棲《いんせい》して五年、ついに、剣聖も、病み臥《ふ》して、死期を知った。

某夜——。

卜伝は、金の鈴をひと振りした。長子彦四郎《ひこしろう》を呼ぶ合図であった。

三

「父上、お召しでござろうか」

長子彦四郎は、戸帳の外から、声をかけて、帳《とばり》に手をかけた。

瞬間、いつもの帳と重さがちがうのを、彦四郎は、感じた。重さがちがうといっても、これはほんの微《かす》かな差であったが、彦四郎は、卜伝の血を継いだ剣の名手であるだけに、鋭い神経の持主であった。

彦四郎は、そっと、手をさしのべて、さぐってみた。戸の上には、一つの木枕が載せてあった。彦四郎は、しずかに、木枕をとりおろして、中に入った。

牀《とこ》の中から、凝《じっ》と見ていた卜伝は、「うむ」と頷いて、

「それをもとのところへ置いて去るがよい」

と、命じた。

卜伝は、次に、金鈴を、ふた振りした。次子彦五郎《ひこごろう》を呼ぶ合図であった。

彦五郎は、無造作に、戸帳をあけた。とたんに、上から木枕が落ちて来た。

彦五郎は、ひょい、とそれを手にうけた。木枕であることを知ると、病父へ一礼して、黙って、去った。

卜伝は、三度めには、金鈴を三振りした。

三男彦六《ひころく》を呼んだのであるが、なかなか、彦六は、やって来なかった。

彦六は、庭にいて、兄二人が、父に試されているらしい、と知った。このような試しをされるのを、彦六は、嫌っていた。

彦六は、兄たちと性格も風貌もちがって居り、常に孤独を好み、曽《かつ》て一度も、兄たちと木太刀を交えたことさえなかった。

武芸の教授に勿体《もったい》の多い父が、「一の太刀」の極意を、三十を過ぎた息子たちに伝え

ようとせぬのを、彦六は、不服とし、それを露骨に口に出してもいた。

――なんの試しか。

彦六は、かなりの時間を置いてから、のそりと、縁側に上がって行った。

戸帳の外に、ちょっと立っていてからさっとひらいた。

とたんに、木枕が落ちかかった。

一歩退いた彦六は、抜く手もみせず、それを両断するや、白刃を鞘に納めて、踵をまわしていた。

卜伝は、さらに、金鈴をひと振りした。

長子彦四郎が、入って来て、座に就くと、卜伝は、天井を仰ぎ乍ら、

「彦四郎、よい心掛けだ。物事の先を見越して、危難を未然に防ぐ者こそ、兵法の道の極みと申すもの。塚原家を継ぐのは、やはり、そちであった。彦五郎には、卜部家を継がせるがよい。修業によって、そちに劣らぬ兵法者になろう」

と、云った。

彦四郎は、次の言葉を待ったが、父の口がいつまでもつぐまれているので、

「彦六は、いかが相成りましょうか？」

と、問うた。

「塚原の姓を剝いで、追放いたせ」

卜伝は、冷やかに、命じた。

「それは、あまりの仕打でありますまいか？」

彦四郎は、流石《さすが》に、重い面持で、抗議した。

「彦六は、育てるべきではなかった」

卜伝は、云いすてた。

彦六は、彦四郎、彦五郎とは異母兄弟であった。卜伝が、正妻を喪ったのち、ふとしたはずみで、下婢《かひ》に手をつけて生ませたのである。

下婢を去らせ、彦六だけを乳母に育てさせたのであったが、卜伝は、月日が経《た》つにつれて、後悔していたのである。

彦六は、幼い頃から、その宿命を象徴するように、目もとに暗い翳《かげ》を刷《は》いていたし、行動にすこしも無心なところがなかった。

物置小屋で、ひそかに、蛇を飼い馴《な》らしていたり、入浴している下婢を、不意に、押し蓋をして、窒息させようとしたり、親戚の者が馬で訪れて来るや、門蔭《もんいん》から突然とび出して、小太刀を揮って、その前脚を両断したり——異常な行動が多かったのである。

常に、平常の心掛けが大事だ、と門弟たちに教えていた卜伝にとって、彦六だけは、手にあまる不肖の息子であった。

卜伝には、「武道百首《ぶどうひやくしゆ》」がある。それを読むと、武士としての心掛けが、具体的に教訓されている。

弓はただおのが力にまかすべし手にあまりたる弓な好みそ
勝ち負けは長き短きかはらねどさのみ短かき太刀なこのみそ
もののふは女にそまぬ心もてこれぞほまれの教へなりけり
もののふは暑き寒きの分ちなく野山を駆けて身をからすべし
もののふの心たゆめばおのづから膚《はだ》は肥《ふと》りて身ぞ重くなる
もののふの道行くときに逢《あ》ふ人の右は通らぬものと知るべし
もののふの心のうちに死のひとつ忘れざりせば不覚あらじな
学びぬる心の態《わざ》のまよひてや態の心のまた迷ふらむ
もののふのまなぶ教へはおしなべてその究《きわまり》に死のひとつなり

ざっと、こういうあんばいに、不断に心身を錬磨して、いつでも軽捷《けいしょう》敏活な働きのできるように保ち、真剣の際には、生死を超越して戦うべきことを訓《おし》えている。

生きることに注意深く、万事に用意周到であった卜伝にとって、第三子彦六の、本能のままに生きようとする姿は、堪え難かったに相違ない。

卜伝は、彦六を追放するために、三人の息子に対して同じ試しをしたのであったろう。

彦四郎は、父の意志がひるがえらぬものと、みてとって、下がって来ると、彦六に、その旨を伝えた。

彦六は、予想していたことを告げられたように、平然として、

「明朝、夜明けの頃には、姿を消して居る」

と、こたえた。

彦四郎は、弟の出発を、物蔭《ものかげ》からでも見送ってやろうと、夜明け早々に起きた。

庭から、そっと玄関へまわってみて、愕然《がくぜん》となった。

玄関の式台には、病父の世話をしていた侍女が、一糸まとわぬ素裸になって、卜伝が可愛がっていた白犬と抱き合うかたちで、事切れていたのである。

彦四郎は、憤る代りに、彦六の行末の悲惨を、想《おも》いやった。

四

異様に陰気な兵法者が、武蔵《むさし》、相模《さがみ》を経て、東海道《とうかいどう》を上って行くあとに、立合って斬られた兵法者の頭数が増した。

一国に於いて、二人乃至《ないし》三人の一流兵法者が、彦六の剣に屈して、この世を去るか、または再起不能の片端者になった。

しかし、その評判が、彦六の行手を、先まわるということはなかった。なぜならば、彦六は、敵をえらぶにあたり、その都度出鱈目《でたらめ》な姓名を名のったからである。

彦六が、三河《みかわ》を過ぎて、尾張《おわり》に入ったのは、永禄《えいろく》十一年の春であった。

戦国乱世の中にも、そのあたりは、殊に、合戦がひどかった。

永禄三年、桶狭間《おけはざま》の奇襲で、三河の今川義元《いまがわよしもと》を滅し、威風海道を圧した織田信長《おだのぶなが》は、同十年美濃《みの》の斎藤龍興《さいとうたつおき》を逐《お》うて、その居城稲葉山《いなば》を奪い、尾張の清州《きよす》から移って来ていた。

そして、その年には、塚原卜伝が、伊勢の国司・北畠具教《きたばたけとものり》と、兵を交えていた。

北畠具教は、秘法「一の太刀」を授けた唯一の兵法者であった。

北畠具教は、准后親房《じゆごうちかふさ》から九代目にあたり、百六十万石の太守として、当代第一級の人傑であった。そのすまいが、一志《いちし》郡多芸《たけ》にあったので、世に多芸御所と称せられていた。

しかし、彦六が現れた頃には、多芸御所は、ようやく、破滅の淵《ふち》に臨んでいた。

永禄の初年以来、一族間の争いから、百六十万石の領土内に、内乱が絶え間なく起こり、しぜんに、諸方の侮りを受け、同九年三好長慶《みよしながよし》の一族が、大和《やまと》から襲って来る気勢を示したので、寨《とりで》をかまえて、これに備えるいとまもなく、翌十年には織田信長が、滝《たき》川一益《がわかずます》を先手の将にして、美濃から進攻して来た。

北畠家は、名門だけに末者が多く、旧家だけに宿弊がつもって、もはや、むかしの威勢をかえすことは、不可能にみられた。

彦六が、伊勢に入って来た頃、河芸《かわげ》郡神戸《かんべ》城が陥り、城主下総《しもうさの》守具盛《ともも り》は、ついに織田信長に降《くだ》り、その三男信孝《のぶたか》を、女《むすめ》の婿に迎えていた。

さらに――。

信長から、北畠家に対して苛酷な要求がなされていた。

信長の次男茶筌丸《ちゃせんまる》を、具教の養嗣にして、北畠家を継がせること——その条件であった。

多芸御所には、三男二女がいた。嫡男は三住原中将具房《みすみはらちゅうじょうともふさ》。次男は藤教《ふじのり》、長野《ながの》家を継いで、長野御所と称《よ》ばれていた。三男は式部大輔《しきぶのたいふ》。つぎが姫で、重臣津川玄蕃允《つがわげんばのじょう》に嫁いでいた。末子も姫で、この姫の婿に、茶筌丸をと、信長は強要して来たのである。

三人の息子をしりぞけて、敵将の息子を養嗣にして、北畠家百六十万石を与える。この屈辱に堪え忍ぶか、それとも、二万五千の手勢を率いて、織田勢十万を引受けて、玉砕するか。

三人の息子も、重臣たちも、声をそろえて、後者をえらばんと主張した。

具教は、しかし、一刻の沈黙ののち、

「和睦だ」

と、一言云った。

具教は伊勢の国司として、日本最高の神域を、兵火にかけるのを、避けたのである。

具教は、信長に応諾の返書を送った日、ただ一人で、館を出て近くの丘に登り、一剣を揮って、虚空を斬った。

彦六が、姿を現したのは、その時であった。

具教は、——刺客か、と彦六の暗い面貌を、見据えた。

「多芸御所殿とお見受けつかまつる。塚原卜伝より授けられた一の太刀の秘法、拝見つかまつりたい」

彦六は、そう云って、じりじりと迫った。

彦六は、父卜伝が教えた門弟のうち、その腕前とともに、身分地位が最高の者と試合をして、勝とうと念願していたのである。

卜伝直伝の門弟のうち、その身分が最高なのは、室町《むろまち》御所の十三代将軍足利義輝《あしかがよしてる》であった。小太刀をとっては無双と称せられていたが、すでに、永禄八年、その臣松永弾正《まつながだんじょう》久秀《ひさひで》らのために弑《しい》せられていた。

当然、彦六として、えらんだ対手は、多芸御所北畠具教であった。

具教は、間合を詰めて来た彦六を、冴《さ》えた双眸《そうぼう》に映していたが、

「所望とあれば――」

と、承知した。

「参る！」

彦六は、やや腰を落して、抜きつけの構えをとった。

すなわち、左手を太刀のくり形にかけたが、右手はなお、下げたなりであった。

すると、具教は、滑るように、一間ばかり、あとへ退《しさ》った。

それから、なぜか、太刀を鞘に納めて、代りに、脇差を抜いた。

わざわざ、太刀を脇差に換えた意味が、彦六には、判《わか》らなかった。多芸御所が、小太刀に秀《すぐ》れている、とはついぞきいていなかったし、一の太刀は小太刀の業ではない筈《はず》で

あった。

彦六は、その脇差から、いかなる技が生まれるか、見当つかぬままに、また、間合を詰めていった。

彦六が、抜かずに迫るのは、勝負を一太刀で決したいからに、ほかならなかった。

いうならば、抜いた刹那には、勝っていることだった。

再び、間合は、きわまった。

その潮合の一瞬にむかって、秒が刻まれはじめた。

彦六は、口のうちで、

「一、二、三……」

と、かぞえはじめた。

十をかぞえた刹那に、抜き撃つ。

彦六は、こうして、いままで、二十余名の強敵を斬っていた。

「……七、八――」

そこまでかぞえた瞬間、突如、具教の双手《もろて》から、脇差が、はなれた。

空中に目に見えぬ力があって、脇差を、さっと、奪いとったとしか、見えなかった。

脇差は、一直線に、宙に翔《か》け上がったのである。

のみならず、具教は、脇差をはねあげた迅《はや》さを、太刀を抜く迅さに継続させたのである。

もとより、彦六には、具教が、脇差をはねあげて太刀を抜く間に、抜き撃つことは可能であった。

それを、彦六が、敢《あ》えてしなかったのは、はねあがった脇差が、落下して来るところに、おのれの頭があることを、さとったからである。といって、落下して来た脇差を、抜きざまに払えば、具教の太刀が襲って来るに相違なかった。

彦六は、咄嗟《とっさ》の応変の処置として、抜きはなった太刀を、防禦《ぼうぎょ》の構えにとらざるを得なかった。

跳び退って、落下して来る脇差を避けるのは、彦六の誇りが許さなかったのである。

こうして――。

具教が太刀を抜くのと、彦六が鞘から放つのと、全く同時となった。

落下して来た脇差は、踏み出している彦六の右足をぐさとつらぬいて、地べたへ縫いつけた。

具教は、にことして、

「一の太刀――一つの位として天の位、一つの太刀として地の利、天地両儀を合せて、第三の至極これ也！」

と、云った。

彦六は、具教を、睨みつけ乍ら、

「見とどけ申した」

と、呻くように云った。

彦六が、太刀を引き、足から脇差を抜くと、具教は、すでに太刀を鞘に納めて、

「お許《もと》は、卜伝師がご子息であろう」

と、云いあてた。

五

彦六は、一年ばかり、伊勢にとどまって、改元があって、元亀《げんき》となった春、京へのぼった。

その時はじめて、卜部彦六高季《たかすえ》と名のった。彦六の剣名は、もはや、かくれもないものになっていた。

越前《えちぜん》の朝倉義景《あさくらよしかげ》と、近江の浅井長政《あざいながまさ》が連盟して、織田信長に反旗をひるがえしたのは、この年であった。

信長は、将軍義昭《よしあき》を奉じ、徳川家康《とくがわいえやす》の援助を受けて、姉川《あねがわ》で対陣した。

彦六は、自ら乞うて、京勢に加わった。

はじめて、合戦に身を投じた彦六の阿修羅《あしゅら》ぶりは、凄《すさま》じかった。

彦六が揮う剣の下に、まるで敵兵は、自らのぞんで、首をさしのべるが如《ごと》く、斬られた。

朝倉勢が潰《つい》えるや、彦六は、休息もとらずに、崩れ立つ浅井勢の中へ、斬り込んで行

った。功を樹《た》てる心などなかった。人間を斬ることに愉悦をおぼえているかのように、彦六の五体は、絶え間なく躍り、奔り、翻り、跳んだ。

そして、いつの間にか、深入りしていることを、忘れていた。

凹地《くぼち》に折り重なった幾個かの屍体《したい》を踏みこえて行こうとした時であった。

突如、屍体の蔭から、きえーっ、と唸《うな》って、閃いた白刃が、彦六の左腕を、手くびから、斬り刎《は》ねた。

彦六が、呻きを嚙《か》んで、振りかえった瞬間、斬り手は、脱兎《だっと》のごとく、奔り出していた。

総崩れになった味方の中を、巧みに縫って、逆に追跡して来る織田勢の方へ向って、疾駆して行くのであった。

「あやつ！」

彦六は、手を喪った左腕の血噴く近くの皮を、嚙みくわえて、からだの中心をとりつつ、猛然と、追った。

しかし、なだれをうって退却する敵勢にさからって奔ることは、容易のわざではなかった。

ようやく、人影まばらな空地に出ると、彦六は太刀を腰に納めておいて、右手で、袖をひき裂き、創口《きずぐち》を巻きつけた。

巻きつけ乍らも、疾駆する敵の後姿から、視線をはなさなかった。

みるみる、距離が遠ざかったが、

——遁《のが》さじ！

と、再び猛然と追った。

彦六の想念には、戦いの帰趨《きすう》など、なかった。おのが手くびを刎ねた奴《やつ》に対する復《ふく》讐心《しゅうしん》が燃えているばかりであった。

彦六にとって、幸いであったのは、斬り手の疾駆して行く前方の道には、信長の本陣が進んで来ていたことである。

斬り手は、どうやら、信長の首級《しるし》でも、狙っているのであったろう。

ひとむらの雑木の蔭へ、つと、身を寄せて、織田旗本の近づくのを、待ちかまえた。

彦六は、跫音《あしおと》を消して、その背後へ、近づいた。

「おいっ！」

声をかけ、相手が振りかえるや、一間を跳躍しざま、その左腕を、手くびから、水もたまらず、刎ねた。

対手はよろめいたが、第二撃をふせぐ太刀構えには隙をみせず、

「声もかけず——卑怯《ひきょう》なっ！」

と、呼んだ。

「卑怯とはっ——おのれっ、これをみい！」

彦六は、繃帯《ほうたい》した左腕を、突き出してみせた。

「そうか、あれは、お主か――」

「尋常の勝負をしてやる。手当をせい」

彦六は、一歩さがって、太刀を下げた。

「情けを知って居るな」

血と泥と汗にまみれた顔を、にやりとさせた対手は、太刀を地べたへ置くと、腹巻きを解いて、彦六と同じように、創口を巻いた。

ともに、片手上段に構えるや、

「名のるぞ、近江国浅井郡小谷《おだに》の城主浅井備前《びぜんの》守身内・遠藤喜右衛門則久《えんどうきえもんのりひさ》」

「常陸国鹿島、牢人《ろうにん》・卜部彦六高季」

盛夏の未《ひつじの》下刻（午後三時）であった。西陽《にしび》が、灼きつくように、両者を照らしていた。

信長の本陣があげる鯨波《とき》が、次第に、迫って来た。

遠藤喜右衛門は、一騎駆けの突撃をこころみて、あわよくば信長の生命《いのち》を、と覚悟をきめた武者だけあって、その総身から迸《ほとばし》らせる猛気は尋常一様ではなかった。

鈍《ちぬ》れた白刃に罩《こ》めた腥気《せいき》は、烈日の光を吸って燃えた。

不動の対峙の数秒が過ぎるや、不意に、双方が、満身の殺気を、気合に発して、撃ち合いはじめた。

ともに、揮うのは、三尺を越えた長剣であった。

虚空を唸る刃風が、閃々《せんせん》と光芒《こうぼう》を生み、それが、速影《はやかげ》をあおって、弾《はじ》くような闘いぶりであった。

しかし、すでに、多くの人間を斬っている両者は、やがて、おのれが、もう殆ど体力を出しつくしていることを思い知らねばならなかった。

喜右衛門が、木株につまずいて倒れた時、彦六は、それへ太刀を振り下す代りに、ほっとひと息ついた。このひと息は、飢渇死しようとした者が、ひとすくいの水を口に落されたのにも似ていた。

対手を斬るよりも、おのれが息をつく本能の方を、彦六は、えらんだ。

そして、そのことに気づいた彦六は、大きく肩を上下させてから、

「立て、遠藤——尋常の、勝負だぞ！」

と、かすれ声で、云った。

「むむ……」

喜右衛門は、太刀を杖にして、立とうとした。

とたんに、太刀が、鋭い音をたてて、折れた。

喜右衛門は、どさっと胡座《あぐら》をかくと、

「討て！」

と、呶鳴《どな》った。

「立て！」

「立てん！　もう面倒くさい！」

喜右衛門はそう云うと、目蓋を閉じてしまった。

彦六は、片手薙ぎに、びゅーん、と一閃した。

喜右衛門の首は、二間も高く刎ね飛んだ。

六

多芸御所北畠具教が、茶筌丸を信雄《のぶかつ》とあらためた織田信長の息子に、北畠家を譲り渡して、隠居し、大河内《おかわち》城に移り住んだのは、元亀三年であった。

信長の勢威は、すでに、不動のものとなっていた。叡山《えいざん》に火をかけて、王城の鎮護を烏有《うゆう》に帰せしめたとおもうや、将軍義昭を、官爵を削って、河内へ追放していた。

彦六は、そのあいだ、何処《どこ》を放浪していたものか、ついに、京洛には、姿を現さなかった。郷里香取《かとり》に於いては、父卜伝が、八十三歳の高齢をもって、黄泉《よみ》におもむいた。

彦六はもとより、その訃報を、知ることもなかったのである。

改元あり、天正《てんしょう》になるや、伊勢の国は、完全に、織田家のものになり了《おお》せていた。

具教は、大河内城にもとどまることが許されなくなり、内山里《うちやまさと》の別墅《べっしょ》に移っていた。

ひとつの理由には、からだの衰えを感じ、労咳《ろうがい》のうたがいがあったので、暖い場所をえらんだのであった。

具教は、労咳ではなく、実は、すこしずつ、食膳に、毒を盛られていたのであった。

信長に内通した木造《こづくり》具康《ともやす》、津川玄蕃允、田丸中《たまるなかつ》務《かさの》少輔《しょう》ら伊勢四管領の北畠一族が、密議をこらして、その奸策《かんさく》を為《な》したのである。

具教としては、信長の次男に北畠家をゆずり、三男を北伊勢の名家神戸蔵人大夫《くろうどたいふ》具盛の後継者にしていたので、よもや、これ以上、信長から残忍な仕打ちをされまい、と考えていたのである。

具教は、信長の冷酷な性格を、知らなかった。

天正四年十一月二十五日払暁——。

具教の夢を破ったのは、館へ押し入って来た、霜柱を踏むおびただしい跫音であった。その跫音が、具足武者のものであることは、即座に察知できた。

——何者どもの推参か？

咄嗟に判断し難いままに、具教は、純白の寝衣姿を、起き上がらせると、床の間から、愛刀藤四郎《とうしろう》を把《と》った。

病気保養であるから、館には侍衛もきわめて手薄であった。館にめぐらしてある濠《ほり》を、寄手が躍り越えるのに、なんの抵抗もなかった。

具教は、敵勢が屋内へ侵入して来るや、

——死出の土産に、どれだけ、斬れるか。

と、静かに思った。

ただの大名ではなかった。毒を盛られ、五体衰弱しているとはいえ、塚原卜伝から

「一の太刀」の奥義を受け、上泉信綱から新陰流《しんかげ》の極意を伝授されている多芸御所であった。

寝所の中央に立って、ひしひしと包囲の輪をせばめて来る軍兵の、殺気凄じい気配に耳をすませ乍ら、具教の心中は、水のように澄んでいた。

高らかな声があった。

「不智《ふち》の卿《きよう》に申し上げる。織田信長麾下《きか》、主命によって、御首級頂戴つかまつる」

それが、北畠家重臣の一人木造具康の長男雄利《かつとし》の声であるのを知るや、具教は、勃然たる憤怒で、総身が火と燃えた。

しかし、すぐに、その憤怒を抑えて、

——おのれを嗤《わら》うことぞ！

と、自嘲した。

信長の勢威に屈して、その次男三男を迎える屈辱に甘んじたおのれが愚かだったのである。

彼処此処《かなたこなた》で、悲鳴や喚号があがり、乱闘の物音がひきつづいた。

具教は、そこを動かずに、待っていた。

蔀蔭《しとみかげ》に忍び寄っていた敵が、突如、躍り出て、斬りかかったが、具教は、一太刀で仆した。つづいて、また一人、とび出して来たが、同じく一太刀で、血煙りをあげさせた。襲撃者たちは、いずれも、覆面をしていた。

曽ての家臣らに相違なかった。旧主を討つ不面目を、黒布で包んでいるのであったろう。

それ故であろうか、具教が自裁するのを待ちのぞむがごとく、この寝所には、なだれ込んで来なかった。

破られた蔀の間から、朝ぼらけの薄明りが、流れ入って来た。

返り血をあびて、白綸子《しろりんず》に真紅の血模様を描いた寝衣姿を、ゆっくりと、広場へはこんだ具教は、

「木造雄利よ、冥土の道の露払いをさせようぞ。腕におぼえのある者には、名のり出させて、かからせい！」

と、呼ばわった。

これをきいて、一人の武者が、進み出て来て、

「猪俣保近《いのまたやすちか》っ！」

と、名のりざま、斬りつけて来た。

具教は、無造作とも見える一閃で、その首を刎ねておいて、庭へ跳んだ。

敵勢は、さっと、円陣をつくって、具教のまわりを空けた。

「伊庭《いば》盛実《もりざね》っ！」

正面から、槍《やり》をくり出して来たのを、ぞんぶんに踏み込ませておいて、真っ向唐竹割りに、斬って落した。

「各務八郎《かがみはちろう》っ！」

横あいから、白刃を振り込んで来たのを、躱しもせずに、袈裟《けさ》がけに薙いで、前へ泳がせた。

「芥沢主馬《あくたざわしゅめ》、御首級をっ――」

背後から、槍を突きかけて来るや、その穂先を袖に縫わせておいて、地摺《じず》りから、逆斬りに、はねあげて、顔面をまっ二つにした。

もうそれ以上、自ら進んで、襲って来る者はなかった。

槍と太刀と薙刀の襖《ふすま》をつくって、遠巻きにして、押し黙っているばかりであった。

その時――。

ゆっくりと、正面へ、進み出て来た者があった。

具足もつけず、覆面もしていなかった。

彦六であった。

寄手に加わっていたのではなく、偶然に、この土地に来ていて、この奇襲をきいて、奔って来たのである。

「多芸御所殿。卜部彦六が、ご最期を見とどけ申す」

そう云いはなって、差料を抜きはなち、ぴたっと、八双に構えた。

その構えを眺めて、具教は、にっことした。

「御尊父の秘伝一の太刀を、いまこそ、伝授いたそう」

そう云って、ゆっくりと、一歩退った。

まず、静かに、藤四郎を、下段につけて、徐々に、上げはじめた。

彦六は、凝と見戍《みまも》っている。

白刃は、折からさしそめた朝陽に、きらっきらっと煌《きら》めきつつ、次第に、上げられてゆき、ついに、切先で、天を刺した。

とみた刹那――。

白刃は、具教の双手をはなれて、空の高処《たかみ》へ、生きもののごとく、翔けあがった。

そして、一廻転《かいてん》するや、一直線に、落下して来た。

「あっ！」

すべての人の口から、叫びが発した。

一直線に落下して来た白刃の真下に、具教は、粛然として、佇立していたのである。

小野次郎右衛門

一

「…………？」

斎《とき》の膳に就いた客は、芋粥《いもがゆ》を盛った木椀《もくわん》と箸を把《と》りあげたが、そのまま、それを宙にとめて、給仕の少年を、見まもった。

十二、三歳の、いかにも土くさい、まっ黒に日焼けた顔に、大きな双眸《そうぼう》を光らせるその少年は、膳部の料理を狙って駆けまわる大鼠《おおねずみ》を、視線で追っていたのである。

安房《あわ》に名高い古刹・石堂《いしどう》寺の方丈の一室であった。

人間に馴《な》れているのか、小莫迦《こばか》にしているのか、少年が、客の前へ膳部をはこんで来るや、たちまち現れたその大鼠は、客のまわりを、おそろしい迅《はや》さで駆けまわりはじめたのである。

総髪に、赤犬皮の袖なしの羽織をまとった五十年配の客は、べつに、それをわずらわしがりもせずに、木椀と箸を把りあげたのであるが、ふと、大鼠を追う少年の視線の鋭さに、気がつき、どうするか興味を持ったのである。

大鼠は、膳部に三尺の距離へ、ぴたっと停《とま》った。

灰色の無礼者が、膳部の料理めがけて跳ぶのと、少年が畳一畳へだてたこなたから躍るのが、同時であった。

とみた――次の瞬間には、少年の左手は、大鼠を、つかんでいた。

少年は、ぺこりと客へ頭を下げておいて、縁側へ出ると、踏石の上へ、大鼠をたたきつけた。

客の方は、ただ、黙って、少年の振舞いを眺めていただけであった。

住職慈道《じどう》が、里の葬儀から戻って来たのは、それから小半刻《こはんとき》のちであった。

慈道は、自分の留守におとずれていた客が、前原弥五郎《まえばらやごろう》であるのを知ると、夢かと悦《よろこ》んだ。慈道と弥五郎とは、ともに伊豆大島《いずおおしま》の生まれで、幼友達であった。小舟をあやつって、沖へ出て行き、獲《と》る魚の大きさを競ったり、三原《みはら》山の噴火口へ縄梯子《なわばしご》をかけて、どれだけ下へ降りられるか肝だめしをしたりした仲であった。

弥五郎が、十五歳で、板子一枚にすがって大島を脱出して以来、二人は、絶えて一度も会っていなかったので、なつかしさもひとしおであった。

「お主は、幼い頃から、口ぐせのように、兵法者になる、と申していたが……、どうやら、そのていでは、一流を樹《た》てたようにみえるが――」

慈道が、云《い》うと、弥五郎は、微笑して、

「兵法者になるということは、生涯を流浪漂泊することであると判《わか》った」

と、こたえた。

「お主のいまの剣名は？」

「一刀斎《いっとうさい》――伊藤景久《いとうかげひさ》」

慈道は、その名を、すでに耳にしていた。

「そうか、伊藤一刀斎という稀世《きせい》の兵法者が、お主であったか！　十年前、わしは、京《きょう》に上って居《お》ったが、伊藤一刀斎を、石清水《いわしみず》八幡宮の奉納試合の怨恨から、八人の兵法者が、夜襲し、一人のこらず斬り伏せられた、という噂《うわさ》が高かった。そうか、お主が、その伊藤一刀斎であったか！」

「あの夜は――」

景久は、往時を回顧する眼眸になり、

「遊び女《め》と、蚊帳《かや》の中に、寝て居った」

と云った。

そこへ、踏み込まれて、蚊帳の四つ乳を切り落され、滅多突きにされた。枕元に置いてあった刀を把ろうとしたが、無くなっていた。あとで判明したことだが、遊女が、刺客たちに買収されていたのである。

身に寸鉄もおびずに、網にかかった魚のように、蚊帳の中をのたうちまわり乍《なが》ら、ついに、凶刃からまぬがれたのは、奇蹟《きせき》といえた。おのれ自身どうやって、蚊帳を脱出したのか、おぼえはなかった。

手にふれる器具を、ふれるにまかせて、敵へ投げつけつつ、隙をうかがって、一人の手から、白刃を奪いとって、ことごとく斬り仆《たお》したのであった。

気づいてみれば、おのれは、わずかに、眉間にかすり傷を負うていただけであった。

この経験が、一刀流秘奥払捨刀《ほっしゃとう》を生み、爾来《じらい》弥五郎景久は、自らすすんで、強敵をもとめて戦いを挑んだことが一度もない。

四方山《よもやま》の話があったのち、景久は、ふと思い出して、斎の膳に、給仕に出て来た少年のことを、問うた。

慈道は、この奥の神子上《みこがみ》村の豪士岩波《いわなみ》なにがしという郷士の伜《せがれ》で、あまりの乱暴に親がもてあまして、当寺へ預けているのだ、と語った。

景久は、云った。

「あの少年を、呉《く》れまいか」

二

千葉《ちば》県安房郡の山中に、今日でも、御子上《みこがみ》村という小部落がある。戸数は、わずか九軒であるが、古びた門構えに、由緒ある氏素姓を偲《しの》ばせる。

神子上典膳吉明《てんぜんよしあき》——のちの小野次郎右衛門忠明《おのじろうえもんただあき》は、そこで、生まれた。

大和国《やまとのくに》城主十市兵部頭《とおちひょうぶがしら》の後裔《こうえい》で、父祖代々伊勢《いせ》に住み、祖父の代に、事情あって、上総《かずさ》に移り、その山中に一族とともに、部落をひらいた、といわれている。

三方を山にかこまれ、渓谷沿いに、ひとにぎりほどの田畠《たはた》しかない僻邑《へきゆう》に入ったのは、それだけの仔細《しさい》があったに相違ない。

上総城主万喜少弼《まんぎしょうひつ》から、そこに部落をひらくことを、黙認されたよしである。

由緒ある家名を、部落の称にし、岩波と名のった事情も、万が一の場合を考慮して、万喜家に迷惑をかけぬためであったろう。

典膳は、物心ついた頃、一族が伊勢を立退《たちの》く際、数百人を殺傷しなければならぬ騒動があった、ときかされた。

祖父は、典膳が六歳まで生きていたが、別室に孤坐《こざ》して、絶えて家人と談笑したことはなかった。五軒に分れた一族の人々からは、「土佐殿《とさ》」と呼ばれていた。

父は次郎左衛門《じろざえもん》といい、なりわいは木樵《きこり》と百姓であったが、その態度はついに武辺の謹厳を崩さなかった。

典膳は三男で、兄二人は、父母の躾《しつけ》に従って、課せられたつとめにさからうことはなかったが、末弟の典膳のみは野性の粗暴児であった。

朝食を摂《と》ったとみると、もう姿をかき消していた。裏山へ駆け入って、そこに棲《す》むけものや鳥を対手《あいて》に、あばれまわり、昏《く》れてから戻って来た。時には、一夜明けても戻らぬことがあり、手わけして、さがすと、渓流のほとりに、片脚を折って、気絶していた。

また、全身傷だらけになり乍ら、大猿をひっくくって、降りて来たこともあった。

父から拷問に近い仕置をされても、泪《なみだ》もこぼさず、屈しなかった。

二里と下ったところにある石堂寺は、鎌倉公方喜連川頼氏《かまくらくぼうきつれがわよりうじ》が、石堂丸《まる》と称した幼年時代をすごした名刹であり、父は、ついに、典膳を、僧籍に入れるべく、ここへ預けたのであった。

いわば、坊主にしようとした父のはからいが、かえって、後年の剣豪小野次郎右衛門をつくることになった。

伊藤弥五郎景久は、石堂寺へ七日間滞在して、去った。その時、十一歳の典膳をともなっていたのである。

天正《てんしょう》九年の春であった。

三

七年の歳月が、流れた。

一刀斎伊藤弥五郎景久は、ついに、定住の屋敷を持たず、諸国を経巡って、ようやく、遁世《とんせい》を想《おも》う老いをおぼえた。

その年の晩秋、下総《しもうさの》国に入った景久は、二人の弟子を連れていた。

小野善鬼《ぜんき》と神子上典膳と。

善鬼は、二十三歳、六尺を越える巨軀《きょく》と魁偉《かいい》の面貌を備えていた。伊勢桑名《くわな》の船頭の倅で、十歳頃から櫂《かい》をあやつって、荒浪《あらなみ》をのりきっていた。十五歳の夏、宮《みや》の船頭十数人をむこうにまわして、大あばれした挙句、高手小手に縛りあげられて、海へ抛《ほう》り込まれようとした。そこへ通りかかった景久に、救われたのであった。善鬼は、十数人の荒くれ船頭どもを、素手で苦もなくとりひしぐ景久の腕前を眺めて、いましめを解かれるや、そのあとを慕った。景久がきびしく弟子入りを拒否するのに屈せず、その宿舎まで追いかけ、三昼夜、門前に坐《すわ》りつづけて、ついに入門を許されたのであった。

善鬼の剣の天稟《てんぴん》は、景久をして、ひそかに舌を巻かせるものがあった。

善鬼をともなって、鎌倉へ入った景久は、そこの中条《ちゆうじよう》流道場にあずけていた典膳と、こころみに、立合せてみた。典膳は、とうてい、善鬼の敵ではなかった。

景久は、善鬼と典膳を供にして、それから五年余、諸国を経巡り乍ら、愛弟子《まなでし》たちに、一刀流奥義をさずけたのであった。

下総国葛飾《かつしか》郡小金ケ原《こがねがはら》の、旧知の寺の離れに泊った景久は、夕餉《ゆうげ》をすませてしばらくしてから、善鬼を呼んだ。

善鬼と典膳は、納所《なつしよ》の部屋を与えられていた。

善鬼が離れに来てみると、縁側とを仕切る板戸は開けはなたれていたが、なぜか、六《ろつ》曲屏風《きよくびようぶ》が、立ててあった。

「お呼びでございますか?」

「入って参るがよい」

「は——」

善鬼は、しかし、ちょっと、当惑した。屏風のどちらかの端を、押しやらねば、室内へ身を入れる隙間がなかった。

「ごめん！」

善鬼は、気合を発すると、巨軀を宙に躍らせた。

片手を屛風に、ちょっとかけただけで、善鬼は、かるがると、その上をとびこえて、中へ入った。

景久は、床柱に凭《よ》りかかって、結跏趺坐《けっかふざ》の姿をつくっていた。

「御用は——？」

善鬼は、問うた。

「明朝、典膳と、試合をいたせ」

景久は、云った。

「はい」

「勝った方が、わしの跡を継ぐ」

善鬼は、そう告げられて、大きく双眸をひらいた。

「典膳を、呼ぶがよい」

「かしこまりました」

善鬼は、出て行くにあたっても、再び、屛風を躍り越えた。

善鬼は、典膳に、ただ、師がお呼びだぞ、とのみ告げた。

典膳は、離れへ来て、部屋へ入るのをさえぎる屛風を眺めた。

「入って参れ」

景久に云われて、典膳は、ちょっと首をかしげた。

片手をさしのべて、屏風の端を押してみた。屏風は、ビクとも動かなかった。板戸へ釘《くぎ》づけされているのだ。

とび越えるよりほかに、入るすべはなかった。

「先生――」

典膳は、呼んだ。

返辞は、なかった。

もう一度、「先生！」と呼んだ。景久は、無言をまもっている。

典膳は、三度、「先生！」と呼んだ。

「なんだ」

景久の声に応じて、典膳は、跳躍した。

しかし、屏風の上へ、鳥のようにとまっただけで、すぐには、とび込まなかった。

景久の坐っている位置をたしかめてから、典膳は、ひらりと、畳の上へ降りた。

景久は、善鬼に与えたと同じ言葉を、典膳に与えた。

「先生、わたくしは、到底、善鬼殿には敵《かな》いませぬ」

典膳は、云った。

「たしかに、お前は、業では、善鬼に敵うまい」

「敗れることが明白な試合は、わたくしは、避けとうございます」

典膳は、はっきりと云った。

景久は、しばらく、黙していたが、やがて、

「お前は、わしとはじめて会った時、鼠を手づかみにしたな」

「はい」

「つかむ自信があって、つかんだのか？」

「つかめるかも知れぬ、と思いました」

「そして、見事に、つかんだ」

「………」

「兵法とは、そのようなものだ」

「………」

「あれから、七年、お前は、業を習いおぼえた。しかし、おのれより業のまさる対手と、真剣の勝負をする時には、習いおぼえた業をすてて、鼠をつかんだ頃の初心に還《かえ》ることだ。……勝てるかも知れぬ」

「わかりました。善鬼殿と立合いまする」

典膳は、頭を下げた。

小金ケ原は、当時は、櫟《くぬぎ》を主とする雑木林にかこまれた一町四方の原野であった。

後年は、佐倉《さくら》炭の本場になったが、それは、その時より二百年を経た寛政《かんせい》年間に、

相模《さがみ》の炭焼きを迎えて、櫟を伐《き》り出させてからのことであった。当時は、斧《おの》も鍬《くわ》も入れる者はなく、櫟の密林は、人の通るのをこばむ深さであった。

原は、幾年か前の野火で焼きはらわれて、できたものであった。焼野に、芝が生え、宛然《えんぜん》、湖のような静かなひろがりをみせていた。

身丈にあまる薄《すすき》や葎《むぐら》は、芝に遠慮したように、雑木林ぎわに岸辺のかたちをつくって、原の周囲を包んでいた。

その原のちょうど中央に、ひとかかえもある櫟の巨樹が、なかば、落葉して、そびえていた。野火をまぬがれたその巨樹は、巍然《ぎぜん》たる孤高のすがたを示していた。

景久は、そこを、試合の場所に、指定したのであった。

夕餉の席で、これを告げた景久は、

「お前たちは、この席を立った時から、試合は開始されたものと心得るがよい。勝負は、明朝卯《うの》下刻（午前七時）をもって終る。……今夜、どのように、すごそうが、勝手である」

と、申し渡した。

善鬼は、にやりとして頷《うなず》いたが、典膳は、ただ俯向《うつむ》いていたばかりである。

四

小金ケ原の一本櫟《ひともと》が、淡々《あわあわ》とした夜明けの明るみに、浮きあがった時、すでに、その根かたには、一個の人影が、在った。

一刀斎伊藤弥五郎景久であった。

その根かたには、腰を下すに手ごろの石があり、景久は、おそらく、夜明け前に、そこに来ていたものとおぼしい。

黙然と瞑目《めいもく》して、待つ。

やがて、明け六つ（午前六時）を告げる寺の梵鐘《ぼんしょう》が、ひびいて来た。

善鬼も典膳も、まだ、姿を現さなかった。

景久は、試合を命じた二人が、昨夜どのようにしてすごしたか、知らぬ。

夕餉の座を立った時から、試合は開始されたものと心得よ、と告げてある。それぞれの気象にふさわしい一夜をすごしたに相違ない。

時刻がしずかに過ぎ、そこに落ちた朝陽《あさひ》が、景久の足もとから、長い影法師をすこしずつ、芝の上に移した。

やがて――。

馳《は》せて来る跫音《あしおと》が、近づいた。

善鬼であった。宿舎の寺とは、反対の方角から現れたのは、昨夜のうちに寺を出た証拠であろう。

善鬼は、鋭く原を見わたし、一本櫟の根かたに、師の姿をみとめると、

「先生、典膳は、何処《いずこ》に？」

と、問うた。

景久は、こたえなかった。

「おそい！」

善鬼は、時刻に間に合せるために、二里の道を奔《はし》って来てみると、まだ、典膳が姿を現していないのに、いまいましさをおぼえた。善鬼は、一軒の百姓家に泊ったのである。腰の一刀は、すでに、血を吸っていた。その百姓家を出がけに、その家の息子を、試し斬りにして来たのであった。

善鬼は、景久より三間ばかりはなれた地点に――朝陽を背負うて立つと、寺の方角を、じっと見据えつづけた。

さらに四半刻が過ぎ、梵鐘が鳴りはじめた。

景久が指定した卯下刻が来たのである。

「先生！　典膳は、臆しましたぞ！」

善鬼は、叫んだ。

それに応えたのは、景久ではなかった。

「身共は、ここにいる！」

背後から声がかかり、善鬼は、斜め横に跳んで、向きなおった。

典膳は、雑木林から、ふみ出して来た。野袴《のばかま》のももだちをとり、襷《たすき》、鉢巻をつけていた。

善鬼は、着流しのままであった。

典膳が、抜刀して、二間の距離に近づくのを待って、善鬼は、三尺二寸の長剣を鞘走《さやばし》らせた。血は、まだ、白刃に匂っている。

青眼につけた二刀が、朝陽を弾《は》ねて、きらめいた。

同じ青眼ではあるが、その構えは、異っていた。典膳は、やや下段に、地面を指した切先を、鶺鴒《せきれい》の尾のごとく、すこしずつ、動かしていた。その身もまた、踵《かかと》を地面から浮かして、ほんの微《かす》か乍ら、前後にゆれさせていた。

おのれより業のまさった強敵に対して、まずおのが身を守るために、絶えず、切先をうごかしていれば、刀身が居着かず、また敵の心気をまどわして、その起こり頭をも擾《みだ》し得る利があるのであった。典膳は、師より教えられたこの法を守ったのである。

これに対して、善鬼の長剣は、やや上段に構えられて、ぴたりと宙に停止していた。

おのれより腕の劣った者に対して、上段の方が、起こり頭の自由があり、また敵を威圧する体勢となるからであった。

すなわち、同じ青眼でも、典膳は守勢であり、善鬼は攻勢であった。

六尺の巨軀を磐石《ばんじやく》のごとくそびえ立たせて、対手の面相を睨《にら》みつけている善鬼に対して、やや伏目がちに、敵の帯のあたりへ視線をつけて、切先を下げている典膳の、五尺二寸あまりの痩身は、いかにも、劣ったものに見えた。

典膳の伏目は、業の劣った者の構えであった。これは、「帯の矩《かね》」といい、もし、強敵とまともに視線を合せれば、こちらの心気をことごとく看《み》て取られてしまうおそれがあるので、わざと、視線をはずしたのである。

もとより、不利の構えではあるが、善鬼を上手《うわて》として、自ら下手《したて》にあまんじれば、すくなくとも、こちらの心気は看破されぬのであった。

あとは、身をすててこそ浮かぶ瀬もある、おのれ自身でも測らざる臨機応変の業をはなつばかりであった。

これに対して、善鬼が、

「やあっ！」

と、凄《すさま》じい威圧の懸声をあびせた。

善鬼は、しかし、決して、典膳をあなどってはいなかった。ただ、わが業との間にかなりの径庭がある自負があった上に、いかにも、貫禄《かんろく》の薄いその構えぶりをみては、万が一にも、おのれが敗れるとは思えなかった。

ただ、師にえらばれただけあって、こころみに懸けた気合を、無言で受ける典膳の、水のような融通無礙《ゆうずうむげ》の浮き身に、善鬼は、みじんの隙もないのを看た。

——これは、容易に、撃ち込めぬ。

そうさとった。

上段青眼と下段青眼の対峙《たいじ》は、それから、半刻以上も、つづいた。

五

陽脚が、目に見えぬままに、移った。

善鬼は、それを計算に入れて、すこしずつ、身を移して、陽をまともに受けることから、まぬがれた。

その間に、典膳が、攻撃に出なかったのは、帯の矩につけた守勢をついに変えなかったからである。

と——一瞬。

なぜであったろうか、善鬼は、おのが背中に、師景久の視線を感じた。

善鬼が、自らのぞんで移した地点が、ちょうど、一本櫟の根かたに腰かけた景久へ、背を向ける位置になったのである。

気のせいであったか、まこと視線を凝《じっ》とつけられたのか、善鬼は、背中に、その痛みを感じたのである。

——師は、おれが、敗れるのをのぞんでいる！

憎まれている、と察知した刹那、善鬼の構えに、わずか乍ら、隙が生じた。

典膳が、それを見のがす筈《はず》がなかった。

「えいっ！」

電光の突きが、下段青眼の切先から生まれた。

「うむっ!」

善鬼は、払うとともに、横へ跳んだ。

典膳は、この機をのがさず、第二の突きに出た。並の者ならば、この突きを躱《かわ》すことはできなかったであろう。

幼時から船頭として、腰に自在の動きの会得のある善鬼は、横へ跳びつつ、太刀《たち》を振りかぶって、大上段から斬りおろす業がそなわっていた。

一刀流の青眼の利が、突きにあることは、すでに、景久が、教えるところであった。

一刀流にかぎらず、すべての一騎討ちの兵法には、斬るよりも突きに利があることは、その後、定評になった。

しかし、利があるところ、最も業の精妙を要するのは、言うをまたぬ。もし、突き損じれば、利はたちまち不利となり、攻守はそのところを一瞬に代える。

突きは、絶対に、一撃で仕留めるのでなければならなかった。

典膳は、その突きを、二度まで仕損じた。

善鬼は、大上段からの一閃《いっせん》を、まっ向から、典膳の頭上へ、あびせた。

その凄じい太刀風の下で、当然、典膳は、血煙りをあげる運命にあった。

典膳を救ったのは、一匹の鼠であった。

典膳は、善鬼の帯めがけて、跳びつく鼠の速影《はやかげ》を見て、それに向って、無我夢中で、一刀を突き出した。

はたして、実際に、鼠が、跳んだかどうか、それはわからぬ。

典膳の目は、それをみとめ、同時に、おのれ自身もまた、鼠のごとく、善鬼めがけて、跳びかかったのだ。

善鬼は、むなしく、一閃の太刀を宙に振って、ふかぶかと胸を刺しつらぬかれると、のけぞった。

典膳は、善鬼が、撞《どう》と倒れるのをみとめてから、われにかえった。

——勝った！

しかし、心中の叫びは、妙にうつろであり、典膳は、茫然《ぼうぜん》と、仆れた兄弟子を、見まもった。

ふっと——。

頭をまわして、典膳は、一本櫟の根かたを、見やった。

そこには、師の姿は、なかった。

ただ、師が腰かけていた石の上に、一振りの刀と巻物が、置かれてあるばかりであった。それは、景久が常に腰に佩《お》びていた甕《かめ》割り刀と、一刀流伝書であった。

伊藤一刀斎景久は、その日を限りとして、浮世から、消えた。

六

その翌年、——天正十七年。

小田原《おだわら》の北条《ほうじょう》氏は、豊臣秀吉《とよとみひでよし》の勢いに対抗すべく、統下の将士を徴した。

上総夷隅《いすみ》郡万喜の城主弾正《だんじょう》少弼頼春《よりはる》は、先年までは、里見義豊《さとみよしとよ》に属して、十万石を領していたが、近年に至って、里見氏と隙《げき》を生じて、いまは、北条氏に属していたので、部将の三品図書助友忠《みしなずしよのすけともただ》、大曽根右馬助《おおそねうまのすけ》の二人に、兵三百をさずけて、これにしたがわしめることにした。

神子上典膳は、この時、食客として、万喜城に身を寄せていたが、その出陣に、乞うて加わった。兵法者として、実戦に、剣を役立てたい、とのぞんだのである。

当面の敵は、庁南《ちょうなん》の武田信栄《たけだのぶひで》であった。

武田家は、代々上総の守護代として、東国にきこえた名家であったが、信栄の代にいたって、各地に割拠する群雄に押されて、威勢ふるわず、里見氏の麾下《きか》に属していた。

万喜頼春とは、しばしば、戦っていたが、勝敗を決するにいたっていなかった。

その時、信栄は、病牀《びょうしょう》にあったが、小田原北条氏が、愈々《いよいよ》、おのれに抗する里見氏を一挙に滅すべく、統下の将士を徴したという急報に接するや、

——先手を打って、万喜城を奪うにしかず！

と、ほぞをかためて、老臣多賀六郎左衛門《たがろくろうざえもん》に、

「虚を衝《つ》け」

と、命じた。

多賀六郎左衛門は、謀略に長じた老巧の武士であった。

四月二十二日の闇夜――。

多賀六郎左衛門は、武田勢を二手に分けて、主勢をまっしぐらに万喜城へ攻め寄せさせ、もう一手には、鶴城《つるが》（鶴見弾正忠《つるみだんじようのじよう》）と亀城《かめが》（高井秀房《たかいひでふさ》）を牽制《けんせい》させた。

万喜城は、夷隅川によって、へだてられている。

武田勢が、その左岸に達した夜明けに、はじめて、万喜城では、この奇襲に気づいた。

智略《ちりやく》を誇る頼春としては、珍しい不覚であった。

高殿にのぼって、敵の布陣を見やった頼春は、

「よし！　川を渡らせてくれる」

と、咄嗟《とつさ》に、ほぞをかためた。

城兵全員に、「動くな！」と下知した頼春は、武田勢が、川を押し渡って来るにまかせた。

武田勢としては、もし万喜城が、この奇襲に気づけば、川を押し渡る際に、迎襲して来るに相違ない、と覚悟し、その迎撃に対する策略を用意していた。

万喜城は、明けそめた空の下で、なお、ひっそりとねむっていた。

多賀六郎左衛門は、奇襲すでに九分通り成った、と北叟笑《ほくそえ》んだ。

武田勢は、一発の矢玉もくらわずに、城壁ぎわへ、ひしひしと肉薄した。全将兵が、一気に城を抜くことを疑わなかった。

城側では――。

山中甲斐守《やまなかかいのかみ》、熱田丹後守《あつたたんごの》が、もはや時分よし、と進言したが、頼春は、

「まだだ！」

と、かぶりを振った。

この時、神子上典膳は、城門ぎわに、佇立《ちょりつ》していた。具足はつけず、ただ、足軽の粗末な鉄胴だけをつけ、白鉢巻をしめているばかりであった。その腰には、師にゆずられた甕割りの太刀を横たえていた。

武田勢が、ひたひたと城壁にとりついた――とたんに、城内から、どーん、と太鼓の音が、ひとつ、打ち鳴らされた。

一斉に、城壁上へ躍り立った万喜勢は、半弓をひきしぼって、矢の雨をあびせかけた。

と同時に――。

城門がひらかれた。

まっさきに馳せ出たのは、神子上典膳であった。

甕割り刀をふるうその働きぶりは、魔が跳躍するに似た凄じさであった。

速影が奔るところ、血煙りがあがり、悲鳴がほとばしった。

典膳は、決して、敵を仕留めようとはしなかった。将の首級《しるし》を挙げる功名を欲してもいなかったし、斬った士の頭数の多きを誇る心算《つもり》もなかった。もっぱら、おのが腕前を試すために、闘ったのである。

したがって、典膳が狙ったのは、むらがって来る敵の手であった。そして、確実に、

一撃で、その手くびを両断した。

後年——。

次郎右衛門忠明となったこの達人は、多敵の位というものを、門下に教えた。

「敵が、数百数千の多勢をもって、我に攻めかかって参ろうとも、おどろくにはあたらぬ。八方を囲まれても、斬りかかって来るのは、八人を越えることは、まず考えられぬ。八人と申しても、我との距離が、遠きも近きもある。進退に於《お》いて遅速もある。したがって、我に近い二尺のところに踏み入って来た敵を、間合と心気をはかり、機に応じて、一人ずつ斬れば、なんのおそれるところはない。申さば、百人が攻めかかって来ても、これを一人と心得ることができる。殊に、敵が多勢の場合は、進退駆引に混乱騒擾《そうじょう》しやすく、我が一人の時は、働きに冷静沈着の利がある。多敵に対しては、その闘《は》う力をそぐことを主眼として、手でも足でも斬るがよい。決して、猛進したり、首を刎ねたり、唐竹割りにしたりしようとせぬことである。敵が十歩動けば、我は三歩動いて、前後左右に転じつつ、あるいは、目を突き、手くびを刎ね、足を薙《な》ぐ。要は、心身の力の消耗を極小にとどめて、冴《さ》え冴《ざ》えとした心気をもって、一瞬一人一殺を為《な》すことである」

七

おそるべき天才も、絶望的なスランプに陥ることは避けられぬ。

神子上典膳が、江戸《えど》へ出て、名を小野次郎右衛門忠明と改めて、幕府へ禄仕するまでには、十年余の諸国遍歴があった。

典膳は、奥羽《おうう》から九州《きゆうしゆう》の果てまで、経巡って、数知れぬ試合を為した。

そして、ついに敗れるということを知らなかったが、不敗のままに、典膳は、迷いはじめた。

典膳は、強敵を斬り仆し乍らも、いずれの場合も、業で勝ったのではなく、天運がおのれにあったのではないか、と疑わざるを得なかった。例えば、曇り日に対峙して、双方微動もせぬままに、一刻以上も時刻を移しているうちに、突如として、眩《まぶ》しい陽光が雲を割ってふりそそぎ、それが対手の顔にあたって、一瞬、その視界を晦《くら》ました、とか。あるいはまた、典膳が猛撃を躱して、とび退《しさ》った刹那、うしろの立木に背中がぶっつかり、当然典膳の姿勢が崩れて、敗北はきまった、とみえたにも拘《かかわ》らず、その立木の枝葉が含んでいた朝露が、一斉に、対手へ降りかかって、その雫《しずく》が、目に入って、第二撃をはばんだ、とか。

不測の事が、間髪の差で、おのれに利を与えた、という僥倖《ぎようこう》によって、勝ちぬき、生きのびることができたのではないか。

そもそも、兄弟子小野善鬼との試合に勝ったのも、僥倖といわざるを得なかったのだ。

遍歴がつづくうちに、自己不信の懐疑は、日毎《ごと》深くなって来た。

そして――。

典膳が、おのれの業に、絶望する日が来た。

故郷神子上村へ、二十年ぶりに還ろうとして、典膳は、相州《そうしゅう》小田原から、陸奥《むつ》へ帰る米船へ、便乗した。

船には、さまざまの職業の人々が便乗していた。

安房の突端の洲崎《すのさき》が、彼方《かなた》に臨まれた頃あいであった。

若い女が、胸も膝もあらわにして、悲鳴をあげつつ、典膳が腰を下している艫《とも》へ遁《のが》れて来た。追って来たのは、水主《かこ》の一人であった。手ごめに失敗したとみえて、悪鬼のような形相になっていた。

典膳が、女をかばうと、水主は、喚《わめ》きたてつつ舷《ふなばた》ぎわへ置きすててある、俗にツキンボという銛《もり》をひっ摑《つか》んで、じりじりと肉薄して来た。

この日は、波浪が高く、船は大きく上下にゆれて居り、船上に佇立するのさえ容易ではなかった。

典膳は、舷に凭って、水主の攻撃を受けたが、片手は、舷に置いて、身を支えていなければならなかった。

ところが、迫って来る水主の方は、船の大揺れなどいささかも気にかけず、揺れるがままに、身をまかせて、みじんも危げもない。

のみならず――。

典膳をして、慄然とさせたのは、三叉《みつまた》の銛は、ピタリとこちらの胸を狙って、動かぬのだ。

その銛は、十五尺あまりの樫《かし》の柄がついて居り、水主は、その端を摑んでいるのであった。当然、これは、船と水主自身の揺れにしたがって、動く筈であるにも拘らず、大地上に立って、狙いをつけた槍《やり》の達人の構える穂先のごとく、不動なのであった。

もとより、その構えは、槍を把ったそれとはちがっていた。右手の人差指の腹を、柄の端へあてがい、親指と中指で両側から押さえ、それより一尺あまりのところを、左手でかるく摑んで居り、その双腕を、右半身になって、たかくかかげて、十五尺の柄を、傾斜させて、三叉銛を典膳の胸へ、狙いかけているのであった。

銛であるから、麻綱がつけられている。

水主は、典膳を、旗魚《かじき》か海豚《いるか》か抹香鯨《まっこうくじら》とみたてて、一投一撃で、仕留めてくれようと、殺意を全身にみなぎらせているのであった。

典膳は、差料を抜くいとまを与えられぬまま、三叉銛に、九尺の距離に迫られて、絶望感にとらわれた。

飛んで来る銛を、躱すことも、抜刀して払うことも、全く不可能に思われた。動かぬ大地の上でならば、それは可能であろうが、佇立しているのだけが辛じてである船上では、跳躍することも、抜きつけの早業を放つことも、叶《かな》わぬのだ。

不測の僥倖を待つよりほかに、すべはない、と思われた。

八

と——典膳の眉があがった。

——おれは、不測の僥倖になど、助けられぬぞ！

おのれに叫んだ。

——おのが業ひとつで、勝ってみせるぞ！

水主の方は、典膳の表情が、闘うためにひきしまったのをみとめて、にやりとした。

「さむれえ！　おれは、駿河《するが》一番のツキンボの名人といわれている突き政《まさ》だぜ。狙った魚を、突きそこなったことは、この十年、一度もねえのだ。……どうだ、降参するかよ！　おいっ！」

その目先は、典膳がこれまで闘った無数の強敵にまさる鋭さであった。

おそらく、餓鬼の頃から、水面下の魚の動きを凝視しつづけて来たであろうその双眸は、人間の視力を超えた鋭い動きをするように、きたえられているに相違ない。

典膳の、どんなわずかの動きも看遁しはせぬのだ。

「突くがよい」

典膳は、云った。

「てめえ、カジキになってもかまわん、とぬかしやがるのか！」

「むざと、突かれはせぬ」

「よし！」

水主は、さらに、半歩すべり出した。

一瞬——。

銛は、矢となって、水主の手からはなれた。

同時に、典膳の五体は、弾ねて、舷上に水平になった。

銛は、典膳の腹、胸、顔面の上の空間を、すれすれに、飛び去った。

典膳は、舷へかけた両手を軸にして、その五尺のからだを、水平にしたのである。

次の瞬間、典膳は、左手で、銛の柄についた麻綱を掴んで、もとの位置に立つや、抜きざまに、水主を脳天から唐竹割りにした。

それから、二日後——。

典膳の姿は、安房随一と称せられるツキンボの名人——小湊《こみなと》の老いた漁師仙兵衛《せんべえ》の家に、現れていた。

破れ網をつくろっていた仙兵衛は、典膳の質問にこたえて、ツキンボの極意を、重い口をひらいて、訥々《とつとつ》として語った。

「ツキンボのコツは、目と腰だのう。目が利かねえと、水から五、六尺下を泳いでいるカジキを刺すことはできねえ。それに、晴れた日と、曇った日——つまり、その日の空の色で、浅く見えたり、深く見えたりするでのう、これを、すぐ見わけて、銛の狙いを、水面の下どれぐらいへ、つけたらいいか——これを底目を利かせるというが、それがやれなけりゃ、一尾だって獲れるものじゃねえ。目は大切だのう。どんより曇った日が、それが、底目がいちばんよく利く。雲があって、ときどき陽が照る日が、いちばんやりにくいのう。こういう日、一日中、ツキンボをやっていると、夜は、目が痛《いと》うて、ねむれるものじゃねえ。次は、腰だが、なにせ、魚も動く、舟も動いているでのう、こっちの腰がきまっていなけりゃ、突けるものでねえわさ。魚も舟も動いている中で、銛のさきだけは、狙いをつけたまま、動かしちゃいけねえのだ。これは、一にかかって腰にあるのだのう。魚が、大急ぎで遁《に》げようとしようが、そいつを遁すまいと舟が舳先《へさき》をぐるっとまわそうが、目と銛のさきと水の中のそいつとは、目に見えぬ糸で、一直線にむすんでいなくちゃならねえ。そうして、ぱっと銛を打つには、腰の一瞬のひねりが要る。三年や五年の稽古でやれるものじゃねえ」

「爺《じい》さん――」

典膳は、云った。

「今日から、わしを、お主の弟子にしてくれぬか？」

「…………？」

仙兵衛は、あきれて、見知らぬ武士を見やった。

「わしは、狙った魚を必ず仕留めることができるまで修業をしてみよう！」

典膳は、誓ってみせた。

九

典膳が、仙兵衛から、

「もうこれ以上の修業は、むだじゃろうて」

と、云われるまでには、三年の歳月を必要とした。

典膳は、その三年間、全くの漁師となってすごし、仙兵衛はじめ、小湊の者たちから、このままツキンボで生涯をすごすのではあるまいか、と思われたくらいであった。

いまは、典膳の銛をかわして逃げる旗魚も海豚も抹香鯨もいなかった。

「わしの突き業に、お主から見て、なお不服の点があるだろうか？」

典膳は訊《たず》ねた。

仙兵衛は、ちょっと考えていたが、

「お前様は、これまで、狙《ねろ》うた時、その魚に、慈悲をおぼえたことがあるかのう？」

「ない」

「ひと言――南無、ととなえてやる、その気持のゆとりかのう、お前様に不足しているのは――」

その言葉を、はなむけときいて、典膳は、小湊を立去った。

江戸へ向って、歩む途中、典膳は、おのが姓名をすてた。

そして、えらんだのは、

小野次郎右衛門忠明

それであった。

姓は、兄弟子善鬼を偲んで取り、名は父次郎左衛門の左《さ》を右《う》に変えた。

江戸へ出た次郎右衛門忠明が、まず、訪ねたのは、甲州《こうしゆう》流軍学の祖述者として、徳《とく》川《がわ》家にかなりの地位を与えられていた小幡勘兵衛景憲《おばたかんべえかげのり》であった。

小幡景憲は、伊藤弥五郎景久と旧知の間柄であった。

次郎右衛門は、「兵法者といえども、時世が治まれば、これはと思う大名に奉公いたすがよい」という師の言葉にしたがうことにしたのである。

随身するならば徳川家、と心に、いつかきめていた。

小幡勘兵衛は、一刀斎伊藤景久の弟子、と名のる色のまっ黒な、痩せこけた小柄な男を、眺めて、

「試すかな」

と云って、気軽に道場へ出ると、手馴れの木太刀を把った。それは、三尺にあまる長い得物であった。

すると、次郎右衛門は、土間へ降りて、そこに切ってあった炉から、燃えさしの薪《まき》切れをえらんで携《さ》げて来た。

「なぜ、木太刀を把らぬ？」

勘兵衛は、眉宇をひそめて、問うた。

「戦場では、他人の得物を借りるわけには参りませぬ。棒きれであれ、枯枝であれ、わが身をふせぐに足りるものをひろうのが、身相応かと存じます」

「会得の自負は、満ちて居る、という次第だな」

「おのぞみならば、この燃えさしの炭で、おん身のどこであれ、御所望のところを、よごしてごらんに入れ申す」

「口上きいた！　では、わしの額へ、炭をつけてみせい」

勘兵衛は、大上段に構えた。

次郎右衛門は、青眼につけた。

薪は、わずか一尺二、三寸であった。

勘兵衛は、こころみに、気合を噴かせて、撃ち込んでみた。

次郎右衛門は、すっと、しりぞきつつ、頭上へ来た木太刀を、ごく無造作に払った。

瞬間――勘兵衛の両手が、じいんとしびれた。

「いや、見事！」

勘兵衛は、額に炭をつけられぬうち、と思って、木太刀を引いた。

次郎右衛門は、膝をついて一礼すると、徳川家随身の儀を、乞うた。

「禄を得たくば、まず、剣名を売らねばならぬ。これも方便ぞな」

勘兵衛は、そう云った。

次郎右衛門は、承知して、辞去した。

居間へもどった勘兵衛は、茶をはこんで来た女中に、けげんの視線を向けられ、

「どうした？」

と、訊ねた。

「額に、なにやら、黒いものが、ついて居ります る」

そう云われて、あっとなった。

こっちが三尺余の木太刀を撃ち込み、次郎右衛門の方は、これをおのが頭上で払ったばかりであった。にも拘らず、額に炭をつけた。勘兵衛には、全く合点がいかなかった。

ともあれ、小野次郎右衛門忠明なる兵法者の稀有《けう》の腕前を、みとめざるを得なかった。

次郎右衛門の方は、小幡家を出ると、あてもなく、江戸の市巷《しこう》をひろった。

江戸はまだ、出来たばかりであった。

新しい旗本屋敷の隣りには、掘立《ほった》ての百姓家があったし、馬場につづく入江の砂浜には漁網が干してあった。

次郎右衛門は、いつの間にか、高台にのぼっていた。

腰掛茶屋に入って、ここが駿河台と名づけられているとき乍ら、見わたす限りの武蔵野《むさしの》の曠野《こうや》へ、目を置いた。

――ひろい！

胸中で、呟《つぶや》いた。

呟いたとたん、次郎右衛門の脳裡《のうり》に、おのが道場にかかげる看板が思い泛《うか》んだ。

数日後――。

この駿河台をすこし下った地点にある、ごく粗末な家の門口に、次の看板が、かかげられた。

そして、そのわきに、『懇望之衆中者可被尋』と記してあった。

世は、徳川家のものとはいえ、なお、上方には、豊臣家の余勢もまだ熾《さか》んであり、一《いっ》剣一槍《けんいっそう》をもって功名を挙げんとする浪士が、いたるところに、横行していた。就中《なかんずく》、江戸には、徳川家に見出されようとする腕におぼえの、刀創槍傷《とうそうそうしょう》を誇る連中が、蝟集《いしゅう》していた。

武勇のきこえた荒武者が、市中いたるところに寓居《ぐうきょ》をかまえていた。

その中で、剣名を売るには、これぐらいの傍若無人の看板をかかげざるを得なかった。

かかげても、なお、門前は雀羅《じゃくら》を張った。

十

三月が過ぎても、「天下一流一刀根元」の道場には、十人の弟子入りもなかった。

しかし、やがて、小野次郎右衛門忠明の剣名が売れる日が来た。

その日、午刻《うまの》——あわただしく、馬をとばして来た訪客があった。小幡勘兵衛景憲であった。

「お主の腕前を必要とする。これからすぐに、わしと同道してもらいたい」

勘兵衛に気ぜわしく促されて、次郎右衛門は、甕割り刀を帯びると、勘兵衛の曳《ひ》き馬に乗った。

馬首をならべて、駆け乍ら、勘兵衛は、説明した。

府下膝折《ひざおり》村に、鬼眼《きがん》という中条流の達者の修験者がいる。これを、斬らねばならぬ、という。

近頃、府下の村里を押しまわって、斬取り強盗を働く曲者《くせもの》がいて、容易に、正体がつかめなかったが、ほんの些細《ささい》な争いで、鬼眼が一人の百姓を手討ちにしたことから、その曲者が、渠《かれ》であると判明した。

この旨を、庄屋が、検断所へ訴え出て来たので、かなりの頭数の捕方が、召捕りに向ったところ、またたく間に、三人が斬られた。鬼眼自身は、庄屋の家にたてこもり、その妻女と幼い子二人を人質にしている。

尋常の手段では、召捕ることが不可能となり、捕方はいたずらに、遠くから包囲しているばかりである。

「罪科はきまって居るゆえ、お主の働きをのぞみたいのだ。……これは、お主の道場をはやらせる好機と申せる」

「ご厚意忝《かたじけ》のう存じます」

次郎右衛門は、しかし、べつだん、気負う気色もなく、その家の前に到着すると、きわめて無造作な足どりで、門を入っていった。

武蔵《むさし》七党の末裔と称している家なので、なかなかの構えであった。

門から玄関までの距離も、かなりの長さであった。

そのなかばまで、歩み入った時、一矢が飛来した。

尋常の者ならのどを射抜かれて仆れたに相違ない。

次郎右衛門は、身を沈めて、それを頭上に流した。

「それより、一歩でも進むと、生命《いのち》はないと思え！」

呶号《どごう》が、玄関の衝立の奥からひびいた。

桧《ひのき》の一枚板の衝立《ついたて》に、孔《あな》をあけて、そこから、矢を射放って来たのである。

次郎右衛門は、微笑し乍ら、

「それがしは、伊藤一刀斎が門下にて、小野次郎右衛門忠明と申す」

と名のった。

「この鬼眼を討ちとって、売名のてだてにしようという存念か。笑止！」

「まさしく、御辺の申す通り、これを、剣名を挙げる好機と心得る。すなわち、御辺の業前を高く評価して、参上したもの、と思われるがよい。表へ立ち出て、兵法者として、尋常の試合をのぞみたく存ずる」

「黙れ！　おのれは、この鬼眼を、屋外へおびき出すために、目付からやとわれた男であろう。小ずるい策には、乗らぬぞ」

「もし、御辺が、出て参ることを拒否いたすのであれば、やむを得申さぬ。こちらから、参る」

「来てみろ！　こんどこそ、そののどを射抜いてくれる！」

「この距離では、まず、御辺は、あと一矢しか放つことは叶わぬ。三矢目をつがえた時には、御辺の首は、とんで居る」

矢というものは、距離がはなれていれば、一流兵法者ならば、これを躱すことは、さして難事ではない。しかし、二間以内になると、とうてい躱すことは不可能である。

次郎右衛門の立つ地点と衝立の距離は、五間余ある。すでに、鬼眼は、第二矢をつがえているに相違ないが、次郎右衛門は、さしておそれるに足りないのだ。

ただ、鬼眼が、こちらを二間以内にひきつけて、射放って来るのを、次郎右衛門は、おそれたのである。

そこで、わざと、そう云って、ひとつの心理作戦をこころみた。

鬼眼は、次郎右衛門の作戦にのせられた。

「よし！　進んで来てみろ！　第二矢をはずせば、第三矢で、見事に、貴様ののどをつらぬいてくれる！」

十一

次郎右衛門は、しずかに、足をふみ出した。

三歩を進んだ——一瞬、矢は、衝立から噴いて出て、次郎右衛門めがけて、飛び来たった。

それを、第一矢と同様に、頭上へ掠《かす》め過ぎさせた次郎右衛門は、次の瞬間には、五体を、鳥の敏捷《びんしょう》さにして、玄関めがけて、四間を奔った。

鬼眼は、第三矢を放ついとまはなかった。

「おっ――くそっ！」

衝立を蹴倒しざま、刃渡り三尺にあまる無反りの大刀を、抜きはなった。

次郎右衛門が、倒れた衝立の上に足をかけるや、鬼眼は、懸声凄じく、斬りつけて来た。

と――みた刹那。

次郎右衛門の足がどう働いたか、衝立が、生きもののように、はね起きた。鬼眼は、その衝立を、真二つに断つ結果をまねいた。

同時に――。

次郎右衛門の腰から、甕割り刀が目にもとまらぬ迅さで鞘走って、矢を噴かせた衝立の孔へ、突き込まれた。

切先三寸が、鬼眼の鳩尾《みぞおち》を刺した。

鬼眼は、屈せず、後退すると、柱を後楯《うしろだて》として、くわっと双眼をひき剝《む》いて、次郎右衛門を睨みつけた。

次郎右衛門は、冷静な態度で、その前へ迫った。

「ええいっ！」

最後の気合をほとばしらせて、鬼眼は、次郎右衛門の頸《くび》を狙って、横なぐった。

首を沈めて、その凄じい刃風を、頭上にやりすごしざま、次郎右衛門は、甕割り刀を、一閃させた。

鬼眼の両手は、長剣を摑んだまま、その腕から離れて、二間ばかりも飛ぶと、廊下へころがった。

手を喪《うしな》った鬼眼は、苦痛を喚きたてつつ、ずるずると崩れ込んだ。

次郎右衛門は、いそいで玄関へ入って来た勘兵衛をふりかえって、

「いかがいたしますか？　首を刎ねますか？」

と、問うた。

「その姿を、高木へしばりあげて、恨みを抱く者たちの目にさらしてくれる」

勘兵衛は、冷酷な宣告をした。


この功により次郎右衛門は、勘兵衛の推挙で、徳川秀忠《ひでただ》に目通り叶い、新規旗本にとり立てられた。禄三百石。

随身してからほどなく、柳生但馬守宗矩《やぎゅうたじまのかみむねのり》が、次郎右衛門の業前を一見したい、と所望し、長子十兵衛三厳《じゅうべえみつよし》、及び四高足と立合せた、という逸話がのこっている。

将軍家師範役として、あらたに、剣をもってとりたてられた兵法者の腕をしらべるのは、当然であったろう。

次郎右衛門は、こころよく、柳生道場へおもむいた。

まず、十兵衛三厳が、立合った。

対峙一刻を費して、ついに、両者は微動もせず、やがて、十兵衛の方が、木太刀を引いて、頭を下げた。

「小野殿の術は、まさに、水月のごとく、わが太刀の撃ち出す隙はござらぬ」

次いで、甥《おい》の柳生兵庫《ひょうご》が、木太刀を把って、立とうとした。

すると、次郎右衛門が、とどめた。

「但馬守殿の御所望は、それがしの剣を、ご一見の上で、ご自身で試合をされようという御料簡《ごりょうけん》とは、思い申さぬ。お誘いのお言葉によれば、柳生道場の御門下の術を覧《み》て欲しい、というのでござった。しからば、一人を試みるも、多勢一度に試みるのも同じことでござる。不遜な口上乍ら、三人でも四人でも、いちどきに、それがしに、撃ちかかって頂けますまいか。そういたせば、それがしの術のほども、方々《かたがた》にお判りになり、おのおの方の技も、それがしに判ると申すもの」

そう申し入れて、門弟一同を見渡した。

たしかに、この言葉は、傲慢不遜ときこえた。

木村助九郎《きむらすけくろう》、庄田孫兵衛《しょうだまごべえ》、村田与三《むらたよぞう》、出淵平八《いずぶちへいはち》の四高足が、名のり出て、木太刀を把った。

木村助九郎が、正面から進み、庄田が右方から、村田が左方から、出淵が後方から迫った。

次郎右衛門は、青眼にとっていたが、木村が、懸声をかけた瞬間、どうしたのか、その木太刀を床へすてた。

はっとなった――次の一瞬には、木村は、次郎右衛門に、その木太刀を奪われていた。

次郎右衛門は、奪いざまに、右方から撃ちかかる庄田の木太刀を払いあげた。

左方の村田が、その背中めがけて、突きをくれたが、間髪の差で、次郎右衛門は、ぱっと身を躱して、庄田のむこうへ、抜けていた。村田は、庄田めがけて、猛烈な突きをやってのけるあんばいとなり、庄田は、これをさけるために、床へ膝を折った。

その時、すでに、次郎右衛門は、出淵を襲って、その木太刀を、天井めがけて、はねとばしていた。

「不調法でござった」

次郎右衛門は、宗矩に一礼すると、そのまま、柳生道場を立去った。

あとで、宗矩は、四高足を呼んで、敗北の瞬間の心持を、訊ねた。

木村、庄田、村田、出淵は、こもごも、

「こちらの業をふるういとまもなく、ただ、水を斬り、雲を払うような気がするばかりにて、どうしても、とらえようのないのを感じました。対手の五体は、ことごとく隙を空けているがごとくで、つけ入る虚《すき》はみじんもなく、こちらの脳裡が空白になったような一瞬に、つけ入られて居りました」

と、語ったものであった。

また、十兵衛三厳は、後日、次郎右衛門との試合を、人に語って、「わしは、小野に対して、目つけをしたが、ついに、形をとらえることが叶わなかった。形をとらえられぬままに、撃ち込んで居ったならば、わしは、惨めに敗れ去っていたであろう。小野が、わしに撃ち込まなかったのは、ただ、礼儀をまもったからにすぎぬ。……渠が、どのようにして、対手に形をとらえさせぬ修業をしたか、どう考えても、判らぬ」

と、首をかしげた、という。

もし、次郎右衛門が、房州《ぼうしゅう》小湊で、銛突きの修練に三年間を費した、ときいたならば、十兵衛は、丁と膝を打ったに相違ない。

十二

小野次郎右衛門の剣名は、その後、兵法者間に、ある種のおそれをおぼえさせるつたわりかたをした。

べつに、風貌魁偉《ふうぼうかいい》でもなく、人を威圧する偉丈夫でもなかったが、その容姿に、しだいに、風格がそなわるにつれて、会う人に、妙な不気味な印象を与えるようになったのである。

次郎右衛門が、禄仕の後ほどなく、薩摩《さつま》に入った時、西国随一の称のあった瀬戸口《せとぐち》備前《びぜん》の招きに応じて、その道場を訪れるや、突如として、その門弟二十余人に襲われたのも、その不気味な印象がまねいた禍《わざわい》、といえた。

次郎右衛門は、べつに、幕府の密命を帯びた隠密《おんみつ》として、薩摩におもむいたのではなかった。

ただ、そのただよわせる氷のような冷たい雰囲気が、誤解を呼んだようである。

次郎右衛門が、客間へ通ろうとすると、途中、十坪ばかりの道場があった。

そこに二十名をこえる門弟たちがひかえていたが、次郎右衛門の姿を見るや、一斉にむらがり立って、八方から、斬りかかった。

次郎右衛門は、べつに、襲われる理由を訊ねもせず、無言無表情のまま、八方へ身をひるがえして、あるいは、手刀で、敵の手から刀を撃ち落し、あるいは、蹴倒していたが、そのうちに、面倒と看てとるや、はじめて口をひらいて、

「明日を見ぬふびんさよ」

と云いざま、一人を脳天から、唐竹割りに斬り下げた。

あとは、速影の躍るにつれて、その一閃の白光の下に、血煙りがあがった。

死者八人、重傷者三人。あとは、逃げ去った。

次郎右衛門は、大声で、

「ご案内の人は、ないか？」

と、呼ばわった。

返辞がないので、奥へふみ込むと、赤い広袖をまとうた、惣髪《そうはつ》の人物がいた。

瀬戸口備前であった。

大小を前に置いて、平伏し、

「この儀、われらが本意ではござらぬ。門弟どもが、ご貴殿のお腕前の程を知ろうとして、たわむれに襲いかかり、つい、朋輩《ほうばい》の血汐《ちしお》を見て逆上し、刀を引きかねて、このように、多勢が斃《たお》れた次第でござる。……ご貴殿の術はまさに、神のごとしとお見受けつかまつる。われらの遠く及ぶところではござらぬ」

と、謝罪した。

次郎右衛門は、備前が門弟を犠牲にしてこちらの業前をためしたに相違ない、と看てとったが、べつに咎《とが》めもせず、道場を出ると、その足で、薩摩を立去ろうとした。

国境《くにざかい》の、木立の深い山道へさしかかると、すでに、先まわりした数十名の武士が、樹蔭《こかげ》、岩角、叢中《そうちゆう》から、躍り出て来た。

手槍、太刀、薙刀《なぎなた》など、さまざまの得物を持っていた。

次郎右衛門は、すでに予期していて、羽織の下には、襷をかけていた。

狭い山道は、次郎右衛門が、平常その理《ことわり》を説く多敵の位を実践するに、おあつらえ向きの場所であった。

次郎右衛門は、襲って来る敵を、一人ずつ、正確に斬り伏せた。

一度に二人、三人を斃そうとはしなかった。敵が休めば、こちらも休んだ。

六人を斬り、五人を重傷で呻《うめ》かせた時、次郎右衛門は残りの者たちへ、云った。

「一人を討つために、この場所をえらんだお主らの統率者は、戦いというものを全く知らぬうつけ者と申せる。斯《か》かるうつけ者に踊らされているお主らは、木偶《でく》でしかあるまい。生命を惜しみ、新しい師をさがすがよい」

その言葉で、浮足立っていた敵勢は、一挙に崩れて、山中へ八方に逃げ散った。

十三

天才というものは、殆《ほとん》ど例外なく、狂気を内に蔵している。

業力熾んなる時に、神力も及ばず、というが、若い頃、おのれをきたえることに必死になって修業を積んでいる頃は、狂気も抑えられて、おもてに出ず、おのが意志のままに身を処することができる。

しかし、功成り名を遂げた中年から、そろそろ、この狂気が、鎌首をもたげて来る。

天才たちの晩年の振舞いを眺めると、まことに常人の測りがたい奇矯ぶりを示している。

まして、剣一途に生涯を送り、無数の試合に勝ちぬいた一流兵法者は、モノマニアの性情を持って生まれて来て居り、それが、晩年には、露骨に現れている。

その遺《のこ》した剣法書を披《ひら》くと、よく判る。

徹頭徹尾、剣は理窟ではなく、無からはじまって、無に還る、と説いている。

例えば――。

伊藤一刀斎の言葉をひろってみる。

その構えについては、

「伝に専ら用という構えなし。その用捨はおのれに在り。構えを以《もっ》て利せんと欲する者は、外実にして内必ず虚なり。これを、構えに、心をとらるるというなり。内外虚実の差別なきを、当流は、無形の構え、という」

間《ま》については、

「勝負の要は間なり。われ利せんと欲すれば、彼も利せんと欲す。われ往《ゆ》かんとすれば、彼もまた来る。勝負の肝要、この間にあり。ゆえに、わが伝うる間つもりというは、位拍子に乗ずるをいうなり。敵に向って、その間に一手を容《い》れず、その危亡を顧ず、速く乗りて、活殺の当的、能《よ》く本位をうばって至る可《べ》きものなり。もし一心、間にとどまる時は、変を失す」

また、剣の長短については、

「わが伝に、剣刀の長短寸尺、定法なし。わが心に吹毛の利剣を帯する者、なんぞ剣刀にこだわらんや」

そして、最後に、

「敵に向う時、勝負の是非を念《おも》わず、一心生死を放ち、命は天運にまかせ、義を守りて臆せざるときは、十方に敵なし。千万剣一剣の秘密なり。よくこれを知るに智なり。よくこれを行うに勇なり。智と勇と術を相兼ねる者を、当流剣法の明達というなり」

と、むすんでいる。

こういう奥旨を会得し、実行する兵法者が、尋常の神経の持主であるはずがない。そして、その道を生涯歩きつづけた天才は、身心の衰えをさとった時、好々爺《こうこうや》になることをきらって、身をかくす。

伊藤一刀斎などは、典型的な天才といえる。

その弟子である小野次郎右衛門も、剣以外のことは、全く考えない天才であった。

同じ剣をもって幕府に仕える柳生但馬守宗矩とは、対蹠《たいしょ》的であった。

但馬守宗矩は、兵法者であることを、途中から、放棄して、政治家になっているのである。いわば、諸大名の動静を監察する隠密の総元締的存在となり、晩年は、道場には全く姿をあらわさなかった。

但馬守が、真に剣の天才であったならば、政治上、将軍家光《いえみつ》の懐刀などには、なっていなかったに相違ない。その声望は、兵法者としては、むしろ余計なものであったが、但馬守は自ら進んで、声望を受けるように、身を処した。但馬守の剣禅一如は、あまりにも有名であるが、それは、一種の屁《へ》理窟にすぎない。

兵法家伝書《へいほうかでんしょ》をひらくと、但馬守の剣禅一如の説は、禅が七分で剣が三分である。これを宮本《みやもと》武蔵の剣七分、禅三分と対比してみるといい。実際には、武蔵の場合は、禅は一分以下であったろう。

但馬守は禅を以て、剣に理窟をつけたのである。「無刀之巻《むとうのかん》」というのがある。

「無刀とて、必ずしも人の刀をとらずしてかなわぬ、という儀にあらず。また刀を取って見せてこれを名誉にせんにてもなし。わが刀無き時、人に斬られじとの無刀なり。いで取ってみしょう、などということを、本意とするに非《あら》ず。

一、とられじとするを、是非とらんとするに非ず。取られじとするをば、取らぬも無刀なり。

一、無刀というは、人の刀を取る芸にあらず、諸道具を自由につかわんが為《ため》なり。

一、無刀は取る用にてもなし、人を斬らんにてもなし。敵から是非斬らんとせば、取るべきなり。

一、無刀は、当流にてこれを専一の秘事とするなり。身構え、太刀構え、場の位、遠近、うごき、はたらき、つけ、かけ、表裏ことごとくみな無刀のつもりより出るゆえ、これ簡要の目なり」

まさしく理窟である。

但馬守は、沢庵和尚《たくあんおしよう》によって、剣禅一如を学んだが、しかし、「不動智神妙録《ふどうちしんみようろく》」の著者たる沢庵自身、禅に偏してはならぬことを、注意している。

「しかれども、事《わざ》の修業をつかまつらず候《そうら》えば、道理ばかり胸にありて、身も手もうごかず候」

但馬守のとなえた剣禅一如論が、世間に滔々《とうとう》と流布した時、沢庵は、皮肉にも、頂門の一針を打っている。

伊藤一刀斎は、すでに、その前に、

「理は、事よりもさきだち、体は剣よりも先んず、これ、術の病気なり」

と指摘している。

いわば、但馬守は、剣に理窟をつけることによって、剣を弱いものにしてしまった。但馬守自身が、常識家であった証拠である。

小野次郎右衛門は、そのような理窟など、ついに一句も、記し遺そうとしなかった。

十四

おそらく——。

柳生但馬守宗矩と、小野次郎右衛門忠明が、真剣の勝負でもしていたならば、その腕前の差は、明白であったろう。

次郎右衛門が江戸へ出て来た時、剣名を挙げる野心で、柳生道場をおとずれて、但馬守に試合をもとめ、燃えすての薪をつかんで、立合った、という巷説がのこっている。

次郎右衛門が、柳生道場を訪ねんとして、旗籠《はたご》のあるじにその所在地を訊《き》くと、あるじは、かぶりを振って、

「柳生道場へ試合を申し入れて、生きて還った者はございませぬ。求めて死地にお入りになるにも及びますまい」

と、とどめた。

次郎右衛門は、笑って、

「但馬守は、兵法者であるとともに、人徳者ともきいて居る。その噂は、なにかのまちがいであろう」

と、云って、出かけて行った。

大小をとりあげられて、道場に座って待つこと半刻。

やがて、現れた但馬守は、肩衣《かたぎぬ》をはね、太刀を抜きはなつと、

「わが道場の掟《おきて》として、試合を求めるものは、手討ちにいたす。挨拶あらば、申しのこせい」

と、きめつけた。

次郎右衛門は、道場の一方の戸がすこし開いていて、そこの控え部屋の炉をみとめると、黙って立って行き、二尺あまりの薪の燃えさしをひろって来て、

「これにて、挨拶つかまつる」

と、さし出した。

但馬守は、小癪《こしゃく》な無名者よ、と威嚇撃ちをこころみたが、意外にも、次郎右衛門が強いので、されば、とばかり、全力をふるって、斬りつけた。

しかし、次郎右衛門は、かるがると躱したばかりか、隙をうかがって、薪のさきの燃えさしの炭を、但馬守の衣服へ、ぬりつけて、からかった。

但馬守は、次郎右衛門の技倆《ぎりょう》の冴えに感服して、将軍家師範に推挙した、という。

この巷説は、まっかな嘘《うそ》である。

しかし、こういう巷説がのこされたのは、但馬守と忠明の腕前は、格段の差がある、と多くの人が、みとめていた証拠になるだろう。

小幡勘兵衛の推挙によって、次郎右衛門が、二代将軍秀忠麾下の、新規三百石召抱えの旗本になってから、実際に、その腕前を覧たのは、徳川家康《いえやす》であった。

家康は、「真田三代記《さなださんだいき》」などの軍記によって、逃げ専門の大将にされているが、実際に、戦国時代を通じて、武将の中で屈指の一流武芸者であった。

その剣は、奥山《おくやま》流の流祖奥平急加斎《おくだいらきゅうがさい》から、まる七年間、学んでいる。奥平急加斎は、三河作手《みかわつくで》の城主奥平貞久《さだひさ》の四男に生まれ、孫二郎公重《まごじろうきみしげ》といい、剣の天稟をそなえていた。上泉《かみいずみ》信綱《のぶつな》に学び、奥山明神に祈願をかけ、三年余の神前に於ける瞑想の挙句、自得して、奥山流を創《はじ》めた、といわれている。

家康は、急加斎に、数限りなく撃たれて、気絶した、というから、決していい加減な修業ではなかった。家康は、また、上泉信綱の疋田豊後《ひきたぶんご》からも学んだし、塚原卜伝《つかはらぼくでん》の新当《しんとう》流を、有馬大膳《ありまだいぜん》から学んだ。

おそらく、家康は、戦国末期の武将中、多芸《たけ》御所、将軍足利義輝《あしかがよしてる》などをのぞくと、最も秀《すぐ》れた剣技を身につけていたのではないか、と思われる。

家康は、あたらしく召抱えたという、伊藤一刀斎の弟子小野次郎右衛門忠明を、呼びつけて、真剣の構えをさせた。

おのれは、縁側に立って、庭上に構える次郎右衛門を、長いあいだ、じっと見据えていたが、突然、発止と、扇子を投げつけた。

次郎右衛門は、飛んで来た扇子を、刀の柄《つか》から右手をはなして、受けとめた。

しかし、左手のみの青眼の構えは、みじんも、崩れていなかった。

もし、次郎右衛門が、扇子を、両断して地に落していたならば、再び、浪人しなければならなかったであろう。

家康は、次郎右衛門が、扇子を返上に寄って来ると、

「その方の腕前、人間業とは思われぬ。いささか妖怪じみて居るの」

と、云って、笑った、という。

十五

やがて、次郎右衛門は、柳生但馬守とならんで、将軍家剣術師範役になった。

その頃から、次郎右衛門は、すこしずつ、天才にしばしば見られる奇矯の行動を示すようになった。

常に無口であり、剣の座談などに加わっても、ほとんど一言もしゃべろうとしない次郎右衛門であったが、その頃から、人々をぎくりとさせる鋭い皮肉を吐くようになった。

その対手が、将軍家であっても、容赦はしなかった。

二代将軍秀忠は、家康の教えを遵奉して、剣を学ぶことに熱心であった。

柳生但馬守の努力がみのり、武士道の吟味に、剣の業が重要な意味をそなえ、修養上の最も大切なひとつにかぞえられ、日本全土に、名人達者が輩出していた。

秀忠は、但馬守の剣禅一如論に、ふかく傾倒した。

但馬守は、将軍家を、剣の達人に仕上げる必要はない、と思い、もっぱら、剣の心を説き、実技は適当にあしらって、決して、秀忠に死ぬおもいなどさせなかった。

しかし、次郎右衛門は、ちがっていた。

秀忠といえども、ひとたび、木太刀をもって、対峙するや、容赦なく、撃ち据え、時には、気遠くさせた。

秀忠は、次郎右衛門の眼光をあびただけで、四肢がこわばり、怯《お》じ気をおぼえるようになっていた。

ある時――。

秀忠は、側臣たちを相手に、剣術上の理と事に就いて、自説を述べていた。

秀忠は、理論をしゃべるのが、好きな将軍であった。

秀忠は、但馬守の剣禅一如論に、自分の考えをあたらしく加えたつもりで、かなり得意げであった。

するると、不意に、側臣の蔭から、

「申し上げます」

と、声が、かかった。

秀忠は、そこに、いつの間にか、小野次郎右衛門が加わっていることに、気がつかなかった。

「剣の道に於いて、理を以て、事に先立てるのは、如何《いかが》なものか、と存じます。わが師一刀斎も申して居りますが、臨機応変のことは、思量をもって転化するのでありませぬ。理論にかしこくなられて、剣の道を、口舌で達者におなりあそばすのは、かたく自戒なさるべきかと存じます。とかく、兵法と申すものは、腰の一刀を抜いて、存分に使い、死地をくぐり抜けてこそ、語る資格があるものにて、座上の兵法など、畳の上の水練と同じこと、心いたさねばなりませぬ」

次郎右衛門は、はばかることなく、云いはなった。

秀忠は、みるみるうちに、不興のていになり、何も云わずに、ぷいと座を立って、奥へ入ってしまった。

次郎右衛門は、将軍家の気色を損じた、と看ても、平然たるものであった。

女を断ったのも、その頃からであった。

正妻は、すでに、早く逝っていたが、まだ若い側妾《そくしよう》がいた。次郎右衛門は、これをしりぞけて、居室を改造して、板敷きにし、それに、茣蓙《ござ》一枚敷いて、寝るようになった。夜具は、掛けなかった。

ある日、側妾が、不満を訴えると、次郎右衛門は、冷然として、

「忠也《ただなり》、忠常《ただつね》の二子とも、さいわいに生育した。もはやお前は、子を産む必要はない」

とこたえた。

颪、雨、雪などの悪日をえらんで、遠く馬を駆って、武蔵野の原野へ行き、そこで、立木を対手に、剣をふるうようになった。

立木は、一太刀のもとに、両断されたが、同じ切りかたはひとつもなかった。

門弟たちは、しかし、師が出て行くのを、ひそかに悦んだ。

道場に現れた次郎右衛門は、いかなる未熟者も、容赦なく撃ち据え、気絶するまで解放しなかったからである。

門弟の頭数は、すこしずつ、減っていた。

ただ、忠也、忠常の二子だけは、父の血を受け継いで、その天稟を発揮しはじめていた。

十六

次郎右衛門が、諂諛《てんゆ》をきらい、歯に衣をきせぬ率直な言辞を吐く傾向は、年毎に烈《はげ》しくなった。

一日、さる大名が、次郎右衛門を招いて、「わが藩中、お主の手筋をみたい、とねがう者があるが、如何であろうか?」

と、たのんだ。

「その御仁は、おそらく、おのが腕前が、この小野忠明に劣るものではない、と自負されているのでござろう。自負まことに結構ではあるが、覚悟のほどをしてもらわねばなりませぬ」

次郎右衛門は、冷然として、こたえた。

「もとより覚悟のほどは、いたしておろう」

試合場は、白砂の庭がえらばれた。

藩主以下家中一統が、居並ぶ中で、次郎右衛門は、所望者と対峙した。

まだ二十歳を過ぎたばかりの紅顔をのこした若い藩士であった。六尺の巨軀を持ち、いかにも、剣一筋に、一心不乱に修業にうち込んでいる、とみえた。

次郎右衛門は、藩主に一礼をおわって、対峙すると、

「青年客気《かっき》とは申せ、要らざる腕だめしを望まれたものだ」

と、云った。

若い藩士は恚《い》を含んで、青眼につけると、

「ご存分に――」

と叫んだ。

「不具になっても、後日に私怨をのこさず、悔いもせぬ、と云われるのだな?」

次郎右衛門は、念を押した。

「いかにも!」

──小野忠明、何者ぞ！

と、若い藩士は、じりじりと間合いをつめて来るや、さっと大上段にふりかぶった。

次郎右衛門は、地摺《じず》りをとって、待つ。

「ええいっ！」

懸声を噴かせて、撃ち込んで来た。

とみた瞬間、その木太刀は、宙へ高くはねとばされていた。

勝負は、あった。

次郎右衛門は、当然、引くべきであった。

しかし、次郎右衛門は、対手の増上慢をこらしめるために、

「慮外と知れ！」

一喝しざま、その右手を、搏《う》ちすえた。

骨の砕ける音がひびいた。

若い藩士は気絶して、その場へ、崩れた。

次郎右衛門は、冷やかな眼眸を、藩主に向けると、「あたら有為の士を、飼い殺しにされることになり申した」

と、云いおいて、そのまま、藩邸を立去った。

若い藩士は、右手の自由を喪い、そのために、一年あまり後、自害して果てた。

まさしく、生兵法は怪我《けが》のもと、ということわざを身をもって、行ったわけである。

次郎右衛門は、なまじの腕自慢に対して、これを笑って看過す寛容さはなかった。剣というものは、生命を賭して学ぶもの、という信念が、いよいよこりかたまり、剣をもてあそぶ者に対して、みじんも容赦しなくなったのである。

次の逸話は、おそらく作りものの巷説であろうが……。

生兵法の将軍秀忠が、夜毎、城外へ忍び出て、無辜《むこ》の通行人を、辻《つじ》斬りして、腕だめしをたのしんでいる、ときいた次郎右衛門は、一夜、秀忠が徘徊《はいかい》する濠端《ほりばた》で、待ち伏せた。

秀忠は、武士が出現したので、恰好《かっこう》の贄《にえ》とばかり、斬りつけた。

次郎右衛門は、児戯をあしらうごとく、さんざ斬りかからせておいて、利腕をつかんで、足下にねじ伏せ、「小野次郎右衛門と知って、襲って参ったか。そうであれば、この腕をへし折るぞ！」

と、きめつけた。

近習たちが駆け寄って、

「これは、上様であらせられる。はなされい！」

と叫んだ。

「黙れ！」

次郎右衛門は、叱咤《しった》した。

「天下を統べる将軍家ともあろうお方が夜盗のまねなどなされる筈があろうか」

次郎右衛門は、秀忠を、濠の中へ、投げ込んでしまった。

こういう逸話が作られるほど、将軍家に対しても、次郎右衛門は、いささかの阿諛追従《あゆついしよう》もしなかった。

十七

秀忠は、次郎右衛門を次第に嫌悪し、手直しを命ずることも、絶えてなくなった。

落度があれば、致仕せしめたい、という気持にも傾いたようであった。

両国橋《りようごく》の畔《ほとり》に、「剣術無双」と記した大看板をかかげ、飛入り試合で人気を呼ぶ興行めいた道場が、開かれた。

「真剣立合い、当方斬り殺さるるとも一向苦しからず。得物勝手」

そういう傲慢な張出しもしてあった。

某日、そこを通りかかった次郎右衛門は三試合ばかり見物した。

挑戦者は、賞金一両欲しさの痩浪人ばかりであったが、膂力《りよりよく》ありげな長身の興業兵法者に、苦もなく、撃ち負かされた。

兵法者は、

「あとは、居らぬか！」

と、見物人を見まわし、次郎右衛門に目をとめると、

「貴殿、いかがだ」

と、さそった。

「まこと、殺されて、無縁仏になっても、さしつかえはないのか？」

次郎右衛門は、念を押した。

「云うにや及ばぬ。参ろう」

「では――」

次郎右衛門は、そこにならべられた木太刀には目もくれず、おのが鉄扇をさし出し、

「これにて――」

と、云った。

「小癪！」

兵法者は、怒りをむき出すと、腰の大刀を抜きはなって、上段につけた。

一瞥《いちべつ》した次郎右衛門は、

「その構えは、なんだ！　山田の案山子《かかし》も同然ではないか。それで、人が斬れるか！」

と、あざけった。

「うぬが！」

兵法者は、喚きたてて、斬りつけた。

振り下した切先は、地面へしたたか打ち込まれ、兵法者自身は、額を割られてのけぞった。

どの見物人の目にも、次郎右衛門の迅業は、とまらなかった。

たまたま、見物人の中に、江戸城内の茶坊主がいた。

その口から、この事が、秀忠の耳に入った。

秀忠は、

「天下の師範たるべきものの行状にあらず、つつしみを知らぬ下士の振舞いぞ」

と云って、蟄居《ちっきょ》を命じた。

爾来、次郎右衛門は、再び、秀忠に目通りすることはなかった。

やがて、蟄居は解かれたが、次郎右衛門の方が、伺候しなかったのである。秀忠は、しかし、次郎右衛門が、わが面前に現れぬと知ると、かえって安堵《あんど》して、食禄五百石にさらに五百石を加増して、千石の知行にしてやった。秀忠が、次郎右衛門を殊遇したという説は、この加増によるものであろうが、これは、証拠にはならぬ。

同じ将軍家師範でも、将軍の御座近くにはべって、政治上の相談を受ける柳生但馬守宗矩とは、千歩の差がついてしまった。

しかし――。

次郎右衛門は、むしろ、兵法者から逸脱してしまった但馬守を、ひそかに、さげすんでいたふしがある。

某日、何かの席で、但馬守ととなり合せた時、次郎右衛門は、云った。

「御辺のご子息も、不肖の倅も、戦《いく》さは遠い世界のものとなり、また、真剣の試合にもめぐまれて居り申さぬ。……天下の柳生流、一刀流を受け継ぎ、道場の跡目相続をする身なれば、生死の境をくぐる一瞬のおそろしさを、知らしめなければ、ついには、型にのみ溺れることになると存ずる。……死罪ときまった罪人の中で、幾人もの人を斬った腕利きの者をえらび出し、これに刀を持たせて、立合せ、斬り伏せる修業をさせたならば、これこそ、良き修業になり申そう」

いかにも、これは、兵法修業には、最もいい手段であった。

しかし、但馬守は、

「いかにも、成程、成程――」

と、共鳴したふりをして、決して実行しようとはしなかった。

柳生道場は、撓《しない》撃ちの稽古をし、小野道場は、刃引きの刀をもって稽古をする。その相違であった。

老年を迎えて、兵法者というよりも、学者のような風貌となり、春風をさそう福徳円満な容姿をみせる但馬守宗矩の方に、人気が集まるのは、当然であった。

板敷きに寝て、掛具も用いぬ日常を送り、頭に霜を置いても、なお、悪日に馬を駆って、原野へ出て立木を両断する次郎右衛門は、座しているだけで、鬼気せまる気配を、人におぼえさせるのであってみれば、将軍家はじめ、すべての人々から、敬遠されるのも、また、やむを得なかった。

十八

三代を継いだ将軍家光は、父が忌み避けた小野次郎右衛門を、どれほどの腕前か、試してみることにした。家光もまた、生兵法であった。

広間に毛氈《もうせん》を敷いて、家光は、その中央に、木太刀を携げて立っていた。

次郎右衛門が、伺候して、毛氈の端に、両手をつかえて、平伏すると、家光はいきなり、その脳天めがけて、

「やっ！」

と、木太刀を振り下した。

しかし、あっけなく、ひっくりかえって、家鳴りを起こしたのは、家光の方であった。

次郎右衛門が、毛氈の端をつかんで、さっと引っぱったのである。

次郎右衛門は、そのまま退出した。家光もまた、ついに一度も、次郎右衛門に、手直しをしてもらわなかった。

次郎右衛門は、寛永《かんえい》五年戊辰《つちのえたつ》十一月十日、永眠した。わずか三日病んだだけで、夜半に事切れていて、誰も、知らなかった。

遺書があったが、それには、ただ、

「成田《なりた》に葬るべし」

と、あった。上総印旛《いんば》郡成田が、小野家の知行所であった。

その墓は、成田の永興寺《ようこう》に建てられた。しかし、現在は、裏山に移されて、嫡男忠常の墓とならんでいる。近世にいたって、誰かが、勝手に移したものとおぼしい。その木

像は、永興寺に安置されてある。

次郎右衛門には、二子がいた。長男忠也、次男忠常。

次郎右衛門は、長男忠也には、師一刀斎を偲んで、伊藤姓を継がせ、典膳を名のらせ、甕割り刀を授けた。

次男の忠常には、二代目次郎右衛門を名のらせた。

忠常は、父に劣らぬほどの天稟をそなえ、刻苦の剣技をみがいた。

忠常になってから、家光は、召し出して、稽古を命じた。しかし、忠常もまた、父同様、ひとたび木太刀または刃引き刀を持つと、将軍家といえども、遠慮をしなかった。

家光もまた、忠常をきらうようになり、但馬守の次子柳生飛騨守《ひだのかみ》宗冬《むねふゆ》の方を、対手にするようになった。

もうその頃は、「天下一柳生流、天下二の一刀流」という順序が定まっていた。実は、剣の技に於いては、全くその逆なのであったが、天下に泰平を迎え、真の強さよりも、社会的地位の方が、重要視されていたのである。

二代次郎右衛門忠常は、直言癖も、父ゆずりであった。それがわざわいして、家光の激怒を買い、一時、知行所の成田へ蟄居を命じられていた。

その間に、忠常は、山中に孤《ひと》りこもって、一刀流極意無想剣を悟得した、といわれている。寛文《かんぶん》五年十二月六日、五十八歳で逝った。

その門弟には、強者がそろっていた。梶新右衛門《かじしんえもん》、松本隠岐守《まつもとおきの》、溝口半右衛門《みぞぐちはんえもん》、坂部《さかべ》孫四郎《まごしろう》、岡田淡路《おかだあわじ》ら——。

三代は、次郎右衛門忠於《ただお》。門下からえらばれた俊髦《しゅんぼう》であった。将軍家綱《いえつな》、綱吉《つなよし》、家宣《いえのぶ》の指南役をつとめた。しかし実際には、手直しはしなかった模様である。この三代次郎右衛門は、兵法者として長寿をたもち、七十五歳まで生きた。津軽《つがる》四代藩主信政《のぶまさ》は、忠於から一刀流を学んで、極意に達し、文武両道に秀でた名君の称を得た。

四代次郎右衛門忠一《ただかず》も、また養子であった。はじめ岡部助九郎《おかべすけくろう》といった。飛ぶ蝿《はえ》を両断するほどの冴えた業を身につけた。

この小野家の養子による一刀流一子相伝の、脈々たる極意の伝承に対して、柳生家は、実子が受け続ぎ、父よりも子が劣り、子よりも孫が劣り、柳生流は、四代五代になると、見るかげもなく、その業を下落させた。

ところで——。

一刀流の正統直伝は、四代次郎右衛門忠一から、どうしたわけか、その子に与えられず、津軽五代藩主土佐守信寿《のぶひさ》に伝えられた。

五代次郎右衛門忠久《ただひさ》は、その直伝を、逆に、津軽信寿から受けた。

一刀流の分派は、四代忠一の高弟中西忠太子定《なかにしちゅうたたねさだ》から起こった。世に謂《い》う中西派一刀流である。

子孫相承《あいう》けて十代中西忠兵衛子正《ちゅうべえたねまさ》が、傑出した。中西一刀流からは、やがて、高柳《たかやなぎ》又四郎《またしろう》の音無しの構え、千葉周作《ちばしゅうさく》の北辰《ほくしん》一刀流、寺田有孚の天真《てんしん》一刀流、浅利義信《あさりよしのぶ》・義明《よしあき》の正統一刀流が起こった。明治《めいじ》に入っては、高野佐三郎豊正《たかのさざぶろうとよまさ》が、その正統を継いで、名声をほしいままにした。

また――。

伊藤典膳忠也から起こった伊藤派一刀流からは、溝口新五左衛門《しんござえもん》を祖とする溝口派一刀流、根来八九郎重明《ねごろはちくろうしげあき》を祖とする天心独明《てんしんどくみよう》流が起こり、溝口派からは、やがて、逸見《へんみ》多四郎義利《たしろうよしとし》を祖とする甲源《こうげん》一刀流が生まれた。

このように、伊藤一刀斎から小野次郎右衛門に授けられた一刀流は、絶えることのない水脈となって、徳川三百年間を流れつづけて、明治大正昭和《たいしょうしょうわ》の今日まで、なお、涸《か》れることはない。

柳生五郎右衛門

一

少年は、庭はしで、蟻《あり》の行列を、あかずに眺めていた。

蟻の行列の端には、黒砂糖がひとつ、置かれてあった。少年が、置いたのである。

少年は、あたたかな春の陽《ひ》ざしの落ちた庭のあちらこちらを、せっせと動きまわる蟻を見て、ふと思いついて、餌を与えてみたのである。

蟻の行列は、あっという間に、つくられた。

——声も出せないものが、どうしてこんなに多勢を呼び集められるのであろう？

少年には、ふしぎでたまらなかった。

少年は、人の気配に、顔を擡《あ》げてみた。

日向《ひなた》の縁側に、少年の父が現れた。その左の拳には、一羽の隼鷹《じゅんよう》が、のせられていた。

少年の父は、庭さきへ降り立つと、隼鷹の背の美しい斑文を撫《な》でながら、なにか、云《い》いかけている。

日頃かたわらからはなさぬこの愛鳥に向って、話しかけるくせが、少年の父には、あった。

少年は、それで、父に、声をかけるのを遠慮した。物云わぬ蟻がどうして、黒砂糖が置かれると、すぐさま、群集りて、行列をつくるのか、父に訊《たず》ねれば、こたえがある、と思ったのであるが、少年には、父の孤独をみださぬ思慮があった。

ここは、摂津《せっつ》の有馬《ありま》温泉の湯宿であった。

少年の父は、大名で、この湯宿は、渠《かれ》の専用であった。他の客は泊めなかった。

そこは離れの中の庭で、母屋は、長い渡殿《わたどの》でつながれ、家臣たちは、母屋の方にいた。

離れには、少年と父と隼鷹だけが、逗留《とうりゅう》していた。

少年は、父の晩年の子で、父はすでに還暦を数年過ぎた老齢に達していた。四男である少年は、父から最も愛されていた。

父は、年に二度、この有馬へ来るが、少年はもう三年つづけて、ともなわれていた。

少年は、ふと、父の背後の縁側の下に、一箇《いっこ》の黒い影を、みとめて、はっとなった。

その離れの床は、四《よっ》ン匐《ば》いにならずとも、子供なら、ちょっと、首をひっこめる程度で歩けるぐらい、高かった。

縁の下の黒い影は、中腰になって、じっと動かぬ。

少年は、刺客だと直感した。十二歳の少年は、父が刺客に狙われることがあるのを知っていたし、また、父が日本一の兵法者であることも、知っていた。

少年は、父に危険を報《しら》せるかわりに、父がどのようにして、この刺客の襲撃を躱《かわ》すであろうか、という興味を、とっさにわかせた。ただの少年ではなかった。物心ついた頃から、木太刀《きだち》をつかんで、けんめいに兵法修業をしていたのである。

刺客は、縁側の下から、気配をひそめて、鋭く目を光らせている。

少年の父は、敵が背後にひそむことを、全く気づいていないように、愛鳥を撫でさすりながら、話しかけている。

刺客が、すこしずつ、動きはじめた。

少年は、固唾《かたず》をのんだ。全身が石のようにかたくなっていた。

刺客が、陽ざしの落ちた地点まで、忍び出て来た時、少年は、思わず、声を立てようとした。

その瞬間――。

白刃を閃《ひらめ》かしざま、刺客は、少年の父めがけて、躍りかかった。

凄《すさま》じい横なぐりの車斬りであった。

同時に――。

少年の父は、腰の小刀を、抜く手も見せず刺客へ投げつけていた。

のけぞる刺客の胸に、小刀がふかぶかと、突き刺さっているのを、少年は、みとめた。

少年には、刺客の車斬りを、父がどうして躱したか、わからなかった。父は、ほとんど動かなかったからである。

少年は、立上がって、茫然《ぼうぜん》となった。

おどろくべきことは、まだ、あった。

父の左の拳の上にいる隼鷹が、もとのまま、頭を立てて、鋭い目を空に送って、動かずにいることであった。

鷹《たか》は、殺気をあびせられるや、当然、羽音高く、空へ飛び逃げるものであった。それが、動かずにいる、というのは、どうしたことであったろう。

主人を絶対に信頼しているにもせよ、鷹はやはり鳥でしかないのだ。おどろけば、飛び立つのが、あたりまえではないか。

主人が、小刀を抜きつけに投げ、刺客が血汐《ちしお》を宙に撒《ま》いて、仆《たお》れたのを、鷹は、全くそ知らぬふりなのであった。

二

少年の父は、柳生石舟斎宗厳《やぎゆうせきしゆうさいむねよし》であり、少年はその四男五郎右衛門《ごろうえもん》であった。

石舟斎は、刺客が地面に俯伏《うつぶ》して動かなくなるのを見とどけておいて、はじめて、隼鷹を、拳から放った。

隼鷹は、ようやく自由を得た悦《よろこ》びを、羽音にこめて空高く翔《か》けのぼって行った。

少年は、同じ場所に立ちつくして、ただ大きく目を瞠《みは》って、父を見まもっていた。

その時、なにかの用事で、離れへ来た家来が、庭さきに事切れている刺客の姿を発見して、

「これは！」

と、愕然《がくぜん》となった。

「殿、こやつ、殿を襲うて参りましたので――？」

「うむ、多分、松永《まつなが》家の旧臣であろう。ていねいに、葬ってつかわせ」

「まだ、ほかにも、ひそんで居《お》るやも知れませぬ。すぐに、探索つかまつります」

「いや、この男一人だけであろう。昨夜から、床の下にひそんでいたのを、わしは気がついて居った」

「はっ!?」

「いつ襲うて参るか、と待って居ったが……、ひどう間抜けた攻撃をして参ったものだ」

「と仰せられますと？」

「五郎が、あそこで遊んで居って、わしに、教えてくれた」

すなわち、石舟斎は、わが子の様子から、背後の敵の動きをはかっていたのである。

ともあれ、柳生五郎右衛門が、わずか十二歳で、父石舟斎の神技を見せられたことは、重大な意味を持った。

柳生家は、ただの兵法者の家ではなかった。

その先祖は、神代までさかのぼる。

神代の時、天香久山《あまのかぐ》の岩戸が、双つに割れ、そのひとつは虚空に飛び去ったが、もうひとつは、大和国《やまとのくに》にとどまった。それを、神戸《かんべ》岩と称した。神戸岩のほとりに四庄があった。

大柳生の庄、坂原《さかはら》の庄、邑馳《むらはせ》の庄、小柳生の庄の四庄である。

神代このかたの霊地として、住民らは、誇りを持っていた。

藤原《ふじわら》家がこれを領し、頼通《よりみち》の時、四庄は、奈良《なら》の春日《かすが》神社に寄進された。

やがて、春日神職領がさだめられ、四庄には、それぞれ領家ができた。

小柳生庄を領したのは、大膳永家《たいぜんながいえ》であった。すなわち、柳生家の先祖である。

後醍醐《ごだいご》帝の時世に、柳生家は、その土地を失った。

柳生家の庶子の一人が、笠置《かさぎ》寺に入って、僧となり、中坊《なかのぼう》と称した。

元弘《げんこう》元年、後醍醐帝が、笠置寺に潜幸した際、このあたりに、自分を援《たす》けてくれる者がいないかと下問された時、勅答したのが、その中坊であった。

「河内《かわち》の国、金剛《こんごう》山の麓に、楠多門兵衛正成《くすのきたもんひようえまさしげ》と申す者が居ります。勇気と智略《ちりやく》を兼備して居る豪族でありますれば、必ず帝《みかど》のお役に立つことと存じまする」

この勅答が、建武《けんむ》の維新に際して、小柳生庄の旧領を、復せしめた。

中坊は、おのが兄永珍《ながよし》を迎えて、領主とした。

以来、柳生家は、連綿として、小柳生庄の豪族として、家門の誇りを継いで来た。

下剋上《げこくじよう》の戦国時代を迎えるや、小柳生庄も、権勢争奪の嵐からまぬかれることはできなかった。

足利《あしかが》将軍の権勢は、管領細川《ほそかわ》に奪われ、細川の権勢はやがて、その被官の三好長慶《みよしながよし》に取られた。

三好長慶とその家臣松永久秀《ひさひで》は、急速に、その実力をのばした。

永禄《えいろく》初年には、三好の勢圏は、山城《やましろ》、摂津、河内、大和、和泉《いずみ》、淡路《あわじ》、阿波《あわ》に及んだ。

永禄七年夏、三好長慶が逝くや、その権力は、松永久秀の手に移った。

小柳生庄の領主柳生家厳《いえよし》は、当然、三好、松永の命令下に置かれた。

三

足利将軍義輝《よしてる》は、三好、松永らに追われて、三度も近江《おうみ》へ遁《のが》れる運命を負うて居り、そのために、身を守るために剣を学び、一流の使い手であった。はじめ塚原卜伝《つかはらぼくでん》に学び、のち上泉伊勢守《かみいずみいせのかみ》の手ほどきを受けている。

義輝は、三好長慶が逝くまで、じっと隠忍自重して、機会の来るのを、待っていた。

長慶が逝ったときいた義輝は、

——秋《とき》が来た！

と、決意した。

しかし、義輝が決意した時には、すでに、松永弾正《だんじょう》久秀の方が、義輝弑逆《しいぎゃく》のほぞをかためていた。

永禄八年五月十九日、清水詣《きよみず》と披露して、義輝を油断させておいて、松永の手勢は、突如、室町《むろまち》御所を包囲すると乱入した。

宿直《とのい》の士《さむらい》は、いずれも、えらばれた使い手ぞろいであったが、一対二十人以上の闘いでは、抗すべくもなかった。

自室に在った義輝は、もはや遁れられぬ身とさとると、

五月雨《さみだれ》はつゆかなみだか時鳥《ほととぎす》
　わが名をあげよ雲の上まで

と、辞世をしたため了《お》えて、秘蔵の剣を把《と》って、立った。

その業の冴《さ》えは、忽《たちま》ち、十数人の鎧武者《よろいむしゃ》をあの世に送った。

池田丹後守《いけだたんごのかみ》が、物蔭《ものかげ》にひそんでいて、義輝の足を薙《な》ぎ、倒れるところを、兵らに障子で押えつけさせておいて、槍《やり》で突いた。

義輝は、身に数箇所の深傷《ふかで》を負いつつも屈せず、奥へ遁れて、火を放つや、自らを焔《ほのお》の中へ投じて、相果てた。

三好、松永の権勢の前に、身を屈していた柳生家厳、宗厳父子も、このあまりに残忍卑劣な弑逆ぶりに、憤激した。

そして、ついに、松永に叛《そむ》いて、織田信長《おだのぶなが》に荷担した。

松永弾正は、天正《てんしょう》五年十月十日、信貴《しぎ》の城を攻め落されて、自害したが、その戦いに於《お》いて、織田の軍勢を大和へみちびき入れたのが柳生氏である、と噂《うわさ》された。

松永家の旧家臣らは、柳生父子を怨《うら》み、復讐《ふくしゆう》を誓って、つぎつぎと刺客となって、家厳、宗厳の生命《いのち》を尾《つ》け狙ったのである。

この復讐の一念は、執拗《しつよう》をきわめ、織田信長の時代が終り、豊臣秀吉《とよとみひでよし》の時代に移っても、なお、いささかもうすれることはなかった。

柳生家厳が、八十九歳で逝ったのは、本能寺《ほんのう》に於いて織田信長が斃《たお》れてから二年後の天正十二年であった。

その時すでに、宗厳は、柳生谷の城にとじこもって、いかに秀吉に要請されても、戦場に出ようとしなかった。

もし、宗厳が、信長及び秀吉の麾下《きか》に加わって、戦場を馳駆《ちく》していたならば、おそらく、数十万石の大大名になっていたに相違ない。

宗厳は、巨大な城の主になることよりも、一流の兵法者たる道を、えらんだのであった。

表裏反覆の目まぐるしい政権争奪の戦いに、宗厳は、嫌悪したのである。

宗厳に、名利をすてさせたのは、南伊勢の百六十万石の太守多芸《たけ》御所・北畠具教《きたばたけとものり》であった。

北畠具教は、塚原卜伝から「一ノ太刀」をさずけられた新当流《しんとう》二代目の流祖であった。

具教は、のちに、上泉信綱《のぶつな》からも、新陰《しんかげ》流の奥旨を伝授されて居り、その業前は、卓絶していた。

中条流《ちゆうじよう》を学んだ柳生宗厳は、この多芸御所を、尊敬していた。

具教が、上泉信綱をともなって、柳生谷へやって来たのは、永禄七年春のことであった。

具教は、宗厳を信綱に立合せて、剣のおそろしさをさとらせる目的であった。

宗厳は、若い頃、塚原卜伝から教えを受け、卜伝が去ったのちも、卜伝の高弟神島新《かみしましん》十郎《じゆうろう》から学び、中条流の剣に於いては、天下一流と自負していたのである。

具教は、その自負をくじくことによって、宗厳に、剣のおそろしさをさとらせたかった。すなわち、剣は、ひとつの極意を会得した、と思っても、必ずしも、それが無敵のものではないことを、具教は知っていたのである。

上泉信綱は、しばらくの座談を交しているうちに、柳生宗厳が、兵法に就いて、いささか、たかをくくっている様子を、看《み》て取った。

宗厳は、信綱が一向に立合おうとする気配をみせないのに、苛立《いらだ》って、催促した。

すると、信綱は、供の一人の疋田文五郎《ひきたぶんごろう》を指名して、

「お前、お対手《あいて》をいたせ」

と、申しつけた。

宗厳と文五郎は、木太刀を把って対峙《たいじ》した。

その業は、比べもならぬ差があった。

対峙するやいなや、文五郎は、

「その構えは、悪し！」

と、云いざま、宗厳の小手を奪った。

二回目の立合いに於いても、文五郎は、同じ言葉をあびせざま、宗厳の小手を搏《う》った。

三回目も、全く同じであった。

「その構えは、悪し！」

その声とともに、宗厳の手から木太刀を、とり落させてしまった。

宗厳には、どうして、このように小児扱いされて、あっけなく負けるのか、判《わか》らなかった。

四

柳生宗厳は、上泉信綱の前に坐《すわ》ると、何故自分が斯様《かよう》にあっけなく敗れるのか、教えを乞うた。

信綱は、微笑して、

「いま一度、太刀を把られい」

と、云い、おのれは、無手で、宗厳の前に立った。

これは、兵法者としては、侮辱であった。宗厳は、憤りをおぼえつつ、青眼の太刀を、じりじりと進めた。

信綱は、両手をダラリと下げたなり、ただの静止の姿勢をとっているばかりであった。

隙があるといえば、信綱の全身は、隙だらけであった。

宗厳は、その切先が、信綱の胸前一尺《むなさき》まで、迫った。


撃てば、撃ったところの骨が砕けそうであった。宗厳は、そのために、一瞬、ためらった。

すると、

「何をされて居る？」

信綱の声が、催促した。

宗厳は、

「ごめん！」

ことわりざま、信綱の脳天めがけて、撃ち込んだ。

次の刹那——。

宗厳は、茫然と自失した。

信綱の五体が動いた——と視《み》た一瞬、すでに、おのが太刀は、信綱の手に移っていたのである。

宗厳は、総身を冷汗が流れるのをおぼえた。

おのが中条流は、正統を継いだものであり、その業に於いて、塚原卜伝の高弟神島新十郎から、

「充《み》ちて居られる」

と、みとめられていたのである。

当時――。

剣を学ぶ者は、飯篠《いいざさ》山城守長威斎《ちょういさい》の天真正伝神道流《てんしんしょうでんしんとう》を源流として、尊んでいた。

塚原卜伝も、上泉信綱も、ともに、その出発にあたっては、まず、天真正伝神道流を学んだ。卜伝の方は、松本備前守尚勝《まつもとびぜんのなおかつ》に師事し、やがて、「一ノ太刀」を創った。信綱の方は、愛洲移香《あいすいこう》の剣をわがものにして、これにおのが独自の工夫を加えて、新陰流を編んだ。

しかし、飯篠長威斎が天真正伝神道流を創る前に、すでに、中条流は、あった。中条流は、鎌倉寿福寺《かまくらじゆふく》の僧慈恩《じおん》から起こった。鎌倉幕府以前である。

慈恩は、べつに、おのが剣に、何流などとは、名づけなかった。「流」などというものはなかったからである。

この剣を、鎌倉幕府の評定衆であった中条家が、継いで、代々伝えた。それでも、べつに、中条流とは、いわなかった。

中条兵庫助長秀《ひょうごのすけながひで》という俊秀があらわれて、足利三代将軍義満《よしみつ》の師範となってから、その流名がひびいた。

この中条流を、小柳生庄の柳生家が学んで、次代へつたえて来たのである。

宗厳に至って、中条流をさらに大成すべく、諸流の奥義を知ろうとしたのである。

中条流使い手として、五畿内随一という称が、宗厳にはあった。

にも拘《かかわ》らず——。

宗厳は、小児のごとく、疋田文五郎から太刀を撃ちおとされ、信綱からは、奪い取られてしまった。

しかし、宗厳は、屈しなかった。

「三日の御猶予をお願いつかまつる」

中条流正統を継ぐ者として、斯様に無慙《むざん》な敗北を喫して、そのまま、膝を屈するわけにはいかなかった。

新陰流に対する中条流の工夫が、必ずあるべきだ、と宗厳は、考えたのである。

多芸御所・北畠具教と上泉信綱を、客館へ逗留させておいて、宗厳は、三日間、一心不乱に、業を工夫した。

そして、あらためて、無手の信綱の前に、中条流上段の構えを、とった。

結果は、全く同じであった。

宗厳は、絶望した。

その夜、更けて、宗厳は、北畠具教を、その部屋に問うて、

「あまりの未熟に、生きてゆく甲斐《かい》もなき次第に相成りました」

と、告げた。

具教は、こともなげに、

「御辺は、ここらあたりで、業をすてる必要があろうか、と存ずる」

と云った。

五

宗厳は、訊ねた。

「業をすてる、とは？」

「御辺は、これまで、すべての面で、いささか、欲が深すぎたようだ。世俗の名利について も、また剣に於いても——。これが、わざわいして、かえって、太刀筋が狂ったかに思われる。例えて申さば、松永久秀に従って、京《きょう》へのぼり、大国を領する野望を起すならば、名分なき戦《いく》さを為《な》すために、あらゆる権謀術数を用いなければ相成らぬ。兵法者としては、これほど、心をわずらわされる邪道はないであろう。……剣の道は、覇者の道とは、全くちがって居る。いずれを、えらぶかは、御辺の自由だが……」

具教は、そうこたえた。

宗厳は、その言葉に、おのが目をひらかされた。

上泉信綱は、兵法以外に、二心のない人物であった。

功名も富貴も栄達も、心にはなかった。

信綱の居城は、上州《じょうしゅう》の大胡《おおご》城であったが、嗣子秀胤《ひでたね》に与え、後見として弟主水《もんど》を置き、おのれは、自由気ままに、諸国をわたり歩いていた。

大胡城は、武田信玄《たけだしんげん》の支配圏内に置かれていたが、信綱は、信玄の家臣扱いにされるのを好まず、越後《えちご》の上杉謙信《うえすぎけんしん》にも、新陰流の技を示した。国取り城取りの功名心は、皆無であった。

具教は、宗厳に、

「御辺ならば、この柳生谷に、城門をかたくとざせば、兵法ひとすじに、すごすことができよう。……新陰流の剣を、享《う》けて、後世につたえてもらいたいと思うて、伊勢守をともなったのだが、如何《いかが》であろう、名利をすてる存念にはならぬか？」

と、すすめた。

宗厳は、ふかく頭を下げた。

その日から、宗厳は、大大名の道へ進む野心をすてた。

翌年、松永久秀が、軍を率いて、京へ入り、将軍義輝を弑逆した時も、宗厳は、久秀の命令をかたく拒否して、柳生谷から出なかった。

その日々は、剣をふるうことのみであった。

二年の後、上泉信綱は、再び、柳生谷の館へ現れた。

宗厳の願いによって、立合った信綱は、こんどは、無手ではなかった。

対峙して、ややしばらくすると、信綱は、すらっと青眼の木太刀を引いた。

「御精進のほど、しかと見とどけ申した」

そう云った。

それから、半年の間、信綱は、柳生谷にとどまって、新陰流の奥義を、ことごとく、宗厳にさずけた。

去るにのぞんで、信綱は、

「向後、はばかりなく、この一流兵法を、柳生新陰、と称《い》われるがよろしかろう」

と、云いのこした。

信綱は柳生谷に在る期間、よく、

「それがしには、まだ、無刀にして勝を制する術の工夫が足り申さぬ」

と、宗厳に、云っていた。

新陰流の到達するところは、無刀で勝つということである。それが、信綱の念願であった。

爾来《じらい》、柳生宗厳は、信綱が念願とする剣の真髄に向って、一歩一歩近づいてゆく努力をつみ重ねたのであった。

無刀の術とは、素手で勝つ、ということではなかった。不意の襲撃に対して、こちらが、刀槍《とうそう》を把れぬ場合がある。その時は、手にふれる何でも、これを得物として、闘わねばならぬ。その得物を、ふせぎのためではなく、反撃の武器とする。さらにまた、あたりには、手につかむべき何物もない場合がある。その時は、敵の刀なり槍なりを、奪わねばならぬ。

これは、云うは易《やす》く、為すのは至難である。

宗厳は、この境に入るべく、常に、自室の床の間には、信綱が書きのこした三首の歌を、掛けていた。

　よしあしと思ふ心を打捨てて
　　何事もなき身となりて見よ
　おのづから映ればうつる映るとは
　　月も思はず水も思はず
　いづくにも心とまらば住みかへよ
　　長らへばまたもとのふるさと

六

宗厳には、四人の男子があった。

嫡男は新二郎厳勝《しんじろうとしかつ》、次男は宗矩《むねのり》（のちの但馬守《たじまの》）、三男は十郎左衛門《じゅうろうざえもん》、そして四男が五郎右衛門であった。

上の二子と下の二子は、腹ちがいであり、年齢の差があった。

宗厳は、嫡男厳勝が二十歳になると、小柳生庄を、ゆずって、おのれは、隠居のかたちをとった。しかし、実際には、領主たることに、かわりはなかった。

天正七年、織田信長が、足利義昭《よしあき》を擁して、上洛《じょうらく》した際、宗厳は、所領を安堵《あんど》させるために、厳勝を、信長の許《もと》へおもむかせた。

厳勝は、大和勘定の案内者を命じられて、筒井順慶《つついじゅんけい》の麾下に加えられた。

その功によって、柳生家には、かなり恩賞があるべきであった。

ところが、結果は逆であった。

柳生家の家臣松田《まつだ》某《なにがし》が、厳勝を激怒させる行状を為して、追放されると、それを逆恨みして、

「柳生には、かくし田があり、上《かみ》をいつわって居りました」

と密訴したのであった。

このことが、信長の耳に入った。

信長は、事実の有無を調べもせず、

「柳生から、領地を没収せよ」

と、命じた。

宗厳はやむなく蟄居《ちっきょ》し、石舟斎と号して、いよいよ、世俗の事から遠ざかった。

嫡男厳勝は、筒井順慶の家臣となり、次男宗矩は、徳川家康《とくがわいえやす》に仕えた。

宗厳の許には、少年の十郎左衛門と、五郎右衛門が残った。

領地を奪われた、といっても、柳生谷の館にそのまま、宗厳は住み、領民たちは、依然として、柳生家を主人と仰いでいた。いわば、命令権をうしない、あがる米を自由に

できなくなったが、実際には、くらしには困らなかったのである。

少年五郎右衛門が、摂津有馬温泉の湯宿で、父の秘技を視たのは、その頃であった。

五郎右衛門が、十四歳になった時であった。

某日、一族の謀叛《むほん》に遭って滅亡した北畠具教の旧臣の子息の一人が、柳生谷を訪れた。

田毎大三郎《たごとだいざぶろう》と名のった若者は、

「先日、父が亡くなる際、多芸御所を襲って、これを弑逆した不義者どものうち、襲撃隊長小野田左衛門《おのだざえもん》は、まだ生き残って、織田麾下にあって、羽ぶりをきかせているのが、いかにも無念ゆえ、機会あらば、仇討《あだうち》せよ、と遺言つかまつりました。……しかし乍《なが》ら、それがしは、いまだ、正しい剣を学んで居りませぬ。この未熟の腕前にて、敵に立ち向えば、必ず、返り討ちに遭うものと存ぜられます。……願わくば、敵を討ちとるための業、一手をお教え下さいますよう、願い上げます」

と、乞うた。

多芸御所・北畠具教は、天正四年に、四十九歳で、滅んでいた。

具教が、北伊勢に侵入した織田信長の強引な婚姻政策に屈して、伊勢・志摩《しま》・熊野《くまの》・南大和百六十万石を、信長の次男信雄《のぶかつ》と信孝《のぶたか》を養子に迎えて、譲り渡し、隠居して、大河内《おかわち》城に移ったのは、四十二歳の時であった。

それから、七年後に、具教は、木造具康《こづくりともやす》（日置《へき》城主七万石）田丸中務少輔《たまるなかつかさのしょう》（田丸城主五万五千石）ら一族の伊勢管領の謀叛に遭うたのであった。

具教は、侍臣の一人に裏切られて、毎日すこしずつ、食膳に毒を盛られて、からだが衰弱させせられていた。

その年、冬になって、大河内城を出て、内山里《うちやまさと》という温暖な地に、避寒に出かけたところを、突如として、謀叛の軍勢に夜撃されて、斬り死して相果てたのであった。

その最期は、壮烈無比であった、という。

足利将軍義輝が、松永久秀勢に襲われて、十数人の鎧武者を斬り伏せたのと、よく似ていた。

ただ、具教は、毒を盛られて、身体《からだ》が衰弱していたので、その闘いぶりは、義輝よりも、さらに悲惨な光景であった。

具教は、魔神に似た凄じい闘いをくりひろげて、十八人までも斬った。

そして、ついに、襲撃隊長小野田左衛門の槍を、背中に受けて、殪《たお》れたのであった。

田毎大三郎という若者は、旧主の無念を、亡父に代って、はらしたい、とほぞをかためているのであった。

宗厳は、しばらく、黙然としていたが、

「よろしい。お許に、一手を教えよう」

と、云った。

手を打って、四男の五郎右衛門を呼ぶと、

「よい機会ゆえ、そなたは、この若者の仇討の助太刀をいたすがよい。ついては、両名に、必ず、敵に勝つ一手を教える。……剣というものは、一朝一夕で学ぶことは叶《かな》わぬ。十年、二十年の精進によって、はじめて、不敗の剣を会得できるもの。しかし、仇討が明日に迫っているのであれば、これを遂げるのは、ただ一手しかあるまい。よく、きいておくがよい」

と、云うと、一刀を携えて、庭へ出た。

七

それから、五日後の、肌寒い曇りの日の午后《ごご》——。

十九歳の若者と十四歳の少年は、京都《きょうと》嵯峨《さが》のほとりの、小松の疎林の中に立っていた。

疎林のむこうに、辻《つじ》があった。

帷子《かたびら》の辻、といい、檀林《だんりん》皇后の遺骸を、この嵯峨野に葬った際、帷子が道へ落ちた。

それで、この地名が起こったという。

この辻から、上嵯峨、下嵯峨、太秦《うずまさ》、常盤《ときわ》、広沢《ひろさわ》、愛宕《あたご》へと、道が岐《わか》れる。

田毎大三郎と柳生五郎右衛門は、生まれてはじめて真剣の勝負をする緊張で、顔を蒼《あお》ざめさせていた。

やがて——。

「来た！　あいつだ！」

田毎大三郎が、小さく叫んで、大きく胸を喘《あえ》がせた。

多芸御所・北畠具教を討ちとった小野田左衛門は、異常なまでに大兵の武士であった。連銭葦毛《あしげ》の駿馬《しゆんめ》に、うち跨《また》がって、悠然と胸を張り乍ら、近づいていた。前後に小者が二人ずつ、そして、ややおくれて、これも大兵の八字髯《ひげ》のさむらいが、従って来た。

小野田左衛門が、この日この時刻、帷子の辻を通ることは、予《あらかじ》め田毎大三郎のつきとめていたところである。

小野田左衛門が、槍の達人であることはきこえていたが、左衛門が外出すると、影の形に添うごとく、必ず、従っているその八字髯もまた、南都宝蔵《ほうぞう》院の僧あがりで、町久《まちく》保胤馬《ぼいんば》という兵法者であることは、あまり知られていなかった。

町久保胤馬は、地下《じげ》の娘を犯した咎《とが》で、宝蔵院を破門され、槍を把ることも禁じられていたが、その槍術を、剣の突きに応用して、凄じい迅業《はやわざ》を放つことを、田毎大三郎と柳生五郎右衛門は、柳生谷を出る際、石舟斎の高弟の一人から、きかされていた。

石舟斎は、宝蔵院胤栄《いんえい》と交遊があり、したがって、柳生の高弟たちも、宝蔵院の僧たちと親しかった。

宝蔵院から破門されて、町久保胤馬と名のる男が、小野田左衛門の家来になっていることは、風の便りにきこえていたのである。

胤馬の剣の凄じい突きを、宝蔵院の僧で、見た者があった。

胤馬が、片足をふみ出した時、すでに、敵の胸から背まで、突き通していた、という。

田毎大三郎は、小野田左衛門にあたり、柳生五郎右衛門は、町久保胤馬にあたる手筈《てはず》であった。

父石舟斎に命じられて、助太刀に出《い》で立とうとした時、高弟の一人が、顔色を変えて、石舟斎に、

「若お一人にては、とうてい、町久保胤馬を討つことは、叶いませぬ。それがしに、お供を――」

と、願い出た。

しかし、石舟斎は、かぶりを振って、

「わしの秘伝を、五郎にさずけてある。相討ちになるかも知れぬが、敗れることはない」

と、しりぞけたことであった。

宗厳は、大三郎と五郎右衛門を、庭にともない、次の秘伝をさずけたのである。

「わしは、剣を学んだことのない者でも、必死になれば、必ず勝つ一手を編んで居る。いまだ、誰にも教えたことはない。いま、そちたちに教える。かりに名づけて、刀盤《つば》の法、と申しておこう。よいか、切先を以《もっ》て人を斬る者は敗れ、刀盤を以て人を斬る者は勝つ――このことじゃ」

そう教えておいて、宗厳は、つかつかと、石塔に近づいた。

「よいか、いま撃つのは、切先だぞ」

云いざま、気合もろとも、振り下した。

塔の笠はしに、火花が散ったばかりであった。

「こんどは、刀盤を以て、斬る」

宗厳は、一歩深く踏み込みざま、白刃を撃ち下した。

塔の笠は、見事真二つになって、地面へ落ちた。

「わかったであろう。切先で人を斬ろうとすれば、刀は敵にとどかず、かえってわが身が斬られる。鍔《つば》を以て、敵を突き倒すなり、敵の剣を打ち砕くなり、敵の軀《からだ》へおのが鍔をたたきつける心得で、斬り込めば、見事に勝ちを得る。このことを忘れず、敵に向うがよい」

大三郎と五郎右衛門は、宗厳の教えを胸に容《い》れて、柳生谷を出て、京都へ向って来たのであった。

八

大三郎は、松の木立をくぐり抜けて、帷子の辻へ、奔《はし》り出ると、

「小野田左衛門殿とお見受けいたす。それがしは、北畠具教が旧臣田毎大三郎と申す。主君の無念を、いま、はらしたく存ずる」

と、叫び、次の瞬間、先頭の小者へ向って、躍りかかるや、持っていた長槍の柄を、両断した。

五郎右衛門の方は、町久保胤馬の背後へとび出して、

「柳生五郎右衛門、義によって、助太刀！」

と、叫んだ。

大三郎の方は、槍を使えなくすれば、小野田左衛門と互角の勝負ができる自信があった。

五郎右衛門の方は、町久保胤馬の飛電の突きに対して、刀盤の法で、文字通り必死の闘いを挑むことになる。

町久保胤馬は、ゆっくりと踵《きびす》をまわし、自分に向って来たのが、むしろ華奢《きやしや》なからだつきの少年であるのをみとめて、眉宇をひそめた。

「柳生、と名のるところをみると、柳生谷の倅《せがれ》か？」

「柳生石舟斎が四男にござる」

「ふむ。柳生の倅ならば、相手にとって不足はない、と申したいところだが、まだ乳くさいわっぱでは話にならん」

吐きすてたものの、胤馬は、五郎右衛門の青眼の構えを視て、

――これは！

と、内心思った。

構えそのものは、手練者《てだれ》も未熟者も、そう差があるものではない。

一瞥《いちべつ》して、これは強い、と判るのは、その刀身と姿勢に充ちている心気を、こちらが、

感ずるからである。

人間と人間の闘いである。心気が充ちているか否か——これは、おのずと、おのが鍛錬次第で、こちらに判って来る。

こちらが、未熟者ならば、未熟だけの判りかたしかしないであろうが、熟達していればいるほど、対手の強弱の程度がつたわって来る心気から、はかることができる。

胤馬は、五郎右衛門の青眼の構えが充たしている心気が、とうてい十四、五歳の少年のものとは思われず——いや、一流兵法者のものであることを、知った。

そうと知れば、対手が少年であることは、手加減の理由にはならぬ。

「よし!」

胤馬は、すらりと、刀を鞘走《さやばし》らせた。

槍術使いだけあって、その差料は、三尺を越えていた。

胤馬は、その長剣を、手もとへ引きつけるように、独特の突きの構えをとった。

胤馬の構えは、あきらかに、突きの一手しかないものであった。

と——。

五郎右衛門は、その青眼の白刃を、ゆっくりと、下げはじめた。

地摺《じず》りに下げた時、いつの間にか、刃を上に、峰をかえしていた。

これは、父石舟斎宗厳から教えられた業ではなかった。

柳生谷から京都へ出て来るあいだに、おのが脳裡《のうり》で、工夫した業であった。

町久保胤馬の凄じい突きの迅業に、互角の勝負を挑むには、最も効果ある刀盤の法を放たねばならぬ。

刀盤を対手の軀へたたきつけよ、と父は教えてくれたのである。

そうするためには、猛然と躍り込まねばならぬ。しかし、胤馬の迅業は、突きの一手である。

ただ、遮二無二躍り込むことは、飛んで火に入る夏の虫の惨めさをさらす結果を招くに相違ない。

胤馬の突きを排除して、刀盤の法を放つには、

——よし、地摺りの逆斬りだ！

五郎右衛門は、そう思いさだめたのである。

「ふむ！」

胤馬は、五郎右衛門の地摺り峰がえしの構えを見て、にやりとすると、

「小ざかしゅう工夫したのう。……それで、勝てるか」

と、あざけった。

五郎右衛門は、口を真一文字にひきむすび、頬に朱を滲《にじ》ませて、無言であった。

馬をへだてて、田毎大三郎と小野田左衛門、胤馬と五郎右衛門が、対峙して、そのまま、しばらく、四人は、固着状態にあった。

つと——。

五郎右衛門が、一歩踏み出した。

六歩以上あった距離を、五郎右衛門の方から、締め出したのである。

九

胤馬は、えじきがむこうから寄って来るのを待つ毒蛇のように、まばたきをせぬ冷たく鋭い眼光を、放射して、微動もせぬ。

五郎右衛門は、じりじりと迫って行く。

急に、松の枝に、ぱらぱらと雨の落ちかかる音がした。

雨の音は、それだけでおわった。

次の瞬間――。

五郎右衛門が、雄叫《おたけ》びのような気合を噴かせて、胤馬めがけて、身を躍らせた。

はがねの鳴る音とともに、胤馬の長剣が、なかばから折れて、宙へはねとび、松の梢《こずえ》へ消えた。

五郎右衛門と胤馬は、吸いつくように体を合せて、動かなかった。

胤馬の背中から、三尺ちかくも、白刃が突き出ていて文字通り、五郎右衛門は、刀盤もとまで、対手の胸を刺し貫いたのであった。

五郎右衛門が、身を躍らせた刹那、胤馬は、飛電の突きを放って来た。逆斬りの五郎右衛門の剣は、その突きの長剣をはじきざまに、胤馬の胸を貫いたのであった。

長剣は、はじかれるや、真二つに折れて、飛んだのである。

まことに、胤馬の最期は、凄じかった。

五郎右衛門と咫尺《しせき》の間に顔を合せ乍ら、くわっと双眼をひき剝《む》き、事切れた。事切れ乍ら、口から、だらだらと、血汐を流した。

五郎右衛門は、その悽愴《せいそう》きわまる形相に、思わず、目蓋を閉じて、白刃を、胸からひき抜こうとした。

しかし、容易に抜けなかった。

やむなく、からだをからだにぶちつけて、胤馬をうしろへ倒れかからせておいて、さっと引き抜いたが、勢いあまって、おのれも、しりもちをついた。

はっと、われにかえって、はね起きてみると――。

田毎大三郎は、辻わきの石地蔵尊へ、ぴったりとくっつくあんばいに、追いつめられていた。

小野田左衛門は、大刀を右手に、そして、左手には、柄を両断された槍を摑《つか》んでいた。小者に渡されたものに相違ない。

大刀をまっすぐに突き出し、槍を頭上高くかざして、左衛門は大三郎を、じりじりと追いつめていたのである。

五郎右衛門は、近づくと、

「大三郎殿！　刀盤の法じゃ！」

と、叫んだ。

追いつめられた者の、恐怖の表情をうかべていた大三郎は、その助勢の声に、にわかに、生気をとりもどした。

左衛門の方は、少年が胤馬を討ちとったことを知って、愕然となり、その少年にそばへ迫られて、神経を二つに分けなければならなかった。

一瞬——。

左衛門は、先手を打って、ふりかざした槍を、大三郎めがけて、投げつけた。

穂先は、大三郎の耳朶《じだ》を掠《かす》めて、石地蔵尊を襲った。

地蔵尊の首が、ころがり落ちた。

「とお！」

大三郎の口から、満身の鋭気をこめた叫びがほとばしった。

結果は、胤馬に対する五郎右衛門の成功と、同じであった。

大三郎の剣は、左衛門の胸をふかぶかと貫き、背から三尺も、切先を突き出した。

柳生五郎右衛門は、そのまま、柳生谷には還《かえ》らず、諸国放浪の旅をかさねた。

五郎右衛門は、兄弟の中では、最も凡庸な生まれつきのように、周囲から眺められていた。

気象に激しさがなく、寡黙で、行動が目立たなかった。宴席などで、他の兄弟は、それぞれ個性の強さで、存在をあきらかにしていたが、五郎右衛門だけは、そこにいるのかいないのか、人々の目からはずれてしまっていた。

道場に於いても、その稽古ぶりは、あまりに尋常すぎて、門弟たちの激しい稽古の蔭に消えてしまっているようであった。

したがって、石舟斎宗厳以外は、五郎右衛門に、はたして、天稟《てんぴん》があるのかどうか、判りかねた。

「一人ぐらいは、凡庸なのも生まれる」

そうかげ口をたたく者もあった。

十四歳のその日まで、五郎右衛門の天才を示すような逸話は、ひとつもなかったのである。

しかし――。

宗厳だけは、五郎右衛門こそ、四人の息子の中で、最も秀《すぐ》れた兵法者になるのではあるまいか、と看てとっていたようである。

だからこそ、敢《あ》えて、その仇討に助太刀させたのである。そして、諸国を経巡るように、命じたのであった。

十

柳生五郎右衛門が、放浪の旅のあいだに、どのような逸話をのこしたか、殆《ほとん》ど記録にはない。

しかし、次兄但馬守宗矩や、三兄の十郎左衛門宗章《むねあき》と、あやまって、伝えられた逸話がある。

関ケ原《せきがはらの》役後のことであった。

五郎右衛門は、江戸《えど》へ出て、徳川家の兵法師範役となった次兄但馬守宗矩の道場へ、立寄った。

宗矩が、登城して留守の午《ひる》さがり、一人の托鉢《たくはつ》僧が、道場の前へ来て、武者窓から覗《のぞ》き込み、

「これが、将軍家師範道場の稽古ぶりかのう。ふくろ竹刀《しない》で、ばちゃばちゃ叩《たた》き合《お》うて、兵法修業とは、さても、子供だましじゃ」

と、大声で云った。

門番が出て来て、「乞食坊主め、雑言許せぬぞ。早々に失《う》せろ！」と呶鳴《どな》りつけた。

しかし、托鉢僧は、一向に、立去る気色もなかった。

五郎右衛門が、江戸の市中見物から帰って来て、この光景を眺め、

「貴僧、道場へお通りめされ」

と、いざなった。

座敷へ招じた五郎右衛門は、托鉢僧に、

「出家の姿をして居られるが、貴僧は、おそらく、兵法の業を心得て居られると、存ずる。何流をお使いであろうか？」

と、訊ねた。

僧は、笑って、かぶりを振った。

「愚禿《ぐとく》は、剣などふりまわしたことはないの。どだい、剣に、流儀をたてるのが、おかしなものと存ずる。剣などというものは、道場で、木太刀やふくろ竹刀をふりまわしただけで、上達いたすものではないと思うが、どうであろうかな」

「貴僧は、そのような稽古をせずとも、托鉢をして、経文を誦《しょう》しているだけで、極意を会得できる、と申されたいようだが――」

「そうさの。天才をむこうにまわすのなら、いざ知らず、道場で、叩き合うている手輩が対手なら、造作もない」

「では、それがしと、立合って頂けるか？」

「やってみしょうかの」

五郎右衛門は、托鉢僧を、道場に案内すると、

「木太刀でも、槍でも、薙刀《なぎなた》でも、ご自由に――」

と、すすめた。

僧は、かぶりを振った。

「出家は、得物など持たぬよ」

「それでは、立合いに相成らぬ」

「いや、それが、立合いになるのじゃな。……ま、向うて来てみなされ。もし、愚禿

が、脳天を割られても、御辺に責任はない。わしは、あんばいよろしく、極楽へ参るゆえ――」

僧は、笑った。

やむなく、五郎右衛門は、無手の僧に対して、木太刀を青眼に構えた。

僧は、うっそりと佇立《ちょりつ》して、動かぬ。

五郎右衛門は、ものの半刻《はんとき》も、青眼固着の構えを保っていたが、やがて、撃ち込もうともせず、しずかに、一歩退《さが》って、木太刀を下げた。

「どうなされたな?」

僧が、訊ねた。

「撃ち込むは易しと思えるものの、ついに、撃ち込むことが叶い申さぬ」

五郎右衛門は、こたえた。

僧は、ただ、きわめて自然に佇立していたばかりであった。べつに、鋭気も発しなければ、五郎右衛門がこころみに放った殺気をはじきかえそうともしなかった。

いわば、案山子《かかし》同様であった。

案山子を撃つことは、造作もないことであった。しかし、案山子を撃ったところで、何になろう。

五郎右衛門は、そうさとって、立合いを止《や》めたのである。

僧は、再び、座敷で、対座すると、

「如何かな。無手の者を撃つことは、叶いますまい」

「まさしく――」

「これが、剣の極意と申すものでは、ござるまいかな」

「……………」

「無手の者は、撃てぬ――これだけのことじゃな、ははは」

托鉢僧は、沢庵《たくあん》であった。

十一

同じ年のことであった。

五郎右衛門は、松平出羽守直政《まつだいらでわのなおまさ》邸に、招かれていた。

恰度《ちょうど》、そこへ、高名な一刀流の兵法者が、来合せていた。

偶然ではなく、出羽守が、柳生新陰流の真髄を観《み》ようとして、その兵法者を呼んだのである。

五郎右衛門は、固辞した。

一刀流の兵法者は、

「お手前は、将軍家師範の但馬守殿ではござらぬ。武者修業の一兵法者ではござらぬか。立合うて、なんの不都合がござろうか。……もし、お手前が、忌避されるに於いては、一刀流をおそれたことに相成り申すぞ」

と、迫った。

兵法者としては、この機会をはずして、柳生家の者との立合いは、のぞまれぬと思って、その挑戦は、執拗であった。

五郎右衛門は、しかし、なお、黙念として、動かなかった。

「柳生五郎右衛門、これまでに所望されて、立たぬことやある」

出羽守直政は、そう云って、木太刀を二振り、両者の前に置いた。

一刀流の兵法者の方は、さっと、木太刀を把って、立上がった。

その時、五郎右衛門が、

「お主――」

と、呼んだ。

対手は、振りかえった。

刹那――。

五郎右衛門は、片膝を立てざま、抜きつけの一閃《いっせん》を、対手に送った。

一刀流の兵法者は、顔面から肋骨《ろっこつ》まで、まっ二つに両断され、血飛沫《ちしぶき》の下で、崩れ落ちた。

出羽守直政は、仰天して、息をのんだ。

五郎右衛門は、白刃を鞘に納めると、やおら、出羽守直政に、向きなおり、

「卑劣の振舞いとお受けとりでありましょうが、対手が木太刀を把った瞬間から、試合

は開始されたものと心得て、それがし、斬りすてたのでござる。それがしは、もとより、若年にして未熟者でござるが、兄但馬守は、将軍家師範役でござる。それがしが、もし、この処《ところ》にて、おくれを取るようなことがあれば、柳生の流儀に、疵《きず》がつき申すのみならず、柳生流は一刀流に劣ると、風聞が立ち、一刀流より劣る流儀を以て、将軍家にお教え申し上げるのか、とあざけられるおそれもござる。それゆえ、この御仁には、申しわけなきこと乍ら、やむを得ず、先手を取って討ちすて申した。……爾今、兵法者同士を、立合せようなどと、かるがるしくお考えなきよう――」

そう云いすてておいて、しずかに立つと、松平邸を去った。

この心得を以て、諸国を経巡ったのであるから、五郎右衛門が、剣道史にのるような華々しい試合を一度も、行わなかったのは、べつにふしぎではない。

しかし、五郎右衛門の最期は、壮烈無比であった。

五郎右衛門は、諸国を経巡っているうちに、伯耆国《ほうきの》飯山《いいやま》城の客となった。

飯山城のあるじは、横田内膳村詮《よこたないぜんむらあき》といい、中村《なかむら》伯耆守忠一《ただかず》の重臣であった。

当時、中村忠一は、まだ十七歳であった。

父の中村式部少輔一氏《しきぶのしょうかずうじ》は、豊臣秀吉の三中老の一人として、重んじられていたが、関ケ原役の直後、病没していた。

忠一は、わずか十一歳で、伯耆米子《よなご》十八万七千石をうけついだのであった。忠一は、きわめて早熟であったが、それはいい意味ではなかった。文武の道の忍耐と努力には、堪えられぬかわりに、酒色に耽《ふけ》ることは、十四歳からおぼえた。

恰度、五郎右衛門が、飯山城の客となった頃であった。

忠一は、城内に、花見の宴をひらき、家臣の家族を招いた。

家臣の娘や妻たちを、物色した忠一は、三人の女性を、城内にのこした。そのうちの、一人は、人妻であった。そして、その一人は、婚礼をすませたばかりの新妻であった。

新妻は、忠一に犯された翌日、城内の井戸へ身を投げて、果てた。

これをきいた横田内膳が、急遽《きゆうきよ》飯山城から馬を馳《は》せて来て、厳しい態度で、忠一を諫《いさ》めた。

忠一には、多摩九郎左衛門《たまくろうざえもん》という佞臣《ねいしん》がいた。

忠一が、内膳に諫められて、不快な面持でそっぽを向いている時、多摩九郎左衛門が、手槍を摑んで、背後から、忍び寄り、内膳の背中を、貫いた。

忠一とすれば、内膳を殺すほどの度胸はなかった。

多摩九郎左衛門が、断りもなく、内膳を殺したことは、忠一を愕然とさせた。しかし、もはや、手おくれであった。

「横田内膳殿は、急病にて、相果てられました」

冷然としてそう云う多摩九郎左衛門に、忠一は、おののきつつ、うなずいた。

十二

いかにかくそうとしても、内膳暗殺の報は、やがて、飯山城に、もたらされた。

「主、主たらざれば、臣、臣たらず！」

内膳の嫡男主馬助《しゅめのすけ》は、激怒して、兵を集めるや、飯山城にたてこもって、主家に叛旗《はんき》をひるがえした。

柳生五郎右衛門は、当然、城から去るべきであり、主馬助も、それをすすめたが、

「義をみてせざれば、勇なきなり、という言葉がござる」

と、微笑して、かぶりを振った。

「しかし、この城にたてこもったわれら一同、一人も生き残ることは叶い申さぬ。ただ客である御辺を、まきぞえにすることは、出来申さぬ」

主馬助は、心から、そう云ったが、五郎右衛門は、肯《うなず》かなかった。

「それがしは、柳生但馬守宗矩の弟でござる。されば、これまで、他流との試合を避けて来申した。ただの一度として、名ある試合をいたして居り申さぬ。……いまこそ、それがしの剣が、どれだけの働きをいたすか、それをためすのに、絶好の機会と存ずる。……合戦ならば、たとえ、流れ弾丸《だま》に当って、斃れようとも、柳生流の恥とはなり申さぬ」

五郎右衛門の言葉に、主馬助は、ふかく頭を下げて、

「ご助勢、忝《かたじけな》く存じまする」

と礼を述べた。

やがて――。

飯山城は、中村忠一の軍勢にかこまれた。

松江《まつえ》の城主堀尾帯刀吉晴《ほりおたてわきよしはる》が、この攻囲軍を援助した。

堀尾吉晴は、出雲《いずも》・隠岐《おき》二国二十三万石の領主であった。

飯山城が、この大軍の攻撃を受けて、とうてい十日と保ちきれるものではなかった。

落城の日が来た。

五郎右衛門は、背中に一振り、腰の左右に一振りずつ、そして、右手と左手にそれぞれ太刀を摑んで、城門から、疾風のごとく、奔り出るや、ひしめく敵陣に、斬り込んだ。

一太刀ずつで敵兵を斬り仆すその迅業は、異様なものであった。

五郎右衛門は、左右の白刃を峰をかえして、摑んでいた。

そして、はねあげざまに、敵の顔面をまっ二つにした。

三人まで斬ると、その白刃をすてて、腰の剣を抜いた。

魔神にも似たその凄じい働きぶりに、敵の陣形は、崩れた。

そこへ、主馬助を先頭に、百名が、斬り込んだ。

修羅場が、城門外の広場から、松林の中に移った時、主馬助以下、大半の飯山勢は、討ちとられていた。

五郎右衛門だけが、なお、全身蘇芳《すおう》染めになり乍ら、生き残っていた。受けているのは、浅傷《あさで》だけであった。

その手には、ついに、背負っていた剣だけになっていた。しかし、それは、父石舟斎から与えられた貞宗《さだむね》の名剣であった。

五郎右衛門は「逆風《さかかぜ》の太刀」と名づける新陰流の古勢をもって、すでに、十八人を斬っていた。

敵勢は、その凄じい迅業におそれをなして、遠巻きにして、五郎右衛門が、身を移すにつれて、包囲陣を移動させていた。

松林の中であり、修羅場としては、五郎右衛門にとって、有利であった。

そこへ、馬を駆って来た堀尾家の侍大将藤井助兵衛《ふじいすけべえ》が、

「柳生五郎右衛門、働きのほど、見とどけ申した。剣をすてられよ。捕虜とはせぬ。立去ってよい」

と、叫んだ。

五郎右衛門は、冷たい眼眸《がんぼう》をかえし、

「それがしは、兵法者。剣をすてて、降服したならば、末代までの名折れになり申す」

と、こたえた。

「降服したことには、決していたさぬ。客分としての働きを示して、立去るのを、見とどけ申すまでだ」

「ご厚志は忝いが、こうして、剣を持って闘っている上からは、兵法者らしく、限りある身の力を、ためしたく存ずる」

藤井は、五郎右衛門の決意が動かぬとみてとって、
「やむを得ぬ」
と、鉄砲隊に、下知した。
十挺《ちょう》の鉄砲の狙い撃ちを受けて、五郎右衛門は、よろめき、松の幹へ倚《よ》りかかった。
そして、枝のあわいから、空を仰いだ。
その眸子《ひとみ》には、おそらく、柳生谷のたたずまいが、うかんでいたものであろう。
慶長《けいちょう》九年十一月十五日のことであった。
柳生流古勢「逆風の太刀」は五郎右衛門をもって、絶えた。

丸橋忠弥

一

「おい、兵馬《ひょうま》、来たぞ」

彎曲《わんきょく》した突堤の端に腰を下していた天堂寺《てんどうじ》転《うたた》は、何気なく、水面へ視線を投げ、泛子《うき》にぐぐっと魚信《あたり》が来たのをみとめて、声をかけた。

杉戸《すぎと》兵馬は、その時、二間をへだてた向いの岸に——石垣縁に蹲《かが》んで、竿《さお》をさしのべている釣人へ、気をとられていた。

自分たちと同年配の——まだ二十歳すぎたばかりの、浪人ていの男であった。

一瞥《いちべつ》した限りでは、どこといって変った風はなかった。

げんに、ここへ来て、一刻《いっとき》近くになっていたが、兵馬は、つい今まで、べつに気にもとめなかったのである。

あまりの釣れなさに、退屈して、なんとなく、向いの石垣縁へ蹲んでいる者へ、視線をくれているうちに、急に、身の内がひきしまるのをおぼえたのである。

若者は、身じろぎもせずに、蹲《うずくま》っている。こちらと同様に、先刻から一尾も釣りあげてはいなかった。ただ、じっと、泛子へ目を落しているだけである。

眩《まぶ》しい初夏の陽《ひ》ざしを一杯にあびて、そうして静止している姿に、兵馬は、ふっと無気味な気配がひそんでいるように感じられたのである。

天堂寺転に声をかけられて、兵馬は、

「おっ！」

と、われにかえって、竿先を水中に突き入れ、魚を水底へ送り込んでおいて、ちょっと待ってから、はねあげた。釣れるのは、牛尾魚《こち》だったので、こうしてひきあげるコツを要した。かなり大きなやつが、くらいついて、宙へ踊った。

兵馬は、手もとへ引き寄せようとしてはっと気づいた。

向いの若者の天蚕糸《てぐす》が、こちらの天蚕糸にからまっていた。

兵馬は、眉宇をひそめた。

若者は、そうされ乍《なが》らも、べつにあわてもせず、依然として同じ姿を、石垣縁に蹲らせて、起《た》つ様子も見せぬ。

「おい――」

兵馬は、声をかけた。

「すまぬが、その竿を、こちらへ抛《ほう》ってくれ、天蚕糸を解いて、返す」

兵馬と転は、ともに、旗本大番組頭の嫡男であった。対手《あいて》は、浪人者の子弟である。

兵馬の態度が、いささか横柄であったのも、やむを得なかった。

兵馬は、当然、対手が素直に、竿を投げて来るものと思った。

ところが――。

若者は、返辞もせず、眼眸《がんぼう》をこちらへかえしているだけであった。

その双眼から放たれる光は、ひどく暗い色を帯びていた。

「つんぼか、おい！」

兵馬は、声を荒立てた。

「竿を抛れと申して居《お》るのだ。そうしなければ、埒《らち》があかぬ。おいっ、きこえて居るのか？」

「き、き、きこえて居る」

若者は、こたえた。かなりひどいどもりで、しかも陰気な声音であった。

「きこえて居るなら、なぜ、早く抛らぬ？」

「か、からめたのは、お、お主の、方だ、わしの、方から、ほ、ほ、ほうる筋合は、ない」

「なにっ！」

兵馬は、短気であった。

いきなり、竿をびゅんと、引いた。対手の天蚕糸は、竿さきから、ちぎれてしまった。

「素浪人め、失《う》せろっ！」

兵馬は呶鳴《どな》った。

「兵馬、止《よ》せ」

転が、たしなめた。

兵馬は、しかし、興奮していた。対手がただよわせているなんとも名状し難い陰鬱な気配が、殊更に兵馬を苛立《いらだ》たせたのであったろう。

「失せろと申したら、失せろ！　素浪人め！」

兵馬は、喚《わめ》きたてた。

若者は、ようやく、石垣から垂らしていた両脚をひっ込めて、立上がった。

歩き出したのを視《み》て、兵馬も転も、あっと思った。

一歩毎《ごと》に、上半身が、右へ大きく傾斜したのである。無慙《むざん》な跛《ちんば》であった。

兵馬は、吸号をあびせたのを、ちょっと後悔した。

このように、惨めな不具の軀《からだ》を持っていれば、陰鬱な気配も生まれよう。竿を杖《つえ》代りについていても、なお、危かしい足どりであった。

兵馬と転は、黙って、見送った。

と……。

立去るかと思われた若者は、意外にも、この彎曲した突堤へ、足を向けて来た。

二

「彼奴《きやつ》、片端のぶんざいで、文句をつけに来やがる！　よし、致し様があるぞ！」

兵馬は、たちまち、居丈高に、うそぶいた。

しかし、うしろに佇立《ちょりつ》する天堂寺転の眼眸は、沈静であった。

突堤の上は、平ではなく、かなり円形になっている。それを、ぐらり、ぐらりと上半身をゆれさせ乍ら、歩いて来る姿は、いかにも心細げにみえる。

しかし、転の眸子《ひとみ》には、そうは映っていなかった。その反対に、右に大きく傾ける瞬間の姿勢に、みじんの隙もないのを、看《み》てとったのである。天堂寺転は、小野忠明《おのただあき》の道場にあって、二十年に一人と、称される天賦を磨《と》いでいる俊髦《しゅんぼう》だったのである。

「兵馬、あの男、できるぞ」

転は、小声で、忠告した。

「ふん――」

ばかばかしい、と兵馬は、鼻さきで嗤《わら》うと、竿をすてて、抜刀の身構えをとった。

若者は、二間の距離を置いて、立ちどまった。竿は、左手に握って、横たえている。

「なんだっ！　文句があるか！」

兵馬が、吼《ほ》えた。

「す、す、素浪人も、武士で、ござる」

「武士なら、どうしたというのだ！」

「面目を、立て、申す」

「跛が――笑止っ！　来いっ！」

兵馬が、抜刀して、威嚇的に、大上段にふりかぶった。

瞬間――。

天堂寺転は、若者の痩身が、ふわっと宙に浮くように、躍るのを視た。

次の刹那には、兵馬の悲鳴が、あがった。

文字通り、目にもとまらぬ迅業《はやわざ》であった。

若者が突き出した竿は、兵馬の左眼を、ふかぶかと刺していたのである。

刺されてのけぞった兵馬は、悲鳴の次に、異様な叫びを噴かせつつ、白刃をふりまわした。

そのはずみで、足が滑り、兵馬の五体は、大きく水音をたてて、高い飛沫《しぶき》をあげてしまった。

若者は、そのぶざまな溺れ人へは、目もくれず、天堂寺転へ、じっと視線を当てた。

「お、お手前は、い、いかが、される？」

そう問うた。

「それがしは、傍観者だ」

転は、こたえた。

転は、あきらかに、おのれの内に、怯懦《きょうだ》をみていた。

「さ、さようか。……では――」

若者は、一揖《いちゆう》し、踵《きびす》をまわそうとした。

「待たれい」

転は、呼びとめた。

「いまは、傍観者だが、後日、果し合いをいたす場合が参るかも知れぬ。尊名をうかがっておこう。身共は、公儀大番組頭、天堂寺頼母《たのも》の嫡男転と申す」

「丸《まる》――丸橋《ばし》、忠弥《ちゆうや》と申す。向島《むこうじま》――び、び、毘沙門《びしやもん》寺の掛人《かかりゆうど》で、ござる」

そう名のっておいて、若者は、ゆっくりと遠ざかって行った。

その後姿を見送るうちに、転は、背すじを悪寒がつたい落ちるのをおぼえた。

兵馬が、なにやら、喘《あえ》ぎ声をあげて、どぶ鼠《ねずみ》のように、突堤下の岩へ、匍《は》いあがって来た。


転は、片目を喪《うしな》った兵馬を、その屋敷へ送りとどけておいて、わが家へもどると、まっすぐに、父の居間に行った。

天堂寺頼母は、二年前から、半身不随になって、殆《ほとん》ど牀《とこ》に就いたきりの日々を送っていた。

「父上に、おうかがいしたいことがあります」

転は、挨拶してから、きり出した。

「なにやら、ひどう気色ばんで居るの」

頼母は、すこしろれつの怪しい声音で、云《い》った。

身体《からだ》は不自由になっているが、頭脳は明晰《めいせき》であった。

「長槍《ながやり》に対する一太刀《ひとたち》の秘術がありましょうか？」

転は、訊《たず》ねた。

「それは……、長槍を使う者の手練の程度による」

「異常の迅業をもって、襲って参りましたならば？」

眸子を鋭く光らせる息子を、頼母は、視かえして、

「その迅業を、今日、見たのか？」

と、問いかえした。

転は、品川《しながわ》突堤での出来事を、つつまず、語った。

黙然として、ききおわった頼母は、

「たぶん――、その丸橋忠弥と申す若者は、竿の細さを利としたのであろうな」

と、云った。

「竿の細さを――？」

「お前らの未熟は、まなこをひらいて居れば、物を視ることができる、と思い込んで居るところにある」

「………？」

「人間という者は、極度に緊張した時には、一瞬、視界が暗むことがある。……兵馬は太刀を大上段にふりかぶって居った。お前は、固唾《かたず》をのんでいた。両者ともに、対手がいかなる出様をするか、それが判《わか》らぬ不安の裡《うち》に、極度の緊張をいたして居ったであろ

う。……忠弥は、迅業を使うまでに、どれぐらいの時間を置いたな？」

「さあ……？」

転は、その光景を思い泛《うか》べた。

「十をかぞえるほどの間であったか、と存じます」

「その——十をかぞえるほどの時間を、お前ら未熟者は、能《よ》く堪え得なんだ。お前はさて措《お》き、兵馬のまなこが、光を失ったに相違ない。それを看破して、忠弥は、竿を突き入れたのだ。視界が暗んだ一瞬に、竿の細さを利とすれば、目にもとまるまい。兵馬が、木偶《でく》のごとく、眼球を刺されるままになったのは、致しかたがあるまい」

父の冷やかな言葉は、転の臓腑《ぞうふ》にまで、しみ通った。

三

一歩毎に、上半身を大きく右へ傾ける醜い孤影が、向島隅田《すみだ》の多門《たもん》寺の山門をくぐったのは、昏《く》れがたであった。

境内を横切って、鐘楼わきを抜けようとした折、若者は、足を停《と》めた。

猫の啼《な》き声を、ききとがめたのである。

若者は、犬とか猫とか、家畜の類を、ひどく嫌悪していた。

梵鐘《ぼんしょう》の下に蹲って啼いている猫は、いつの頃となく、この寺に住みついて、納所《なっしょ》や小僧が気まぐれに投げてくれるものを、くらって生きていた。

若者の神経が、空腹をうったえるその啼き声に、鋭くとがった。

冷酷な視線を、そこへ投げた若者は、一瞬、五体に殺気を滲《にじ》ませた。

猫は、本能的に、恐怖の反応を示して、ぱっと、楼をとび出した。

刹那——若者は、一間を跳躍しざま、釣竿を、猫めがけて、突き出した。

ぎゃっ！

猫のからだは、九尺の高さに、はねあがって、落下した。

そのまま、ビクリとも動かなくなった。

「忠弥！」

おのれを呼ばれて、若者は、われにかえって、振り向いた。

住職の仙海和尚《せんかいおしよう》が、本堂の廻廊《かいろう》上に、立っていた。

「場所を心得ぬか！　なにゆえの殺生だ！」

叱咤《しった》されたが、忠弥は、黙って一礼して行き過ぎようとした。

「待て！」

仙海和尚は、憤りをこめて、呼びとめた。

「そなたを、掛人にして三年、どうにかして、菩提《ぼだい》の水をかけて、煩悩の犬を追い払ってやろうといたしたが、もはや、叶《かな》わぬ。そなたの所業を見て居ると、凡夫の有為の悲しみもなく、有漏《うろ》の願いも持たず、外道そのものじゃ。生死に輪廻《りんね》し、五道六道にめぐる心の迷いが、いささかでもあれば、救いようもあろうが、もはや、人間とは思われぬ。

……今宵うちに、当寺を去るがよい」

そう命ずるだけで、とどめておけばよかった。

仙海和尚は、憤りのあまり、つい、よけいな言葉を、つけ加えた。

「曲った木には、やはり、曲った影しか、ささぬ」

この呟《つぶや》きをきいたとたん、それまで、ひそとして佇立していた忠弥が、にわかに、烈《はげ》しい気色をあふらせた。

「お、和尚！　なんと申された？　ま、ま、曲った木には、曲った影しか、さ、ささぬと！」

仙海和尚は、云いすぎた、と後悔したが、もはやとり消すべくもなかった。

「そう云われて、口惜しくば、歪《ゆが》んだ性根を、直すがよかろう」

「き、き、きさのがせる、言葉と、き、ききのがせぬ、言葉が、ござるぞ！」

忠弥は、ゆっくりと、三歩ばかり、進んだ。

仙海和尚は、遽《にわか》に、忠弥のからだから放たれる殺気に、戦慄をおぼえた。

「忠弥！　なんとするぞ！　おのれ——恩を忘れたか！」

仙海和尚は、叱咤しつつ、身を引いて、太い円柱へ、背を寄せた。

昏れなずむ境内の白砂上で、忠弥の顔が、冷たく薄ら笑った。

「忠弥！」

仙海和尚は、ころもの袖をひるがえして、遁《のが》れようとした。

同時に――。

忠弥のからだは、地を蹴って、高く跳び、欄干を越えていた。

仙海和尚は、眼前に、すっくと立たれて、思わず、

「ああっ！」

と、悲鳴をほとばしらせた。

四

丸橋忠弥は、ただの素浪人の倅《せがれ》ではなかった。

加藤肥後守清正《かとうひごのかみきよまさ》の子であった。いや、正しくは、清正が、朝鮮《ちようせん》から連れて来た子であった。

清正が、朝鮮の女子《おなご》に生ませたのか、それとも、戦場にすてられていたのを、ふびんに思って連れて来たのか――いずれか、判らなかった、清正も語らず、侍臣らも黙していたからである。

おそらくは、捨て児であったろう、と思われる。

朝鮮役に於《お》ける清正の謹厳にして、剛毅《ごうき》の所業をみれば、敵地の女子を抱く軟弱の一面があったとは、考えられない。

蔚山城《うるさん》にたてこもった浅野幸長《あさのゆきなが》が危急ときくや、清正は、ただちに、袂《たもと》を投じて、起った。

その時、清正は、蔚山より二百五十余町をへだてた機張《きじやん》という処《ところ》に在ったが、陸路を往《ゆ》けば間に合わぬ、と知るや、即座に、船手をえらんだ。

船手では、ほんのわずかの手勢しか率いられぬ。小姓五十人、使番士五人、持筒二十挺《ちよう》、徒士《かち》三十人――それだけ率いて、船に乗り込んだ。

船首に金の馬簾《ばれん》の馬印をたて、おのれは、片鎌の長槍をつかんで、大音声に、

「その方らは、わが祖国の竜神より遣わされたる神兵と、思え！　敵が、蔚山城を包囲する前に入城が叶わぬ時は、むざとはひきかえさぬ。その時は、この清正が、その方らを一人のこらず、海へ斬り沈め、身共もまた腹を十文字にさばいて、海中に入り、竜神に乞うて、その神力を借り、大津波を起こして、明兵を、海底へひきずり込んでくれる」

と、うそぶいた、という。

山野は、ことごとく、敵軍の篝火《かがりび》で、彩られ、ただ、海上のみが昏《くら》かったのが、幸いした。

それにしても、数万の大敵に迫られて、今日明日にも滅亡の運命にあった蔚山城へ、まっさきに乗り込んだ勇猛は、後日の語り草にならずにはいなかった。

清正の虎退治もまた、世人の口に、なお残っている。

大山の麓に在った時、虎のために、馬が拉致され、小姓上月左膳《こうづきさぜん》が啖《か》み殺された。清正は、すて置き難しと、全兵に下知して、山を包囲して、虎を狩り出した。

清正自身、先頭に立って、谷間から萱原《かやはら》をつき進んだ。

突如として、萱の中から岩の上へ、一頭が躍り出て、人馬をおそれず、一声高く咆哮《ほうこう》した。清正は、あわてず、近習の手から鉄炮《てつぽう》を把《と》り、ゆっくりと迫った。距離が、二間に縮まった時、猛虎は、牙をひき剝《む》いて、清正めがけて、跳びかかった。と同時に、清正の構えた鉄炮が、火を噴いた。

猛虎と清正は、ひとつになって、萱の中に沈んだ。

清正が立上がった時、その片手は、血まみれであった。猛虎の眼球を摑《つか》みとっていたのである。

清正の軍が進むところ、人民は、わが家を焼いて遁走《とんそう》した。やむなく、兵は、土穴の中で臥《ふ》さなければならなかった。朝鮮の北地は、寒威はげしく、王元美《おうげんび》が、風ハ面ヲ劈《き》リ裂クカト疑フ、凍ッテ髭《ひげ》ニ粘リ声ト有《な》ル、と吟じたごとく、物品を売りに来る商人《あきんど》の馬の毛に、垂氷《つらら》が下がって、からめいて鳴る音が、穴の中まできこえた、という。

しかし、清正の軍令は厳粛であった。いかに、猛将勇士とはいえ、時には懐郷の情も発し、昼は風砂の中を奔《はし》り、夜は土穴に臥すのであったから、不平の声もあがったであろうが、ついに、清正の軍に、遁走者はいなかった。兵の大半はみな雀目《とりめ》になったが、土民に教えられて、鳶《とんび》を捕えて食って癒した、という。

五

清正が、いよいよ帰朝しようとする頃であった。

密陽《みつよう》に在陣していた戸田民部少輔高政《とだみんぶのしょうたかまさ》は、かねてよりの旧友であったので、清正を招いて、饗応《きょうおう》しようと、待っていた。

もうそろそろ到着する頃だ、と侍大将二人を、途中まで、迎えに出したが、二人とも、平常袴《ばかま》に革羽織をつけただけで、従者たちにもべつに武装させてはいなかった。

ところが――。

近づいて来た加藤家の軍兵は、すでに戦《いく》さはおわったというのに、甲冑《かっちゅう》に身がためして、兵粮《ひょうろう》を腰に結わえつけ、旗差物を押したて、磨き筒の鉄炮数百挺を、陽光にきらめかせているばかりか、火縄《ひなわ》に火までつけていた。

清正自身、金の九本馬簾の馬印を背にさし、甲冑はいわでものこと、頬当、脛当《すねあて》をつけて、月毛の駿足《しゅんそく》にうち跨《またが》っていた。

清正は、迎えの侍大将が寄ると、

「挨拶をあとにまわして、所望の儀を申し上げる。手勢はみな、垢《あか》付いて居り申すゆえ、風呂をたてて下されい。下々《げげ》の者にいたるまで湯を給《たま》われば、幸甚に存ずる」

と、云った。

この時、侍大将らは、どこからか、赤児《あかご》の泣き声が起こったので、不審の視線をまわした。

どこにも、それらしい影は、見当らなかった。

やがて、戸田の陣営に到着した清正は、近習に草鞋《わらじ》の紐《ひも》を解かせて、座敷に上がって来ると、腰に携《さ》げた緋緞子《ひどんす》の巨《おお》きな袋を、はずして、かたわらに置いた。

民部少輔は、眉宇をひそめて、

「肥後殿、それは？」

と、訊ねた。

清正は、笑って、

「米三升と味噌《みそ》と銀銭三百文と、それに真綿にくるんだ生きものでござる」

「生きもの？」

清正は、袋の口紐を解くと、よごれた真錦で包んだ生きものを、そっと、抱きあげた。

おぎゃあ！

泣き声をきいて、民部少輔は、あきれた。

「どうなされた、その嬰児《やや》を？」

「ははは……、身共が連れているからには、身共の子でござる」

民部少輔は、覗《のぞ》いてみた。生まれてまだ半歳《とし》にも満たない赤児であった。清正が朝鮮の女子に生ませた子か、戦場でひろった子か、見当がつかぬままに、民部少輔は、兵粮袋に赤児を入れているのは、いかにも清正らしい、と思った。

「ところで、釜山《ぷさん》より十里の間は、味方の城ばかりで、敵影はさらにないにも拘《かかわ》らず、肥後殿の身がためは、いささかもののしゅうはござらぬかな？」

民部少輔が、云うと、清正は、嬰児《えいじ》をあやし乍ら、

「油断大敵と申す。大将が懈怠《けたい》いたせば、手勢はみな怠惰に相成り申す。一日の過誤で、数年の武功を水泡に帰すのは、かなわじ」

と、こたえた。

しばらく後、清正は、嬰児を抱いて、湯槽《ゆぶね》につかり、朝鮮の土民の子守唄をのんびりと唄っていたという。


清正は、帰国すると、老職の一人の丸橋土佐《とさの》守に、嬰児を預けた。

土佐守は、

「和子《わこ》様として、お育ていたすのでありましょうか？」

と、訊ねた。

「いや、わしからの預りもののひとつとして、扱ってくれてよい。槍や刀と同様に——」

清正は、こたえた。

槍や刀は、常に、錆《さび》が来ないように、心掛けねばならぬ。

土佐守は、清正の言葉を、一朝事ある時にめざましい働きができるような武者に育てよ、と云われたのだ、と受けとった。

忠丸《ただまる》と名づけられた嬰児は、三歳になるかならぬうちから、土佐守によって、きびしく鍛えられはじめた。

五歳になった忠丸は、一刻正座しても、身じろぎもせぬ少年になっていた。

土佐守の徹底した訓育ぶりは、はたの目に、残忍きわまるものに映ったが、それに能く堪えている幼童のしぶとい性根は、

——あるいは、主君の胤《たね》かも知れぬ。

と、思わせた。

土佐守が、ひとつだけ、ほどこすすべのなかったのは、忠丸のひどいどもりであった。

これは、直しようがなかった。

「よいわ。寡黙は、武辺の守るところ。どもりは恥にはならぬ」

と、土佐守は、理窟をつけて、あきらめることにした。

六

慶長《けいちょう》四年——。

石田三成《いしだみつなり》が、徳川家康《とくがわいえやす》を敵として、天下分け目の戦いを企図している頃、丸橋土佐守は、忠丸をつれて、大坂《おおさか》の邸《やしき》に在った。

石田三成は、諸侯の内室を大坂城内へ、人質にとった。

清正の夫人も、大坂の轉法口《でんぼうぐち》の屋敷にいたので、その拉致からまぬがれることができなかった。丸橋土佐守は、夫人を、そっと肥後へ落そうと、決意した。

一計を案じた土佐守は、轉法口の屋敷の方にいる舟奉行の梶原助兵衛《かじわらすけべえ》に、因果を含め、

山梔子《くちなし》の煎汁をのませた。これをのむと、夜ねむれなくなり、顔面蒼白《そうはく》となり、重病人のごとく、疲れはててしまう。

数日してから、梶原助兵衛は、駕籠《かご》に乗って、石田方の兵がかためる番所の前を通って、加藤邸へ往《い》き、そして幾刻かして、大坂城内へ復《かえ》った。

これを、その日から毎日、くりかえしはじめた。

そのうちに、その駕籠が通ると、番所では、

「ああ、また病人か」

と思い、改めようともしなくなった。

同時に――。

土佐守は、川口で、夕暮になると、蜈蚣《むかで》船の競走をはじめた。

石田方の番船の兵たちは、それを面白がって、昏れがたになるのを愉《たの》しみにしはじめた。

「頃よし！」

と、見はからった土佐守は、例の重病人駕籠に、夫人と忠丸を乗せ、二人を夜具で掩《おお》い、それに梶原助兵衛を、倚《よ》りかからせた。

この時、土佐守は、

「よいか、忠丸！　いかなることがあっても、声をたててはならぬぞ！」

と、きびしく命じておいた。

駕籠の戸を開いたままで、番所の前を行きすぎた。

土佐守は、新方《しんぽう》から見えがくれに供をして行き、もし番兵に見咎《みとが》められたならば、即座に夫人と忠丸を刺し殺して、おのれもまた斬り死をする覚悟であった。

さいわい、番所では、梶原の気息絶え絶えの姿を見て、またか、という顔をしただけであった。

駕籠は、轉法口の屋敷へ戻った。

駕籠から、まず、梶原を出し、夜具をのぞいて、夫人を出し、さいごに忠丸を出そうとした土佐守は、愕然《がくぜん》となった。

忠丸は、気絶していた。

その右脚がねじれてしまっていたのである。土佐守は、しらべてみて、折れているのをみとめた。

せまい駕籠の中にひそんで、夜具と梶原の軀に押されて、じっと窮屈な姿勢をとっているうちに、どうかしたはずみで、右脚がねじれてしまったものであろう。

その苦痛に堪えて、一語も発しなかったとは、大人も到底及ばぬ気力といえた。

土佐守は、感動した。無気味な戦慄もおぼえた。

土佐守は、このからだで肥後まで連れて行くのはむりだ、と思い、屋敷へのこすことにした。

「忠丸、必ず迎えに参るゆえ、待って居れ」

土佐守は、云いきかせておいて、夫人を、蜈蚣船に乗せると、黄昏刻《たそがれどき》を待って、例の競走をはじめた。

潮風が沖より吹いて来て、袂が涼しい頃なので、番船の兵らは、舷《ふなばた》に頬杖をついて、見物した。

淡々《あわあわ》とした暮靄《ぼあい》が、水面を包みはじめるや、かなり沖へ出た甲乙二艘《そう》の蜈蚣船のうち、夫人を乗せた一艘の方が、急に、漕《こ》ぎ抜けて、海原の果てめがけて、全速力で走った。

追手の風を真帆にはらんだので、逃げ足は迅かった。

番船が、ようやく騒ぎはじめた頃には、もはや追跡不可能な距離の海上を、駛《はし》っていた。

その夜――。

石田方の討手が、轉法口の加藤邸へ、ふみ込んだ時、残っていたのは、ほんのわずかの家臣だけで、清正の身内とおぼしい者といえば、忠丸一人であった。

隊長は、夫人の代りにと、忠丸を、大坂城へ拉致した。

絶対に動かしてはならぬ身を、乱暴な扱いで、拉致された忠丸は、ついに、生まれもつかぬ不具者となった。

忠丸が人質にされた、という報を受けた土佐守は、急遽《きゆうきよ》、大坂へひきかえして来て、

「忠丸は、主君の胤にはあらず、それがしの養嗣子であれば、直ちに、お返し願いたい」

と、申し出た。

しかし、夫人を肥後に落された石田方では、その申し出に応える筈《はず》もなかった。

いつの間にか――。

忠丸は、大坂城から、何処《いずこ》かへ、つれ出され、すてられていた。


丸橋土佐守が、忠丸にめぐり会ったのは、それから十年の後であった。

土佐守は、主君清正が逝った後、他の重臣たちと意見が合わず、致仕して、浪々の身になっていた。

忠丸にめぐり会ったのは、奈良《なら》の野に於いてであった。

旧知の僧侶を、訪れようとして、往昔の都大路の往還を辿《たど》っている時、一尾の狐《きつね》を生捕って、森から出て来た跛の若者に出会い、土佐守は、直感が働き、声をかけた。

忠丸の生育した姿にまぎれもなかった。

しかし――。

忠丸は、十年前に土佐守が期待した若者に生育してはいなかった。

忠丸は、奈良の古寺へすてられて、のちに、宝蔵坊《ほうぞう》へ預けられ、宝蔵院槍術《そうじゅつ》を教えられて育ったのであるが、荒法師の起居する坊内に於いてさえ、凄《すさま》じい異端者として、もてあまされる存在になっていたのである。

七

杉戸兵馬が、丸橋忠弥に、釣竿で片目をつぶされてから、二年過ぎた。

兵馬は、目が癒えると、旗本六法組の面々をかたらって、一夜、向島の毘沙門寺を襲っていた。

しかし、すでに、そこに丸橋忠弥はいなかった。住職の仙海和尚が、本堂の廻廊上で、何者かに斬り殺されて、人々の疑惑の目が、忠弥にそそがれたので、居辛くなって、十日ばかり後、何処かへ姿をくらました、という。

兵馬は、歯がみして、くやしがった。

天堂寺転は、あとで、そのことをきき、

――もし、丸橋忠弥がいたならば、兵馬は、一突きで仆《たお》されていたことだろう。

と、思った。

――丸橋忠弥との一騎討ちをやるのは、この自分を措いて外には居らぬ。

転は、いつか、心に、そうきめていたのである。

小野忠明の道場に於ける転の修業は、いちだんと烈しいものになっていた。

大坂城を、はだか城にして、これを一挙に攻め滅ぼそうと江戸《えど》城内で、評定がひらかれているこの頃、どこの道場も、にぎわい、一剣をもって功名を挙げようと野心ぼつぼつたる浪人者が、江戸には、あふれていた。

『将軍家指南』の名を与えられている柳生《やぎゅう》道場と小野道場めがけて、大名旗本の子弟はもとより各藩から、若者が殺到したのは、云うまでもない。

しかし、この両道場の空気は、おのずから、異っていた。

それは、主人の性格を反映していた。

柳生但馬守《たじまのかみ》は、剣禅一如、剣の奥義は無刀によって成る、という思想の持主であったので、撓《しない》撃ちの稽古をえらんでいた。

それに比べて、小野次郎右衛門《じろえもん》忠明は、伊藤一刀斎《いとういっとうさい》の極意無想剣《むそうけん》を継いでいるために、弟子たちに、刃引きを以《もっ》て稽古させていた。

伊藤一刀斎の無想剣は、次の三理によって成っている。

威（不転の位）
移（捧心《ほうしん》の位）
写（水月の位）

威とは静にして、勢を含む。移は、過不足なく左右に転じ守ること。写とは、心気澄みわたり、就いて離れ、無念にして敵の想を写しとる。

一刀流とは、一を以て敵の二に応ずることであって、撃って受け、外して斬る時は利があるが、受けてから撃ち、外して斬るのでは、一に対して一、二に対して二を以て応ずるので、勝敗は判らぬ。一を以て二に応ずる時にのみ、必勝がある。

この理《ことわり》と業を、一心不変の極とする一刀流である。撓撃ちなど、軽蔑するのは当然であった。

小野忠明は、柳生宗矩《むねのり》に向って、次のように語った、とつたえられている。

「御子息にも、不肖の倅にも、罪人の中から腕ききの者をえらび、これに真剣を持たせて、試合させ、斬りすてさせたならば、良き修業になり申す」

但馬守は、

「いかにも――」

と、頷《うなず》いてみせたが、一向に、それを実行する様子はなかった。

忠明は、気象が烈しく、率直で、諂諛《てんゆ》をきらった。

ある大名が一日、忠明を招いて、

「わが家中で、貴所の手筋を看たい、と願う者があるが、如何《いかが》であろう」

と、所望した。

忠明は、すでに、将軍家指南の役を与えられていたが、べつに尊大ぶりもせず、

「試合を望まれるならば、ご遠慮なく、お対手いたす」

と、こたえた。

修業の成った者がえらばれて、木太刀を把って進み出ると、忠明は、一瞥して、

「一刀流は、未熟者に対しても、容赦をせぬを作法といたすが、よろしいな。……不具となるのがいやなら、いまのうちに、引かれい」

と、云った。

蔑まれた、と憤った対手は、猛然と一撃をかけた。

忠明は、無造作に、下から払いあげて、木太刀をはねとばした。それだけで済まさず、その右腕を、丁と撃った。

「みえたか！」

と、あびせて、身を引くと、「さだめし、腕が折れたであろう」と、平然としていた。

対手は、悶絶《もんぜつ》して、小姓らにかつがれて、去ったが、はたして、生涯の不具となった。

忠明は、このような気象であったから、将軍家に対しても、いささかも追従を云わなかった。

将軍秀忠《ひでただ》が、剣に就いて自説を述べるのをきいた忠明は、

「兵法というものは、腰の太刀を抜いた上でないと、論は立ちませぬ。坐上《ざじょう》の兵法は、畳の上の水練と同様、無駄でございます」

と、遠慮なく云いはなち、秀忠に不快な面持をさせた。

八

しぜん、人気は、柳生家にあつまり、小野家は、なんとなく、不遇の気配が濃かった。

それだけに――。

小野道場へ、かよいつづけて、不具となる危険をかえりみず、刃引きの稽古にはげむ若い士には、剛毅の者が多かった。

柳生道場では、他流試合を禁じていたが、小野道場では許していたので、一人や二人、大怪我《おおけが》をしてかつぎ出されない日はなかった。

その日——。

天堂寺転は、亡父頼母の四十九日の法要を済ませて、午後もかなりおそく、小野道場へ、姿をみせた。

道場の入口まで来た時、床板をふみ鳴らす音とともに、なんとも名状し難い異常な叫びが、つらぬき出た。

つづいて、羽目板へぶっつかる音が起こった。

転は、一歩入ってみて、はっと息をのんだ。

道場中央に立っているのは、まぎれもなく、丸橋忠弥であった。

長槍を立てて、すでに、無表情にもどっている。

血反吐《ちへど》で顔をまみれさせて、仆れているのは、転の兄弟子にあたる小笠原《おがさわら》某《なにがし》であった。

穂先をまるめ、刃引きしてある稽古槍とはいえ、まともに咽喉《のど》を突かれては、たまらぬ。小笠原某の咽喉は、石榴《ざくろ》のように破れていた。

正面上座には、指範代の亀井平右衛門忠雄《かめいへいえもんただお》がいた。小野忠明は、幕府の命令を受けて、武者修行の名目で、西国へおもむいていた。西国の諸侯で、豊臣《とよとみ》方へ加勢する者があるかどうか、さぐるのが目的であった。忠明は、おそらく、薩摩《さつま》へ入り込んだと思われる。

長男は、天稟《てんぴん》の持主であったが、病弱で、その時も、臥牀《がしよう》中であった。

尤《もつと》も――。

指範代の亀井平右衛門は、抜群の使い手であった。孝順温厚な人柄であったが、剛気の一面もあった。八歳の時、家来の一人が自分を莫迦《ばか》にしたと憤り、短剣をふるって、十九歳になるその家来を刺殺している。

平常は、座にいるのかいないのか、判らぬくらい、自身を目立たない存在にしている、物静かな兵法者であった。

「つ、つ、次の、御仁は？」

丸橋忠弥は、ぐるりと、居並ぶ門弟衆を見わたして、促した。

亀井平右衛門が、

「天堂寺――」

と、呼び、

「立合うか？」

と、すすめた。

転は、一瞬、決意した。

「つかまつる」

転は、わざと忠弥の方を視ないようにして、一方の壁へ、刃引きの剣を、把りに行った。

忠弥は、転が、五歩ばかりへだてて、正対するや、ふっと、薄ら笑った。

その表情は、転にだけ、意味がわかるものであった。

——お互い、果し合いをする宿運であったな。

忠弥の薄ら笑いは、そう云っていた。

転は、剣を、青眼に構えると、

「いざ！」

と、云った。

忠弥は、すぐには、槍を構えず、転の構えを、じっと見据えていたが、

「ま、待たれい」

と、云った。

「引くか？」

「いや——」

かぶりを振った忠弥は、ゆっくりと、大きく上半身を傾け乍ら、歩いて行き、さらに、もう一本、稽古槍を把った。それは、短槍であった。

右手に長槍を、左手に短槍を摑んで、元の位置に戻って来た忠弥は、

「つかまつろう」

と、云った。

九

剣術に、二刀を使う流儀がある以上、二槍を使ってもべつに、不都合はない筈であった。

しかし、二槍を使うのは、前代未聞のことであった。誰も、そのような使い手がいたなどと、きいたこともなかった。

門弟たちは、この名も知れぬ若い浪人者の、目もとまらぬ迅業を見せつけられているだけに、

——どんな秘術を使うのか？

と、固唾をのんだ。

転もまた、困惑をおぼえた。

忠弥は、右手の長槍を、柄を三分の二をうしろにあまして、穂先寄りに摑んで、まっすぐにさしのべ、左手の短槍は、石突きのところを摑んで、頭のうしろへ、ななめにふりかぶったのである。

これは、短槍を、突かずに、横払いにする得物としてみせたのである。

長槍の方は、むしろ防禦《ぼうぎょ》に使うもののようであった。右脚が悪いので、右へ上半身を傾けているからであった。

転が、狙うとすれば、忠弥の左胴しかなかった。

しかし、左胴を薙《な》ぐのは、横払いに唸《うな》って来た短槍をはずしたあとである。

短槍をはずすのは、よほどの迅い変り身を発揮しなければならぬ。

唸って来た短槍の下をかいくぐりざまに、左胴を薙ぐ——この一手しかのこされていないことを、忠弥の方が知っていることが、おそろしい。

つまり、忠弥の方は、転に、ただの一手しか与えぬ二槍の構えをとったわけである。

転は、いわば、窮鼠《きゆうそ》であった。

窮鼠は、猫を嚙《か》む。

転は、決然として、青眼から上段に、構えを転じた。

亀井平右衛門は、思わず、声をあげて、この立合いを中止させようとした。

しかし、口をひらいただけで、声を出さなかった。小野道場に於いて、立合いが中止されたためしはなかったのである。

師の忠明ならば、たとえ転が敗れることが明白であっても、中止させはしないであろう。

亀井平右衛門は、目蓋を閉じた。

さきに、じりじりと距離を縮めはじめたのは、転の方であった。

忠弥は、動かぬ。

やがて、間合は、きわまった。

というよりも、転が、進んで、おのが五体を、忠弥が振るであろう短槍の円内へ、容《い》れたのである。

完全なる捨て身であった。

秒刻が、息づまる緊張の連続であった。

突如——。

転が、満身からの気合とともに、上段から斬りつけた。

短槍が、びゅんと旋回した。

転の太刀が、なかばから折れて、はねとんだ。

襲って来る短槍をはずして、左胴を薙ぐ一手しかない筈であったのに、転の方が、攻撃したのであった。

無謀というほかはなかった。

門弟一同は、あっとなった。

だが——。

転の身は、つつがなかった。

門弟たちは、床に片膝ついた転が、忠弥の長槍のけら首ちかくを、逆手にしっかりと摑みしめているのを、見出した。

転は、おのが太刀を短槍で振り払わせておいて、身を沈めざま長槍を素手で押える、という迅業をとったのである。おそらく、上段に構えた瞬間に、その新しい手を思いついたに相違ない。

亀井平右衛門が、かっと、双眼をひらいて、

「それまで！」

と、云った。

勝負なしである。

しかし、この時、忠弥の面貌は、陰惨なまでに、歪んでいた。

もしこれが真剣の勝負であったならば、忠弥の負けとなるからであった。

すなわち。

あとにのこされたのは、組打ちだけであった。

組打ちとなれば、不具者の忠弥にとうてい勝味はない。

忠弥にとって、これは堪え難い無念であった。

「ご、後日！」

忠弥は、一言をのこすと、道場を立去った。

いずれかが仆れるまで、宿敵として、闘うことが、ここにきまった。

転は、亀井平右衛門に、別室で対座すると、二年前の出来事を告げた。

じっときいていた亀井平右衛門は、ひとつ嘆息をもらした。

「あの男には、ただならぬ業気が、そなわっているかにみえる。いかなる前世の因果によって、あのような業気が身の内に生まれたか、と疑われる。……お主は、えらぶにことかいて、途方もない者を、生涯の敵にしたことに相成る」

「覚悟をいたして居ります。あの強敵に敗れたとしても、これは、技の及ばなかったことではなく、運がなかった、とあきらめられるかと存じます」

転は、おちついて、そうこたえたことだった。

十

紀州《きしゅう》藩主徳川頼宣《よりのぶ》が、正月七日、将軍家狩猟場である駒場野《こまばの》で、鶴を獲《と》ることは、数年前からの年中行事になっていた。

狩猟は、いわば、戦場かけひきの修練であり、三代家光《いえみつ》が、特に好み、諸大名が、これにならって寛永《かんえい》年間に、これを催さない藩はなかった。

その中でも、紀州家が催す正月七日の駒場野鶴狩りは、最も盛大であった。

徳川頼宣は家康の第十子で、豪放豁達《かったつ》の大名であった。

島原《しまばら》に一揆《いっき》が起こり、天草四郎《あまくさしろう》が三万の兵を率いて叛《そむ》くや、頼宣は、まっさきに、鎮《ちん》撫《ぶ》総督となって、おもむこうと申し出て、幕閣から拒否されている。

鄭成功《ていせいこう》が、日本に援兵を求めて来た時も、考慮の余地なく、開戦を主張し、先陣に当ろうとしたのも、頼宣であった。この時も、老中井伊直孝《いいなおたか》の反対を受けて、余儀なく、あきらめなければならなかった。

頼宣は、おのれが治世さだまって大名になったのを、常に不満としていた。

もし戦国の世に生まれていたならば、どんなに、目ざましい働きが為《な》せたであろう、と家臣に語って、無念がっていた。

平常、好んで武辺を愛し、いったん事ある秋《とき》は、先陣をあらそう士を多く召抱えていなければならぬ、と云って、他藩に、覚えのある高名の武辺がいれば、音信を遣わして、いつでも召抱える、と誘った。

豊臣家に縁故のある人物でも、これは、とみとめれば、公儀に遠慮せずに、召抱え、新参者であっても、才器を看ればすぐに重役に補した。

福島正則《ふくしままさのり》の遺臣村上彦右衛門義清《むらかみひこえもんよしきよ》を、新規に召抱え、一躍武者奉行にしたこともあった。このことが、江戸にきこえて、評判になった。

幕閣としては、福島家を改易にした直後のことであり、頼宣のやりかたがいかにも面当てがましく、御三家の当主として、あまりにも、傍若無人の振舞い、と受けとらざるを得なかった。

紀州家には、公儀から附家老安藤直次《つけがろうあんどうなおつぐ》が入っていたが、その諫言《かんげん》など、頼宣は、一向に聴き入れなかった。

泰平無事の中でのうのうと生きる人物ではなかった。

頼宣は、鋭気を抑えるのに苦しんだ挙句、極度の不眠症に罹《かか》った時期もあった。やむなく、戦場を駆けめぐった荒武者たちを、枕許《まくらもと》に呼び寄せて、終夜、いくさ語りをさせた、という。

当時、将軍家以外には、鶴を獲ることは禁じられていたが、頼宣にだけは許されていたのも、家光が一目置いた証拠であった。

正月七日――未明に起きた頼宣は、供揃《ともぞろ》いも待たずに、馬を駆って、駒場野をめざすのが、江戸在住中の唯一の愉しみであった。

騎馬の諸番頭が、多くの軍士をしたがえ、騎馬勢子《せこ》、組頭、番士、目付、徒士頭などが赤い旗をかざし、小十人ならびに徒士の勢子が青い旗をひるがえして、鯨波《とき》をあげて進退する形式的な光景は、ずっと後世のものであった。

当時は、実戦宛《さなが》らに、藩主がまっさきに突進して行き、御場段切れに陣をとった家中一統が、いざとなると、われさきに、功を争う凄じい襲撃ぶりをみせたのである。

勢子をして狩出させなくても、鷹《たか》に狙わせる獲物は、無数に野にひそんでいたのである。

頼宣は、その日は、もっぱら、鶴を獲ることを目的とした。

鶴ほど、警戒心がつよく、逃げるのが迅い鳥は、いないからであった。

十一

頼宣の右の拳には、よく飼い馴《な》らした白斑のある鷹が、狩場に入ったことを知って、胸を張り、大きく瞠《みひら》いた目から凄《すご》い光を放って、闘志をみなぎらせていた。

頼宣は、鷹匠に鷹をまかせてはいなかった。獲物が、空に飛び立つや、おのが拳から鷹を放つのを、無上の愉悦にしていた。

また——。

午前中は、御場段切れの家臣一同は、ずっと後方へひかえさせておいて、自身、数人の小姓をつれただけで、駒場野の奥ふかくに歩み入るのを常とした。

午後に入ってから、三千余人をもって組んだ陣に、森へ突入させて、鹿や狐を獲らせるのであった。

駒場野の中央には、かなりの幅の川が、大きくうねって流れている。

向こう岸は、鬱蒼《うっそう》たる深い森であり、けものと鳥が無数に棲《す》んでいる。

頼宣は、川岸に達して、しばらく待った。

やがて——。

森の高い梢《こずえ》から二羽、大きく羽搏《はばた》いて鶴が飛び立った。

頼宣の拳では、猛禽《もうきん》が、首も動かさずに、じっと、その行方を見まもっている。

頃よし、とはかって、頼宣は、

「行け！」

と、拳を、ぱっと振りあげた。

鷹は、まっしぐらに、上空へ——鶴を狙って、翔《か》けあがって行った。

その迅さは、あっという間に、鶴の舞う中空より、倍ぐらいの高さまで、達した。

黒い一点と化した猛禽は、さながら流星のように、狙いすまして、一羽の鶴めがけて、翔け降りて来た。

夫婦鶴《めおと》は、すばやく危険をさとって、森の中へ、逃げ込もうとした。

しかし、鷹の迅さには、敵《かな》うべくもなかった。

「やり居るぞ！」

頼宣が、顔をかがやかした——瞬間であった。

鋭い嘴《くちばし》と爪で、鶴へ一撃をくらわせようとした猛禽が、突如、バタバタとぶざまに、羽搏いたかとみると、地上へ落下した。

「何奴《なにやつ》っ！」

頼宣は、かっと双眸をひきむいた。

森の中から、一本の槍らしいものが、放たれて、鷹をつらぬくのを、頼宣は、見とどけたのである。

頼宣は、猛然と奔った。

橋は、かなり遠方に架けられていた。

それを駆け渡るのも、もどかしく、

「曲者《くせもの》めっ！　推参！」

呶号しつつ、もう頼宣は、抜刀していた。

曲者は、逃げかくれはしなかった。

頼宣が、そこに達した時には、悠々として、仕留めた鷹から、槍を抜き取っていた。

頼宣は、一瞥して、兵法者と判る男を、睨《にら》みつけて、

「何の存念があって、鶴狩りの邪魔をするぞ！」

と、叫んだ。

兵法者は、無表情で、

「お、おのが腕前を、試して、み、みただけで、ござる」

と、こたえた。

「許せぬぞっ！　鷹を、この紀州頼宣のものと知りつつ、おのが腕試しをした面憎さは、許せぬぞ！　成敗してくれる！」

頼宣は、地を蹴って斬りつけた。

どう躱《かわ》されたか、頼宣が気づいた時には、おのが身は、みにくく地面に匍わされていた。向こう臑《ずね》に烈しい疼痛《とうつう》があって、容易に起き上がれなかった。

家中の面々が、息せききって、そこへ駆けつけて来た時、ようやく、頼宣は、立上がっていた。

奇怪であったのは、兵法者が、依然として、同じ場所に立っていたことである。

逃走の時間は、充分にあった筈である。

なぜ逃走しなかったか――頼宣の方が、疑った。

兵法者は、紀州勢に包囲され乍ら、無表情で、長槍を立てているばかりであった。

「おのれは、何者だ？」

頼宣は、問うた。

「丸橋、忠弥、と申す」

「槍使いか？」

「さ、左様《さよう》――」

「なぜ、逃げぬ？　これだけの人数に迫られては、もはや、生きのびることは、叶わぬぞ」

そう云われると、忠弥は、にやりとした。

「紀州頼宣公ともあろう、豪邁《ごうまい》のお方が、よもや、素浪人一人を、な、な、なぶり殺しには、なさるまい」

頼宣の気象を知っていて、逃げなかったのである。

「家来の中から、一人選んで、一騎討ちを、所望する、と申すのだな」

「御意――」

忠弥は、頷いてみせた。

「よし！　一人を選んで、立合せてくれる。ただし、得物は、勝手だぞ」

「か、かまい申さぬ」

頼宣は、家臣たちを見まわしたが、

「別所庄左《べっしょしょうざ》、やれい！」

と、命じた。

頭髪に霜を置いた年配の士が、すすみ出て頭を下げた。

別所庄左衛門《えもん》は、大坂浪人であった。弓術に非凡の腕前があって、頼宣に召抱えられ、足軽頭をつとめていた。

「おそれ乍ら、槍と矢にては、立合いになりませぬが……」

別所庄左衛門は、云った。

庄左衛門には、狙って射落せぬ鳥がいなかった。それほどの腕前の持主なので、遠くに立って動かぬ人間を、的にすることに、ばからしさをおぼえたものであろう。

「対手は、得物勝手、と承知いたして居るぞ」

頼宣は、云った。

頼宣は、丸橋忠弥と名のる兵法者に、生まれてはじめて、地面へ匍わされたのである。烈しく悪《にく》んでいた。

庄左衛門は、忠弥を視た。

「よろしいか!」

「ご随意に——」

忠弥は、冷然として、応えた。

庄左衛門は、その態度に、傲慢なものを感じた。

「それでは……」

庄左衛門は、足軽に持たせていた蛇形《じやぎよう》弓《きゆう》と矢を把った。矢は、狩猟用の狩股《かりまた》であった。

十二

庄左衛門は、二十歩の距離を置いて、忠弥に向い立った。

忠弥は、うっそりと佇立して、べつに槍を構えようともせぬ。

忠弥としては、飛来する矢を、叩《たた》き落しておいて、庄左衛門へ突撃する一手しかない筈であった。当然、矢を叩き落す防禦の構えをとらねばならぬ。

それを、しなかった。

庄左衛門は、まるで巻藁《まきわら》のように、全身を空けてしまっている忠弥の姿に、不審の眉宇をひそめたが、ゆっくりと、身構えて、矢を弓につがえた。

頼宣以下、紀州藩士たちは、白木の弓が大きくたわめられ、弦がキリキリひきしぼられるのを、固唾をのんで、見まもった。

一瞬――。

弦が、鋭く鳴って、矢は、放たれた。

と同時に。

忠弥は、長槍を、さっと、胸前《むなさき》に、横たえた。

矢は、長槍の柄を――胴金と血留めのまん中あたりを射切った。

次の刹那、忠弥は、右手にのこった穂先を、ひと振りに、振り放った。

手裏剣と化した穂先は、二十歩の距離を、うなりを生じて、飛び、庄左衛門の胸いたをつらぬいた。

頼宣も、家臣たちも、思わず、呻《うめ》いた。

忠弥は、頼宣に一礼すると、踵をまわした。

森の中へ消えようとする忠弥に対して、家臣一同は、色めき立った。

しかし、頼宣の大声に抑えられた。

「追うな！　われらの敗北だ」

忠弥は、大きく上半身を右へ傾け乍ら、枯葉を踏んで、森の中を抜けていこうとした。

「浪人――」

不意に、声が、かかった。

頭上からであった。

顔をあげると、欅《けやき》の喬木《きょうぼく》の、はるかな高処《たかみ》に、雲水姿が、見えた。

「見事な業前、見とどけたぞ」

そう云ってから、雲水は、幹をすべって降りて来た。

忠弥の前に立つと、まんじゅう笠《がさ》を脱いで、

「鳥の巣函《すばこ》をつけに、登っていたら、おもしろい見物をさせてもろうた。流石《さすが》の紀州も、兜《かぶと》を脱いだの」

と、云った。

忠弥は黙って、一揖して、行き過ぎようとした。

「まあ、待たぬか、お主ほどの達者には、滅多に会えるものではない。わしの草庵《そうあん》が、すぐ近くにある。寄らぬか？」

雲水は、誘った。

忠弥は、あらためて、雲水の面貌を視た。

ただの鉢貰《はちもら》いとは、見えなかった。

「お、お手前は、名ある世捨て人か？」

忠弥は、問うた。

「わしか。……わしは、能登《のと》じゃ」

雲水はこたえた。

忠弥は、合点した。

数年前、三河刈屋《みかわかりや》城主松平《まつだいら》能登守定政《さだまさ》は、閣老に対して、日本全土に、知行を喪って衣食に窮している幾十万の浪士を救う進言をして、しりぞけられると、井伊直孝、阿《あ》部《べ》忠秋《ただあき》の二人に宛てて一書を残しておいて、遁世し、能登入道《にゅうどう》不白《ふはく》と号し、雲水姿となって、江戸市中を托鉢《たくはつ》して、歩いた。

世間では、発狂した、大名と見て、評判したことだった。

いつとなく、その姿が、江戸から消えて、噂《うわさ》もきかなくなっていた。

能登守は、どこを放浪していたものか、再び、舞い戻って来て、武蔵野《むさしの》の片隅に、草庵を編んで、住みついていたのである。

「お、お手前様が……」

忠弥は、興味深く、雲水を、瞶《みつ》めた。

雲水は、笑って、

「世捨て人が、なまぐさい血気者と、一席、話をはずませるのも、一興じゃな。……さ、ついて参れ」

と、促した。

十三

「お主は、よほどのひねくれ者とみえる」

能登入道不白は、囲炉裏へ、粗朶《そだ》をくべて、火をつよめ乍ら、云った。

草庵といっても、これはかなりの郷士の家をつくりかえたもので、この茶室のたたずまいは古雅といってよい。世を捨てた大名がかくれ住むには、ふさわしかった。

炉をへだてて坐《すわ》っている丸橋忠弥は、あるじからそう云われると、冷たい視線をかえして、

「入道様の方こそ、た、た、大層、ひ、ひねくれておいでと存ずる」

「ははは……、自ら進んで、二万石をすてて、大名の座を降りる者もあってよかろう。治世さだまると、叛骨《はんこつ》がうしなわれ、どれもこれも、わが身を守ることに、汲々《きゆうきゆう》として、これ努める。元和偃武《げんなえんぶ》は、もはや、もののふの気概を、荷厄介なものとするように

なった。そうは、思わぬか？」

「……………」

「天下泰平は、もとより、人民のひとしくのぞむところ。弓は袋におさまり、長押《なげし》の槍に塵《ちり》がつもり、甲冑は年一度の虫干しに見るばかりと相成ったのも、よろしい。しかし、はたして、公儀の施政は、これで正しいか、どうか、となると、これは、また、論ずべき余地が多かろうな。……お主は、慶長から今日まで、どれだけの大名が取りつぶされたか、知って居るかな？」

「存じ申さぬ」

「この四十年あまりで、取りつぶされた大名の数は、百家を下らぬ。それによって、浪人した者は、二十万をかぞえるであろうな。公儀は、これらの夥《おびただ》しい浪人を、取締りこそすれ、救う手段《てだて》など、ひとつとして講じては居らぬ。……お主も、浪人の貧窮ぶりは知って居ろう」

「存じて居り申す」

「仕官をのぞんで、大名屋敷の玄関さきに居坐り、拒絶されれば、切腹する浪人もいる、という。廉潔の士であればあるほど、禄《ろく》をはなれると、処世のすべてを心得ぬ。あわれにも、惨めな姿と相成って、自ら生命《いのち》を絶つ結果を招く。……徳川家が天下を取ったのは、誰のおかげか。武士の働きによるものではないか。その武士が、日々に惨めな有様になるのを、見すてて、儀礼典範つくりに憂身《うきみ》をやつし、公卿《くぎょう》の猿真似《さるまね》をして居る江戸城内の空気が、わしには、息苦しゅうなって、二万石をすてたのだ」

能登入道の語気は、しだいに、熱をおびて来た。

能登守定政は、家康の弟定勝《さだかつ》の六男である。徳川家の一族である。その家柄に未練もなく、突然、髪をおろして入道となり、銅鉢を携えて、江戸の町々を托鉢して歩いたのである。

徳川家に、にらまれて、改易になった外様《とざま》大名が、零落して、世をすねてこぼす愚痴とは、おのずからちがって、幕府批判の舌頭は、気魄《きはく》がこもっていた。

忠弥は、黙然として、きいている。

たしかに――。

能登入道にきかされるまでもなく、忠弥自身が、その目で見、その耳できいた幕府の浪人取締りは、苛酷なものであった。

浪人となれば、一夜の宿を借りるのにも、吟味された。貸家を借りるには、一月を待たされるならわしであった。もし請人《うけにん》のない浪人に、宿を貸した者がいれば、家主もろとも闕所《けっしょ》、追放処分を受けるのであった。のみならず、その町ぜんたいが、間口六十間について銀一貫目の割合で、罰金を支払わされるのであった。

借りた浪人が、罪を犯した者であった場合は、宿を貸した者も、家主も、ともに成敗される掟《おきて》であった。

浪人は、宿をさがすことさえ、容易ではなかったのである。浪人すなわち浮浪者の扱いであった。

幕府は、浪人が旧主から合力されることさえ許さなかった。また、直参や藩主に旧知がいても、浪人が武家屋敷に止宿することを、幕府は禁じていた。

文字通り、喪家の野良犬として、餓死させる方策としか思えなかった。

忠弥自身、いくたび、野良犬扱いをされたことだったろう。

したがって、能登入道の言葉が、忠弥には、充分合点される。

「……将軍家も人間ならば、浪人も人間。この世に同じく生を享《う》けた以上は、おのおのの場に於いて幸せになることが、神仏のおぼしめしであろう。そうではないか?」

「………」

「わしが、このような説法をいたすのは、稀有《けう》の天稟をそなえたお主が、その腕前を、いたずらな奇行に使わず、おのれと同じ立場に在る浪人衆に役立つ使いかたをしてもらいたい、と思うからじゃな」

「ど、どのように、こ、この腕を、使え、と申される?」

「それは、わしには、わからぬ。お主の腕前を、役立てる者は、ほかに居る。わしの手紙を携えて行って、その者に会ってみぬか?」

「な、何者でござる?」

「由比《ゆい》民部《みんぶ》という男だ。まだ若いが、尋常一様の器量ではない。わしが懇意の楠《くすのき》不伝《ふでん》という軍学者の門下だが、すでに、師をしのいで、軍学、兵法、六芸《りくげい》、十能、医陰《いおん》両道

――一切を指南する力をそなえて居る。しかも、大名に随身の意志は毛頭なく、胸中なにやら大きな志を抱いている模様だ」

「………」

「わしが、面白いと思うのは、由比民部の素姓だ。ただの素姓ではない。乱世ならば、十万の兵を集めることができる素姓なのじゃな」

そう云って、能登入道は、にやりとしてみせた。

十四

能登入道が、懇意にしている軍学者楠不伝は、自身そう名乗ったわけではないが、楠《くすの》木正成《きまさしげ》の嫡流という噂があった。

正成の末子正儀《まさのり》に四人の男子があった。その四男正平《まさひら》から九代を経て、正虎《まさとら》という人物が出た。備前国熊山《びぜんのくにくまやま》で生まれた。

天文《てんぶん》五年、十七歳のとき、京《きょう》の都へ出て、足利義輝《あしかがよしてる》に仕え、大饗《おおあえ》正虎と名のっていた。やがて、織田信長《おだのぶなが》に見出され、永禄《えいろく》二年、正親町《おおぎまち》天皇から、「朝敵」の名を勅免され、晴れて、楠を名のるようになり、従四位下河内守《かわちのかみ》に叙任された。

秀吉《ひでよし》の天下になるや、正虎は、その右筆《ゆうひつ》をつとめた。学識あり、能筆で、後陽成《ごようぜい》天皇に、書の手本を献じたくらいであった。

正虎に一子があった。甚四郎《じんしろう》といい、山科言継《やましなときつぐ》の妻の妹を娶《めと》り、禁中及び公卿諸家に自由に出入りを許され、その秀才をうたわれていた。

豊臣家が滅亡したのち、敢《あ》えて徳川幕府には仕えず、一時、何処かに姿をかくしていたが、寛永のはじめ、飄然《ひょうぜん》として、江戸へ現れ、牛込藁店《うしごめわらだな》榎《えのき》町に居を構えて、軍学指南の看板をかかげた。

楠甚四郎成辰《しげたつ》の名は、すでに、旗本、諸大名間にも、ひびいていたので、教えを乞う者もかなりあった。しかし、狷介《けんかい》固陋《ころう》の気象が、弟子たちに、いい加減な勉学を許さなかったので、一時は、家にあふれた弟子の数も、次第に減ってしまった。

由比富士太郎《ふじたろう》と名のる若者が、訪れたのは、その頃であった。

不伝と号した甚四郎成辰は、由比富士太郎を、引見した時、なぜか、烈しい驚きの色を示した。しかし、その時は、何も云わなかった。

玄関わきの小部屋を与えて、弟子とした不伝は、富士太郎が、おどろくべき俊髦と知ってから、某日、居室に呼んで、態度をあらためると、その素姓をただした。

富士太郎は、しばらく、返辞をためらっていたが、師の前にかくし終《おお》せぬと覚悟した模様で、

「それがしの母は、石田治部少輔《じぶのしょう》の女《むすめ》にございます」

と、打明けた。

「そうであろうと思った。お前をはじめて視た時、あまりにも三成殿に似ているので、おどろいたことであった」

不伝は、若者が石田治部少輔三成の血を継いだ者であれば、異数の秀才であるのも当然、と合点した。

「父者は、何人《なんぴと》か？」

不伝が、問うと、富士太郎は、苦しげに、かぶりを振った。

「存じませぬ」

「知らぬとは？」

「母自身も、わが子の父親が、何者であるか、知りませぬ」

富士太郎は、そうこたえて、目を伏せた。

奇怪な話であった。

「由無いことをきいた。ゆるしてもらおう」

不伝が、詫《わ》びると、富士太郎は、顔を擡《もた》げて、

「生涯の恩師と仰ぐ先生に、もはや、かくす必要はありませぬ」

と、云った。

十五

慶長五年九月、石田三成が、関ケ原《せきがはら》に敗れ、伊吹《いぶき》山中において捕えられた時、その女《むすめ》木美《きみ》は、大坂城に在った。十三歳であった。

三成の本拠佐和山《さわやま》城が、小早川秀秋《こばやかわひであき》の率いる一万五千の軍勢の猛攻をあびて、潰《つい》えた

夜、木美は、何者とも知れぬ男によって、大坂城からつれ出され、府中《ふちゅう》賤機山《しずはた》の麓に
ある浅間《せんげん》神社へともなわれた。

三成は、秀《すぐ》れた忍者二人を使っていた。

一人は「影《かげ》」と称《よ》ばれ、一人は「鴉《からす》」と称ばれていた。

「影」の方は、佐和山城に在り、落城の日、三成が最も寵愛《ちょうあい》していた十歳になる妾腹《しょうふく》
の子秀也《ひでなり》を抱いて、夜陰に乗じて、城外へ遁れ去った。

やがて、「影」は、仲間の忍者の諜報《ちょうほう》をあつめて、三成が、伊吹山中――伊香《いか》郡古橋《ふるはし》
村法華《ほっけ》寺三珠《さんじゅ》院裏の岩窟にかくれていることをつきとめて、秀也をそこへ、ともなった。

三成は、その時、近習を一人のこらず諭して、立去らせ、ただ一人、そこにひそんで
いたが、泄《せつ》(下痢症)を患って、変貌し果てていた。

秀也は、父と判り乍らも、あまりに悽愴《せいそう》な形相に怯《おび》えて、泣き出してしまった。

三成は、そのさまを眺めて、

「育てるに及ばず」

冷然と宣告して、自ら脇差を抜いて、わが子の胸を刺した。

「影」は、その後、家康直属の伊賀《いが》党によって捕えられたが、三条河原《さんじょうがわら》で断首される
寸前を、魔神の迅業で、遁れ去り、その後、行方知れずとなった。

一方――。

「鴉」の方は、三成から、関ケ原出陣の際、

「わしが、もし敗れた時は、木美を大坂城からつれ出して、育ててくれい」

と、命じられていたのである。

木美は、弟の秀也とちがって、異常なまでに勝気な娘であった。

父三成の三年忌の回向がおわった時、「鴉」は、木美にむかって、三成の遺言をつたえた。

三成は、次のように、「鴉」に遺言したのである。

「木美は、眉目美しゅう生まれては居るが、それをもって、女の幸せをつかむことは許されまい。理由は、ふたつ。この治部少輔の女《むすめ》であること。いまひとつは、女子には惜しい、たけだけしい気象を備えて居ること。為《ため》に、おのが身を贄《にえ》として、天下を聳動《しょうどう》させる稀代《きたい》の勇者を生ませて、育てさせたい」

「鴉」が、姫君の対手の男子《おのこ》は、浪人がよいか、と問うと、三成は、そちにまかせる、とこたえたことだった。

木美は、その遺言をきくと、対手の男子はもうえらんであるのか、と訊ねた。

「鴉」はこたえた。

「わが属する熊野《くまの》神鴉《みからす》党に、七人の若者が居りまする。孰《いず》れも、四歳より、忍びの修業にはげみ、生きのこり、鍛えあげた心身を具備つかまつります。その一人をお選び下されば、と存じまする」

それから三日の後、浅間神社には、七人の若い忍者が、訪れた。

木美は、並座した七人を、しばらく、見くらべていたが、

「どの者を選んでよいか、さだめかねまする」

と、云った。

「鴉」が、籤《くじ》を引かせては、と提案したが、木美はかぶりを振った。

「お父上は、わたくしに、女の幸せは許されまい、と申された由。女の幸せとは、よき良人《おっと》を持つことでありましょう。わたくしは、妻となることを禁じられた身なれば、一人の男子に操を捧《ささ》げる必要をみとめませぬ。……これら七人の者に、わたくしを与えたく存じます」

この言葉をきいて、「鴉」は愕然となった。

十六歳の処女の口から吐かれたおそるべき決意であった。

「わたくしが欲しいのは、強く逞《たくま》しい男の嬰児であります。今宵、この七人の者と契るならば、それは叶えられると存じます。もし叶えられなければ、後日、他の七人の若者を呼んでもらいましょう」

かくて——。

七人の若い忍者は、籤を引いて順番をきめ、つぎつぎに、草庵に入って、姫を抱いたのであった。

そして、抱きおわって、裏口から出たところを、そこに待ち伏せていた「鴉」が、のこらず、刺し殺した。

七人目の若者は、実は、「鴉」の実の子であった。

「鴉」は、「子鴉」をも敢えて、殺そうとした。しかし、不覚にも、手もとが狂った。

親子の忍者の間には、死闘が演じられた。そして、親子相討って、斃《たお》れた。

忍者の宿命は、そのように無慙なものであった。

富士太郎は、そのような奇怪な決意のもとに生み出された子であった。

木美は、富士太郎を、賤機山の麓の流之井《ながれのい》の小屋で、誰の手もかりずに、生みおとした。そして、一人で育てあげたのであった。

富士太郎は、十歳になった時、宇津《うつ》山嶺の山中に在る熊野権現の祠《ほこら》に籠らされ、内にあっては書物をひもとき、出ては、けもの対手に武技をはげむくらしを命じられた。母は月に一度、糧食と衣服を置いて行き、わが子が、どれだけの文武の進歩を示したか、見とどけていった。

そしてその孤独なくらしは、三年つづいたのである。

十六

由比富士太郎は、その時まで、まだ、おのれの素姓を知らされず、母がなんの目的をもって、斯様《かよう》に激しい修業を自分に強いているのか、判らなかった。

岡部《おかべ》宿より十石《じっこく》坂を歴《へ》て、湯谷《ゆや》口より登りになる宇津山には、東海道《とうかいどう》のほかに、古《いにしえ》の細道が通じていた。これを、蔦《つた》の細道という。嶮路《けんろ》で、左右は荻《おぎ》、篠竹《しのたけ》が人の背丈ほどに生い茂って、鎌で払わねば、通れない。

旅人が通れる道ではなかった。

いったい、宇津山嶺は、上り下りはわずか十六町であったが、むかしから、ものさびしい密林中の山道なので、草賊が潜伏して、しばしば、旅人を襲った。

まして、蔦の細道など、猟師が影法師を落すのさえ、まれであった。

富士太郎は、そういう人里はなれた山中に、孤《ひと》り修業をさせられていたのである。

某日――。

富士太郎の住む熊野権現の祠に、一人の猟師が訪れて、母上からたのまれた、と云って、一通の封書を置いて行った。

披《ひら》いてみて、富士太郎の顔色が一変した。

それは、遺書であった。

富士太郎が、石田三成の嫡孫にあたること、その生涯の目的とするところは、徳川幕府を倒すことにある。遺書には、そう記してあった。

さらに、つけ加えて――。

母は、本日、大坂より駿府《すんぷ》へ帰る大御所徳川家康の行列を襲うて、玉砕するであろう、と書いてあった。

すなわち。

わが子に、母の玉砕するさまを目撃させて、決意がにぶろうとする時には、必ず、その光景を甦《よみがえ》らせようとするものであった。

富士太郎は、遺書を読み了《お》えるや、東へ向って、疾駆して行った。

本海道を眼下にする地点に出て、富士太郎は、足を停めた。

十団子《とおだんご》を売る出茶屋が、崖に凭《よ》りかかるようにして、屋根をのぞかせている場所であった。蔦の細道は、ここで終って、本海道に合する。

富士太郎は、斜面に突出した岩の上に、小猿のようにうずくまって、待った。

半刻が過ぎた頃合長蛇の行列が、宇津山を越えて来た。

天下を完全にわがものにした徳川家康の行列であった。

将士、兵卒いずれも、具足を解いて、平常の姿になっていた。槍鉄砲なども、わずかの数に減じて、しずしずと進んで来た。

ただ、荷駄が蜿々《えんえん》とつらなっていた。

およそ、三百とかぞえられた。

その荷駄こそ、大坂城の地下に積まれてあった太閤《たいこう》秀吉の遺金であった。家康が、豊臣秀頼《ひでより》を攻め滅ぼしたのは、豊臣家の血統を絶滅する目的のほかに、この莫大《ばくだい》な太閤遺金に食指をうごかしたからであった。

老いたる天下の覇者は、ちょうど中央のあたりで、四方輿《しほうごし》に乗って、秋の山景色を、眺めやっていた。

少年富士太郎は、岩から滑り降りて、小松の股のあわいから、双眸を光らせ乍ら、坂を降りて来る行列を、固唾をのんで、見下していた。

先払いの徒士が、十団子の茶屋の前を過ぎ、馬や台笠や、槍の先が、見えかくれしつつ、通って行った。

やがて、家康を乗せた輿が、茶屋の屋根のむこうにかくれた。

その時であった。

茶屋の屋根を、裏手から、黒い影が、けもののようにするすると登った。

富士太郎は、それが、母であるのをみとめた。

黒い影は、屋根の頂上に、すっくと立つや、四方にひびきわたる冴《さ》えた声音で、

「徳川大御所殿に、物申す！」

と、呼ばわった。

家康はじめ、行列一同が、一斉に、ふり仰ぐや、黒い影は、そのまとっていた黒衣を、ぱっと払いすてた。

一糸まとわぬ白い豊満な裸身が、澄んだ秋陽の中に、美しく、浮きあがった。

「われこそは、石田治部少輔三成が女《むすめ》木美に候！　亡父が無念を、はらさんがため、ここに、待ち受け申し候。大御所殿、おん生命を申し受けますぞ！」

叫びあげた裸身は、右手に短剣をかざし、黒髪をひるがえして、宙を躍りざま、輿めがけて、跳んだ。

無謀というもおろかな振舞いであった。

その白い鳥にも似た速影に向って、先陣後陣から、幾本かの手裏剣が、すばやく飛んだ。裸身はそれらをことごとく、吸いこませつつ、輿に躍り込んだ。

のけぞる老覇者の前に、ぴたっと突っ立った裸身が、その白い柔肌の、肩から胸から、腹から太腿《ふともも》から、みるみる鮮血を噴かせる光景は、けんらんともいうべき、鮮烈な美しさであった。

すでに、意識をうしなった血まみれの裸身は、家康めがけて、短剣をさしのべ、一瞬、そのまま塑像と化すかとみえたが、撞《どう》っと仆れた。

——母者っ！

岩蔭《いわかげ》で、松の幹にしがみつき乍ら、富士太郎は、絶叫した。

悽愴無比な最期のさまを、富士太郎は心におさめて、江戸へ向った。

その決意は、不退転のものとなっていた。

十七

語りおわって、能登入道は、丸橋忠弥に、つけ加えた。

「はたして、由比民部が、石田三成の嫡孫か否か——おのが口から語っただけで、他に証人は居らぬが、公儀にきこえれば、死罪をまぬがれぬ素姓を、平然と、師に打明けたとは、見上げた度胸と云わねばなるまい」

「そ、そう存ずる」

忠弥は、頷いた。

「お主のようなひねくれ者が、たずねて行って親交を結ぶには、恰好《かっこう》の者であろう。どうだな？」

忠弥は、こたえる代りに、立上がっていた。

「参るのか？」

「さ、左様――」

「ただし、忠告いたしておく」

能登入道は、笑い乍ら、云った。

「お主が、由比民部と盟を約したとせんか、事を挙げて成らざれば、死出の途《みち》を歩むことに相成るぞ。よいかな」

「わかって居り申す」

忠弥が、笑顔をみせたのは、その時がはじめてであった。

由比民部正雪《しょうせつ》の「張孔堂《ちょうこうどう》」は、神田連雀町《かんだれんじゃく》の裏店に在った。

階下の三間に、手習子を集め、二階の二間をすまいに当てていた。

その二階には、多くの若い士が、訪れていた。旗本や大名の重役の子弟たちもすくなくなかった。

その日も――。

正雪の前には、旗本大番組頭・天堂寺転が坐っていた。

正雪が説いているのは、兵学でもなければ経書でもなかった。

茫々《ぼうぼう》四千載の中国の歴史の裏面を、任意にえらんで、たんたんと語るだけであった。

しかし、聴く者に、これほど興味しんしんたる話はなかった。

堯舜《ぎょうしゅん》を生み、孔孟《こうもう》を生み、夏桀殷紂《かけついんちゅう》を生み、孔明《こうめい》を生み、西施《せいし》、楊貴妃《ようきひ》を生んだ国である。権謀術数の凄じさは、想像を絶している。国が興り、国が滅ぶにあたって、現出された簒弑《さんしい》、漁色、驕奢《きょうしゃ》、乱倫、暗闘、狂気——あらゆる人間の醜汚は、耳にするだけで、肌が粟立《あわだ》つ。

正雪は、それを、なにげない口調で、たんたんと語るのであった。

それが、若い士たちの間には、評判を呼んで、一度聴きたい、と申し込む者が、続出していた。

正雪はしかし、これはと看てとった者でなければ門下にしようとせず、また、その裏店を出て、広い屋敷に移ろうともしないのであった。

「歴史を観《み》る場合、女の嫉妬というものを、看のがしてはなるまい、と存ずる」

正雪の説くのは、たとえば、そういう裏面からの人生であった。

「儒教の七去《しちきょ》に、婦人妬なれば去る、とあり申す。妬心を悪徳の一にかぞえており申す。しかし、婦女子から、嫉妬の心を除けば、何がのこり申そうか。婦女子には、それがあるからこそ、情味があるのではござるまいか。ただ、それは、程度の問題でござろう。

また、男子が、いたずらに婦女子の妬心を厄介視いたすのも、いかがなものか。……『五雑俎《ござつそ》』に、世に勇、三軍を馭《ぎよ》するに足るも、威、閨房《けいぼう》に行われず、智、六合《りくごう》にあまねきも、術、紅粉に運《めぐら》し得ず、首を俯《ふ》し、眉を低うして、これが下となって奈何《いかん》となすべき無きものあり。と記されて居り申す。滑稽と申さねばならぬ。しかし、ひとたび、その歴史に目をやれば、婦女子の妬悍《とかん》こそ、残忍無比。……漢の高祖が逝くや、その糟糠《そうこう》の妻呂后《りよこう》は、高祖が愛した戚《せき》夫人を虜囚にして、髪を剃《そ》り、首かせをはめ、赭衣《しやい》をきせて、罪人とし、終日、舂搗《うすつ》きを命じて居り申す。戚夫人は、救い手のないままに、舂を搗きつつ、歌って居り申す。

子は王となり、母は虜となる。
終日舂搗き、暮に薄《いた》る。
常に死とともに伍《ご》を為す。
相離ること三千里。
当《まさ》に誰を使として汝《なんじ》に告げん。

この歌をきいた呂后は、烈火の憤りを発し、戚夫人の手足を断ち、両眼をえぐって、盲目とし、耳をふすべてつんぼとし、瘖薬《おんやく》をのませて、唖《おし》として、終日、厠《かわや》の中に立たせ申した。まさに、酸鼻とは、このことでござった」

十八

丸橋忠弥が、その裏店を訪れたのはその時刻であった。

案内を乞うまでもなく、唐紙をとりはらった三間に、町家のうす汚れた少年たちが、手習いしている光景が、見わたせた。

忠弥は、黙って、上がると、片隅に座を占めた。

「小父《おじ》さん、先生は、二階じゃ」

手習子の一人が教えた。

「うむ――」

忠弥は、頷いたが、動かなかった。

やがて――。

階段に跫音《あしおと》がした。

降り立った者が、そこに立停ったので、忠弥は、視線をめぐらした。

二つの双眸が、宙で、嚙みあった。

しかし、双方の口からは、何も発しなかった。

天堂寺転は、黙礼すると、おもてへ出た。

往還をひろい乍ら、

――あの男が、張孔堂の門下に入るのか？

と疑った。

――あの男が、門下に入れば、ただごとではすむまい。

転は、不吉な予感にとらわれた。

転が、張孔堂に出入りしているのは、別の目的があったのである。


「ま、丸橋、忠弥、と申す」

忠弥は、名乗って、能登入道の紹介状を、正雪にさし出した。

披いて、一読した正雪は、あらためて、忠弥を、凝《じっ》と見据えた。

忠弥は、瞶め返す。

ややあって、正雪は、口を開いた。

「槍術を、何処で修業された？」

「奈良の、ほ、宝蔵院にて――」

「今日まで、幾人の兵法者と立合って、勝たれたか」

「二、二十三人と……」

「ことごとく、撃ち仆されたか？」

「さ、左様――」

それから、また、しばし、正雪は、沈黙した。

忠弥が、さきに、口をひらいた。

「そ、それがしの腕を、試されるか？」

「身共は、兵法者ではないが、お手前の槍術には、興味をおぼえ申す」

張孔堂の裏手はかなり広い空地になっていた。

その空地で、忠弥と正雪の対峙《たいじ》が、みられた。

正雪は、二刀を持って、対した。

「参る！」

忠弥は、試される者の礼をとって、さきに、スルスルと進んだ。

電光の迅さでくり出された穂先を、正雪もまた、石火の業で、二刀を十字に組んで受けとめた。

そのまま、十をかぞえるほどの間、両者は睨みあっていたが、忠弥の方が、ぱっと、後へ跳び退《しさ》った。

正雪が、ゆっくりと、二刀を携げた。

その時、二刀とも、忠弥の槍の穂先を受けとめたところから、ぽろりと折れて、地に落ちた。

忠弥は槍を立てて、待っている。

正雪は、薄い笑いを、口辺に刷《は》くと、

「お手前の業前は、鋭気ありあまって居り申す。……その鋭気を、すてるために、なおしばらく、諸国を巡って参られたら、いかがであろう」

と、云った。

「鋭気の過剰が、身の、ふ、ふ、不利になる、と申されるのか？」

「張りつめた弦は、とかく切れやすいもの。鋭気というものを、身の内より除いても、ひとたび身につけた業前は、消えはせぬ」

正雪は、云った。

——小癪《こしやく》な口を、きく！

忠弥は、その時は、そう思った。

「では——」

忠弥は、頭を下げると、踵をまわした。

その後姿を見送って、正雪は、

——味方にするに、これ以上の力強い人物は、またとないが……。

と、思っていた。

十九

三代将軍徳川家光は、慶安《けいあん》四年四月二十日、逝去した。

翌月六日、東叡山寛永寺《とうえいざんかんえいじ》で、盛大な法会がとりおこなわれた際、一人の雲水が、飄然として、姿をあらわした。

警備の士が、これをとりおさえようとすると、一喝のもとに、しりぞけた。

さきの刈屋城主・松平能登守定政――いまは、能登入道不白と号している人物であった。

能登入道は、諷経《ふぎん》奉行の前に進むと、海山の高恩ある三代様に、誦経《じゅきょう》を許されたい、と乞うた。

老中がたは、無下にしりぞけるわけにいかなかった。家康の弟定勝の六男であり、家光に仕えて御小姓から近習に進んで、二万石の大名にとりたてられた徳川一族の一人である。刈屋城を返上して、一介の雲水になったとはいえ、名門の血が消えたわけではない。

経文をあげるのをこばむ理由はなかった。

許されて、仏前に進んだ能登入道は、しかし、ふところからとり出したのは、奉書紙であった。

能登入道は、それをひろげるや、朗々たる音声で、読み上げはじめた。

「松平能登入道不白、慶安四年五月六日夢想……実より出たる智慧《ちえ》はすがるべし、智慧より出《い》づる実は滅逆すべきのみ、願う心のはかなさよ、かえすがえすも、身のほどを知れ、一天の四海の波まで、理は強く、非礼にはたたぬもの也」

老中以下、列座する諸侯、旗本はおどろいた。

経文の代りに、なんともわけのわからぬ文句を読みあげられたのである。

しかし、許可した以上は、中途で拒絶するわけにいかなかった。

「……人は只見《ただ》かけや見かけ、玉の命を、みがかぬ時は、悟りもの也。……つくづくと、至極のほどを、案ずれば、耳にかからず、目にもかからず。……むつかしと、思う心はむつかしや、むつかし乍ら、むまれこそすれ。……金銀も、あるにまかせて、使うべし。使われぬ時は、謀叛《むほん》、逆臣」

読み了えると、それを仏壇にそなえ、老中がたへ、向きなおった。

「天下治りてすでに五十年、四海波立たず、お城の松柏《しょうはく》も枝も鳴らさぬ昇平、まことに結構でござる。しかし乍ら、天下平穏の秋《とき》こそ、油断大敵、あるいは、どこやらの浪士屋敷で、不穏の企てがなされている気配なきにしもあらず。世上の動静にうとい執政がたには、くれぐれも、ご用心あるべし」

そう云いのこすと、悠々として立去った。

大老酒井《さかい》忠勝《ただかつ》は、露骨に不快な表情で、その後姿を見送った。

その直後、別室で、松平信綱《のぶつな》、阿部忠秋、井伊直孝が協議して、

「能登入道、乱心」

と、決めた。

ただちに、その兄松平隠岐《おきの》守定行《さだゆき》（伊予《いよ》松山《まつやま》城主）が、城中へ呼ばれ、能登入道を預って、国許へつれかえるように、命じられた。

能登入道は、松山藩邸へともなわれると、兄の定行に向って、

「狂気をよそおうて、老中がたへ忠告いたしたが、なんの効果もなかった模様じゃな。

松平伊豆守《いずの》も、さまでの智慧者とも、思われぬ。ははは……」

と、高笑いしてから、独語するように、

「近いうちに、天下を聳動させる騒ぎが起るであろうな」

と、云った。

二十

能登入道の予言は、的中した。

それから、二月後、由比正雪の天下覆滅の陰謀が発覚し、早馬は、日本中へとんで、騒然となった。

発覚の次第は、御弓師藤四郎《とうしろう》なる者が、十文字槍の達人丸橋忠弥に、数多《あまた》の弓矢を極秘で造るよう依頼され、もしこれを受ければ、将来ひとかどの知行取りにとりたてるであろう、と打明けられ、苦悩の挙句、江戸町奉行石谷左近将監貞清《いしがやさこんしょうげんさだきよ》の屋敷へ、深夜、駆け込み訴えをした、というのが、後世最も有名になっている。

しかし、御弓師藤四郎が、駆け込んだ時には、すでに——。

常盤橋《ときわ》内の北町奉行・石谷左近の屋敷にも、また、呉服《ごふく》橋内の南町奉行・神尾元勝《かんおもとかつ》の屋敷にも、真昼のように、あかあかと高張提灯《ぢょうちん》が、かかげられていた。

老中・松平信綱から、すでに、由比民部正雪と、その一党を召捕るように、下知があったのである。

訴人を待つまでもなかった。

正雪とその一党の陰謀は、家光逝去の頃から、松平信綱の耳に入っていたのである。

信綱は、召捕りの時機をねらっていたのである。

陰謀をつきとめた功績者は、旗本大番組頭・天堂寺転であった。

転は、この十年余、正雪の門下になって、その行動を、ひそかに監視していたのである。

幕府がひそかに探索し、調べあげた由比正雪謀叛の計画は左のようなものであった。

一党の重立った顔ぶれは――。

由比正雪を頭領に、丸橋忠弥を副将として、金井半兵衛《かないはんべえ》、柴田三郎兵衛《しばたさぶろべえ》、河原十郎兵衛《かわらじゅうろべえ》、永山六郎右衛門《ながやまろくろうえもん》、熊谷三郎兵衛《くまがいさぶろべえ》、加藤市右衛門《かとういちえもん》、吉田勘右衛門《よしだかんえもん》ら十余名であった。

正雪は、江戸と駿府と、東西相呼応して、事を起こす計画をたてた。すなわち、正雪は、鵜野九郎右衛門《うのくろうえもん》、坪内左司馬《つぼうちさじま》、有竹作右衛門《ありたけさくえもん》、本吉新八《もとよししんぱち》、僧廓然《かくねん》ら頭立った九人をひきつれて、駿府におもむき、そこで、かねて檄《げき》をとばしていた浪士数百人を集めて、駿河久能山《するがくのう》を攻略する。久能山に、徳川家康が大坂城から運んで来た荷駄三百頭ぶんの太閤遺産が、たくわえられていることは、明白であったからである。

この莫大な金銀を奪って、そこを根拠にして、駿府城を乗取る。

一方――。

江戸にあっては、丸橋忠弥が指揮をとり、江戸城の外郭五箇処、町方二箇処に放火して、市中を焼きたてる。また、小石川《こいしかわ》煙硝蔵の奉行河原勘右衛門《かんえもん》が子息十郎兵衛と申し合せ、貯蔵の煙硝三万駄に火を放つ。

この騒動に乗じて、丸橋忠弥は、糾合した浪士三百余人を率い、葵《あおい》の紋の提灯をかかげて、紀伊《きい》大納言警固のため登城とよばわりつつ、江戸城へ押し入る。老中以下諸侯、旗本が、狼狽《ろうばい》しつつ登城するのを、途中で待ち伏せて、要撃して悉《ことごと》く、討ち果す。

さらに、大坂にあっては、金井半兵衛、吉田勘右衛門、京都《きょうと》にあっては、熊谷三郎兵衛、加藤市右衛門が、それぞれ、浪士を糾合しておいて、同時に騒動を起こす。

正雪は、すでに、味方を約束した浪士およそ千五百人に、路銀を渡して、待機させていた。

東海道五十三次に火を放って、収拾のつかぬ騒動を起こすとか、江戸の水源に毒を流すとか——いざとなれば、あらゆる奸策《かんさく》を実行して、徳川幕府を倒す、と正雪の肚《はら》はきまっていた。

七月二十二日、正雪は、江戸を発《た》った。

鈴ケ森《すずがもり》で、

鈴虫の誰に振らるる夕かな

と、一句を吟《よ》みのこしている。

天堂寺転は、正雪が江戸を発つのを見送って、即刻、松平伊豆守信綱の屋敷へ、奔っていた。

伊豆守は、転の報告をきくと、

「長いあいだの探索、ご苦労であった」

と、ねぎらい、

「すでに、召捕りの手筈は成って居る」

と、云った。

転は、伊豆守を視かえして、

「それがしに、お願いがひとつございます」

と、申し出た。

「なんだな？」

「丸橋忠弥との一騎討ち、お許したまわりたく存じます」

「忠弥とは、なにか、因縁があるのか？」

「ございます」

転は、宿敵である理由を述べた。

伊豆守は、一騎討ちを許した。

二十一

その夜――。

忠弥の不運は、夕餉《ゆうげ》の焼魚があたって、烈しい食中毒を起こしたことであった。下痢のあとに、高熱が発し、なかば意識を喪っているさなか、突如、

「火事だっ！」

という叫び声が起こった。

おもてが騒然となる気配に、いったん、牀の上に起きたものの、立上がる気力がなく、また、仰臥した。

忠弥の家は、お茶《ちゃ》の水《みず》の中間頭大岡忠左衛門《おおおかちゆうざえもん》の邸内に、借地して建てられてあった。

うつらうつらし乍ら、騒ぎをきいていると、廊下をあわただしく駆けて来る跫音がきこえ、

「火事はいつわりっ！　先生っ！　捕吏の乱入でござる！」

という絶叫がひびいた。

忠弥の家には、三人あまり、弟子が起居していた。

三人とも、火事ときいて、おもてへ走り出て、二人が捕えられ、一人が辛うじて、手負いつつ、駆け戻ったのである。

——露見か！

忠弥は、立上がると、長押の長槍を摑みとった。

しかし、それを小脇にして、躍り出る体力は、失せていた。

長槍は、杖の役にしか立たなかった。

よろめき乍ら、庭へ降りた時、そこに待っていたのは、捕吏の群ではなく、ただ一個の黒影だけであった。

奉行所の高張提灯が、塀のむこうに立てならべられていて、その明りに、すかし視た忠弥は、

「お主っ！」

と、呻いた。

天堂寺転は、もの静かな態度で、

「宿縁でござったな」

と、云った。

「お主がい、い、犬であったか！」

天堂寺転が、正雪の弟子となって、十年の歳月が経《た》っている。正雪が、神田連雀町の裏店を出て、牛込榎町に宏壮《こうそう》な道場を構えた頃には、転は、代講の高弟になっていたのである。

このたびの義挙にあたっては、旗本ゆえに、謀議の座には加えられていなかったが、正雪としては、むしろ、忠弥よりも転を、江戸焼打ちの主将にしたい意嚮《いこう》だったようである。

もとより、幕府の禄をはむ転には、義挙のことは、秘して知らせていなかったが、転が気がつかなかった筈はない。ただ、知って知らぬふりをしているもの、と思っていた

のである。

実は、天堂寺転は、間者であった。

忠弥は、しかし、裏切られた憤怒とともに、間者であることをみじんも気どらせなかった転の意志力に、感服せざるを得なかった。

「天堂寺転は、捕吏としてではなく、兵法者として、お手前との勝負、決着をつけに参った」

転は、云った。

「永年の、つ、つきあいによる、じ、情誼《じょうぎ》ならば、笑止！」

「いや！」

転は、かぶりを振った。

「三十余年前、杉戸兵馬が、お手前の釣竿で、片目をつぶされた時に、この覚悟は、成って居った」

「よ、よしっ！」

忠弥は、長槍を構えた。

転は、刀を青眼にとって、忠弥の構えを視た瞬間、眉宇をひそめた。

いつもの忠弥ではなかった。

——どうしたというのだ？

転は、疑った。

忠弥は、じりっと、進んだ。とたんに、上半身が、ぐらりとゆれた。

「丸橋殿！　その弱りは？」

転は、問うた。

こたえるかわりに、忠弥は、満身からの気合を噴かせて、猛然と突進した。

しかし、それは、手負い猪《じし》の、盲滅法な動きでしかなかった。

転は、身をひねりざま、空に流れた長槍を、柄なかばで、両断した。

忠弥は、二間を泳いで、地べたへのめり込むと、大きく喘ぎ、それから徐々に頭をたれて、意識を喪っていった。

「翁草《おきなぐさ》」という記録には、丸橋忠弥について、左のように書いてある。

「丸橋忠弥、人品骨柄、群を出《い》で、実にさる者と見えたり、行年四十余歳。四方髪《そうはつ》にて、大小は朱鞘《しゆざや》を好めり。刑日に衣類などの儀、これを願い、随分さわやかに、美を尽し出立ちける。頃日《けいじつ》きびしく責めを受くると雖《いえど》も、させる疵《きず》もなく、労倦《ろうけん》のていも見えず、莞爾《かんじ》として、まっさきに引きまわさる」

この記述は、真っ赤ないつわりである。

忠弥が、鼻馬で引きまわされるのを、目撃した者は一人もなかった。

忠弥は、市中を引きまわされなかったのである。

常盤橋門内の奉行所の白砂上で、天堂寺転に看とられ乍ら、息をひきとったのである。

白砂上に横たえられて、しばらくして、うつろな眸子をひらいて、淡々と明けそめた乳色の空を仰ぎ、なにやら、呟いたようにみえた。それきり、しずかに、息絶えたのである。

品川裏の仕置場で、磔刑《たっけい》に処せられたが、それは、すでに死体であった。

忠弥の辞世として、

雲水のゆくへも西のそらなれや願ふかひある道しるべせよ

というのが残っているが、当人がつくる余裕があるべくもなかった。

能登入道不白が、代って、つくってやったのである。

堀部安兵衛

一

安兵衛《やすべえ》が、高田馬場《たかたのばば》へかけつけた時、義叔菅野六郎左衛門《すがのろくろうざえもん》は、すでに数創を被って、地に蹲《うずくま》って居《お》り、若党佐次兵衛《わかとうさじべえ》が阿修羅《あしゅら》となって、七、八士の剣をふせいでいた。

それと見て、安兵衛は、大音声に、「卑怯《ひきょう》っ！」と呶号《どごう》しざま、まず、蟇地《まっしぐら》に、村上三郎右衛門《さぶろうえもん》に突進して、三合と渉《わた》り合わずに、これを袈裟掛《けさが》けに、斬り仆《たお》した。次いで、佐次兵衛を圧倒している中津川祐見《なかつがわゆうけん》へむかって、「勝負っ！」と叫んだ。祐見が、応っと、一間あまり、斜め横に滑って、刀を構えようとするところを、安兵衛は、大きくふみ込んで、胴を横薙《な》いだ。そして、次の瞬間には、翻転して、主敵村上庄左衛門《しょうざえもん》へ、正対していた。

庄左衛門の面上には、すでに、怯懦《きょうだ》の色が浮きたち、

「ならぬ！　ならぬ！」

と、口走りつつ、じりじりとあとずさった。

「なにっ！　ならぬとはっ！」

安兵衛は、憤怒で、身を躍りあがらせて、その右の腕をつけ根のあたりから、刎《は》ねた。

佐次兵衛が、背後から馳《は》せ寄って、左の腕を、撲《なぐ》り斬った。

浮足立った他の助人たちへ、安兵衛は、

「勝負は終ったぞ！　退《さが》れいっ！」

と、叱咤《しった》した。

斯《こ》うして、決闘は熄《や》んだ。

敵たちの敗退は、勝ちに驕《おご》っていたことである。その間隙を安兵衛は衝《つ》いた。もし、安兵衛が義叔とともに、最初からこの多勢にむかっていたならば、このように、思うまな迅《はや》い働きがなし得たかどうかは、甚だ疑わしい。

『兵を用うるの法は、その来らざるを恃《たの》むことなく、わが以《もっ》て之《これ》を待つあるを恃み、その攻めざるを恃むことなく、わが攻む可《べ》からざる所あるを恃む』とは、孫子《そんし》の九変にある言葉だが、理解するは易《やす》く、実行は難い。

安兵衛は、老人を佐次兵衛に背負わせ、喰違《くいちが》いの松平左京太夫《まつだいらさきょうのだいぶ》邸へ引上げることにしたが、途中、その顔に濃い死相を見てとって、やむなく、とある大名の下屋敷の生垣をおしわけて、庭隅を借りて、走り寄って来た番人に事情を告げ、義叔の割腹を宥《ゆる》されたいと乞うた。義叔は、すでに脇差を握る力もなかったので、佐次兵衛に持添えさせておいて、その首を打落した。

その下屋敷の留守居役の好意で、棺が用意されることになったので、佐次兵衛にまかせておいて、安兵衛は、高田馬場へ引返した。黒布で顔を包んで、人墻《ひとがき》の中に交っていると、村上兄弟の父とおぼしい人物が、下僕たちに棺をかつがせて来て、遺骸をあらためつつ、納めはじめた。その態度が、悲憤を抑えて、ものしずかであるのをみとめた安兵衛は、次なる決闘は行われぬものとさとって、そっと立去った。

年少時より、全く孤独で育った安兵衛は、人に交ることを好まず、おのれを衆目にさらすのをきらった。郷土の気風もまたその孤独な性格をつちかうにふさわしいものであった。北蒲原《きたかんばら》の新発田《しばた》は、中古以来、佐々木《ささき》源氏の後裔《こうえい》である加治《かじ》の一族新発田氏の永年割拠した地である。上杉《うえすぎ》氏が越後《えちご》を統一するや、その麾下《きか》に属して、武名高かったが、上杉家に於《お》ける景勝《かげかつ》と景虎《かげとら》との継嗣争いが起るにおよんで、新発田因幡守重家《いなばのかみしげいえ》は、景勝に加担したものの、その功を賞されることの軽いのに憤激して、天正《てんしょう》九年、会津《あいづ》の葦名《あしな》氏に連り、あるいは遠く織田《おだ》氏に通じて、景勝に叛《そむ》いた。対抗七年の久しきにわたって、ついに刀折れ、箭《や》尽きて、滅亡した。因幡守が、最後まで、屈せずに戦い抜いたのも、土民の強悍不屈《きょうかんふくつ》を恃むところがあったからである。安兵衛のからだにも、この強情な血が流れていた。

十四歳から、彼処此方《そこここ》に流落して、つぶさに艱難辛苦《かんなんしんく》を経て、なお、家を興さん志を喪《うしな》わずに、衣食の欠乏に堪えつづけられたのも、郷土の気風を享《う》けたおかげであったといわねばなるまい。

ただし、このような決闘によって、名を売ろうなどとは、毛頭夢寐《もうとうむび》にも考えたことはなかったので、この日以後、おのれに与えられた評判は、有難迷惑であった。

安兵衛が、いくつかの好条件の招聘《しょうへい》をしりぞけて、敢《あ》えて中山《なかやま》の姓を棄《す》てて、堀部《ほりべ》家に入ったのは、養父弥兵衛《やへえ》の気骨ぶりに、同じ佐々木源氏を遠祖にいただく者の親密をおぼえたからにほかならぬ。

堀部家は、弥兵衛の曽祖父が浪人分にて、はじめて浅野《あさの》家へ来り、祖父助左衛門《すけざえもん》の代りに新知を賜わり、父弥兵衛を経て、同名弥兵衛にいたったが、三十余歳まで、何の役にも就いてはいなかった。文恬武熙《ぶんてんぶき》の時世であり、屠竜《とりよう》の術《すべ》は成っても、施すところがない。そこで、弥兵衛は、某日、思い立って、主君内匠頭長矩《たくみのかみながのり》に、

「それがし、何らの才能はありませねど、聊《いささ》か書道だけは心得がありますれば、何卒《なにとぞ》この道にて御役儀を勤めとう存じまする」

と、願い出た。

すぐに、きき入れられて、右筆《ゆうひつ》に挙げられた。ところがその席に就いて、一日を過ごすや、弥兵衛は、再び、長矩の前に伺候して、

「所詮、それがしの悪筆をもってしては、御用は勤まりませぬ」

と、辞退した。これは、主君を侮蔑したことにもなるので、当然、追放を覚悟の上での辞退であった。

すると、長矩は、

「そちが能筆でないことは知って居った。右筆の席に就けば、いやでも、運筆に心をこめねばなるまい。三年を経て、なお、自身悪筆を思うなら、職を退くがよい」

と、さとした。

弥兵衛は、恩遇に感激して、その日から書道に寝食を忘れた。決して、それまで、弥兵衛が、他の右筆に比べて、劣る悪筆家であったわけではない。ただ、その席に就いて執筆してみて、習練の足りなさを慙《は》じたのである。

三年を経て、弥兵衛は、それまで自分が記した夥《おびただ》しい書類を、もう一度、ていねいに写し直して、主君の恩遇に応えた。この誠実な逸事をきいて、安兵衛は、その家を継ぐ肚《はら》をきめたのであった。二十五歳の時であった。弥兵衛の女《むすめ》は十七歳であった。

二

安兵衛は、堀部家世禄《せいろく》二百石を享けると、弥兵衛が勤めていた任務をそのままひき継いで、定府の士の中でも重く用いられた。

安兵衛が、郷里の故旧吉川茂兵衛《よしかわもへえ》へ贈った手柬《しゆかん》が、それを証明している。

『旧臘《きゆうろう》十日、千代姫《ちよひめ》君様（家光《いえみつ》の長女・尾張大納言光友《おわりだいなごんみつとも》の簾中《れんちゆう》、元禄《げんろく》十一年十二月十日逝去）御逝去につき大納言様、中納言様御機嫌うかがいの為《ため》、尾州《びしゆう》までの使いを拙者に申付けられ（中略）年来の江戸《えど》奉公も数人これあるところ、勤の間もない拙者に申付けられ候段、本望に存じ（中略）ご存じの通り、存じ寄らざる縁を以て、他名相続の事にて候えば、別して勤方等にも心遣いこれあり、義父年来の勤めの首尾能《よ》く相勤め、今は十楽の身に罷成《まかりな》り、その跡式勤め申す養子として、御用も満足に相勤められずば、快も存ぜず、右のところに心付き申す事に候』

とある。

爾来《じらい》、他藩への使節の役は、多く安兵衛が勤めた。

やがて、主家に、あの不測の凶変が発した。

その夜、早くも、家中で財産の投売りをはじめる士があるとあてこんだ商人たちが、鉄砲洲《てっぽうず》の藩邸の裏手に設けられた水門から、荷船を漕《こ》ぎ入れて来た。その頭数は四十名にもおよび、長屋を戸毎《ごと》にあたりはじめた。

夜明け頃、商人たちは、北叟笑《ほくそえ》みつつ、続々と買いたたいた諸道具を運び出して、おのおの荷船へ戻った。

安兵衛は、そのあさましい光景を、物蔭《ものかげ》から、終始見戍《みまも》っていたが、べつだん、咎《とが》めようとはしなかった。

八艘《そう》の荷船は、しかし、水門を出たとたんに、たちまちに底から水を噴きあげて、沈んでしまった。一艘のこらずその仕掛けが施されてあり、商人たちは、叫喚をあげて救いをもとめたが、すでに水門はかたく閉ざされていた。

邸外を警固するために来ていた大垣《おおがき》、戸田《とだ》の藩士らも、黙って、その沈没を眺めていた。

その後は、一家中悉《ことごと》く引き払うまで、邸内の静粛は維持された。安兵衛は、後日、知音に書を寄せて『依之《これによって》、近所のとなえにも、常の屋敷替程の様子と申候由』と報《しら》せた。

堀部一家が、藩邸を立ち退いて、移って行ったのは、両国矢倉米沢町《りようごくやぐらよねざわ》後藤庄三郎《ごとうしようざぶろう》所有の借家であった。六畳二間に、二畳の台所のついた陋屋《ろうおく》で、親子二夫婦に、奴婢《ぬひ》を加えた八名の家族では、どうにも住い様がなかった。

弥兵衛と安兵衛は、在府の同志だけで、吉良上野介義央《きらこうずけのすけよしなか》を討取る決意をしたので、長く住む積りはない、とまわりに申しきかせた。

安兵衛は、まず、在府家老藤井又左衛門《ふじいまたざえもん》と安井彦右衛門《やすいひこえもん》を訪《おとの》うて、その肚裡《とり》を披瀝《ひれき》した。ところが、両家老は、驚愕《きようがく》して、即座に、これをしりぞけた。それればかりか、在府藩士らへ、『万一堀部父子の企てなどに同意せば、主家御同族の御迷惑、別《わ》けて大学《だいがく》殿の御破滅であるから、心得違いこれなきよう――』

と、きびしく戒飭《かいちよく》した。それに屈せず、安兵衛は、諸方をかけめぐって、同志を勧誘した。しかし、これに応じて起《た》つと誓った者は、奥田孫太夫《おくだまごだゆう》と高田郡兵衛《たかたぐんべえ》の二人のみであった。

それで、よかったのである。安兵衛は、実は城代家老大石内蔵助《おおいしくらのすけ》をさしおいて、上野介を討つ存念は毛頭なかった。ただ、主家廃絶にあたって、藩士たちのうち、幾名が真に武士道の吟味をわきまえているか、あたっておきたかったのである。

その調書を懐中にして、四月五日、安兵衛は、奥田、高田とともに、江戸を去って、赤穂《あこう》へむかった。

十四日夜戌《いぬ》の刻に、帰り着いてみると、すでに、開城の議が決して、城地引渡しの準備に着手されていた。

即夜、安兵衛ら三名は、内蔵助の許《もと》へ伺候して、熱意をほとばしらせて、前議に立ち復《かえ》って、籠城の儀を迫った。内蔵助が、これを冷静になだめればなだめる程、三名は、激昂《げっこう》して、

「いま、赤穂の士が悉く死を畏れて、おめおめ公儀の指図に服従仕《つかまつ》るならば、天下は、こぞって、赤穂に人なし、怯懦卑劣をあざけり嗤《わら》い申すぞ！　それでも、太夫は、おかまいなきか！」

と、迫った。

内蔵助は、自若として、

「たとい天下の指目を受けるとも、一旦既に開城を受諾した以上は、これを変改することは成り申さぬ」

と、断言した。

三名は、憤然として、席を蹴って立った。

だが、この時、奥田孫太夫と高田郡兵衛は、内蔵助が安兵衛へ目くばせしたことに、すこしも気がつかなかった。

半刻後《はんとき》、安兵衛は、ただ一人で、もとの座に戻っていたのである。

内蔵助は、安兵衛のさし出した調書を披見してから、穏やかな微笑を泛《うか》べて、

「おぬしには、これから、ひきつづいて、いやな役目を勤めてもらわねばならぬ」

と、云《い》った。

敵をあざむくためには、まず味方をあざむかねばならなかった。

内蔵助の肚は、すでに決っていた。

故主の令弟大学をたてて、主家を復興する——これによって故主の名跡、浅野家の両目を立て得るならば、これに越したことはない。必期し難い希望をもって、これに努力する。

この態度は、大学が閉門赦免の上、知行を召上げられて広島《ひろしま》へ謫客《たくきやく》にされるまで、一貫して、内蔵助が、とったものであった。

だが、内蔵助程の人物が、万が一の僥倖《ぎようこう》に、希望をつなぐのを本心とする筈《はず》がなかった。

大学がそうなるであろうことは、すでに見透していた。恥辱を雪《そそ》ぐ一挙あるのみだ、とは、凶変の第一報に接した瞬間に、内蔵助の胸中に磐石《ばんじやく》となったことだった。

ただ、復讐《ふくしゆう》の日が、半年後に来るか、三年後に来るか、——それが、問題であった。

その日まで、どれだけの数の同志がのこるか、落ちる者は悉く落し、残る者は一列一体として一糸も乱さぬように、赤心をかためておかねばならぬ。

もとより、一人でも多く残したい。そのためにも、復讐の火を家中から片刻たりとも絶やしてはならぬ。

頭領として、それを微塵《みじん》も表面にしめし得ぬとなれば、一人の腹心をえらんで、おのれと全く反対の立場をとらせ、復讐一途に行動せしめることだった。

内蔵助は、安兵衛をえらんだのである。

「たのむぞ、安兵衛。……わしが説諭する。おぬしが、論難する。早く早くと、一挙の催促する。わしは、あくまで、慰撫《いぶ》する。……このかけひきは、本懐をとげる日までつづくことに相成ろう。……人間の心というものは、所詮は、熱湯と同じく、やがてはさめる。さめないように気をつけて、火にあてなければならぬ」

「太夫！　しかし乍《なが》ら、万が一、大学殿が、浅野家再興をゆるされたあかつきには、評定の席にて、出家沙門《しやもん》となると言明なされた由でござるが、それは御本意か？」

「その節は、何処《どこ》の何者とも知れぬ曲者《くせもの》めが、上野介殿を襲うことになろうな」

内蔵助は平然としてこたえたことだった。

安兵衛は、内蔵助の深算遠謀に感銘してひきさがった。

翌十六日、幕府差遣の両目付来着ときこえて、赤穂の空気は極度に緊迫した。

内蔵助は、この朝、馬に乗って、上使出迎えに、城を出たが、大手門のところで、安兵衛、奥田孫太夫、高田郡兵衛に出会った。

目礼して行き過ぎたが、しばらく行ってから、内蔵助は随行の小山源五左衛門《おやまげんざえもん》をかえ

り見て、

「安兵衛らは、いったんは、わしの意中を汲《く》んではくれたが、今日御目付御来着に接して、遽《にわか》に我慢をすてて、直々に存寄りなど申し立てて、どのような振舞いをいたすかも知れぬ。その時は、是非に及ばぬ。量見の致しかたがある。引きかえして、備えておけ」

と、命じた。

すなわち、安兵衛らが、不調法の行動に出たら、かまわず討果せ、という意味であった。

これによって、安兵衛は、誰の目からも、義挙決行の急進派先鋒という立場に置かれた。たくみな内蔵助の計算であった。

三

四月十九日、赤穂城の引渡しが無事に終了するや、怯懦組は、一安堵《あんど》して、己がじし四方へ離散して行った。

復仇《ふっきゅう》の事をはばからずに、同志を語らってまわったのは、安兵衛ら三人であった。

だが、いずれも、内蔵助の節度を待って、容易に動かなかった。

安兵衛が、赤穂を去ったのは、二十二日である。途上、大坂《おおさか》、京都《きょうと》、伏見《ふしみ》などに身をおちつけた同志を訪ねて、義挙の誓いをもとめつつ、江戸へ帰った。

帰府してからも、安兵衛は、大石以下枢軸となる面々へせっせと、信書を往復した。

『太夫には、大学殿御安否御見届けの上、御賢慮ある事と拝察し奉る。されば、それを御見届けなされた後は、亡君の御志を成されまするか。お互いに亡君海獄の御洪恩を蒙《こうむ》り、今日まで面皮ある武士として来り乍ら、君の御志を成さざれば、百の志も真の忠節とは相成らぬと確信仕り、且つ大学殿は御連枝《ごれんし》にはおわせ、すでに御別家として立たせられる。われらの主君は、ただただ冷光院《れいこういん》様でござる。その主君が、金玉の御身と名誉の御家を擲《なげう》たせられて、御鬱憤を散ぜさせられんとして、その事成らず、恨みを泉下にのませられるに、臣下の身として、当の敵を見遁《みのが》し、只《ひた》管《すら》御分地の大学殿を世に出し奉る事のみに従事せば、一世の人は、赤穂の遺臣等は、名を大学氏の擁立に藉《か》りて、その生を貪る、とより外は申さざらん。斯《か》くては、武士の道が相立ちまじく、すみやかに、義挙の御志をお定めあるべく……』

くりかえしくりかえし、この旨を書き送ったのである。内蔵助は、この催促の信書がたまると、山科《やましな》四辺の同志を呼び集えて、自家の意見を披瀝して、衆議に諮《と》うた。一統は、内蔵助に賛同した。

こうして、内蔵助は、表面では、主家復興のために、隠忍自重するとみせて、真に亡主のために生命《いのち》を棄てようとする同志のみが残るのを待ったのである。血判義盟した者が、六、七、八、九、十の五カ月のうちに、六十名あまりも抜け去って行った。

内蔵助が、最初に東下したのは、その年の十一月である。これは安兵衛から、来年三月吉良邸討入の盟約が成ったから東下されたいと、催促して来たからであった。

さきに江戸へ下向して来ていた原惣《はらそう》右《え》衛門《もん》、潮田《うしおだ》又《また》之丞《のじょう》、中村勘助《なかむらかんすけ》、進藤源四郎《しんどうげんしろう》、大《おお》高源吾《たかげんご》、武林唯七《たけばやしただしち》らが、この盟約に署名していた。

内蔵助が、ひきつれたのは、奥野将監《おくのしょうげん》、河村伝兵衛《かわむらでんべえ》、岡本次郎左衛門《おかもとじろうざえもん》、中村清《せい》右衛《え》門《もん》らであった。その東下の名目は、荒木《あらき》、榊原《さかきばら》両目付への謝礼のこと、浅野家関係の侯伯を訪うて主家再興をすがること、亡君の墓へ参詣すること、瑶泉院《ようぜいいん》殿への御機嫌伺いのこと、であった。

投宿したのは、元浅野家出入の三田松本《みたまつもと》町の日傭頭《ひようがしら》前川忠太夫《まえかわちゅうだゆう》の宅であった。

ただちに、同志が集合し、まず、まっさきに安兵衛が、のり出して、来年三月を期して一挙に出んことを主張した。

内蔵助は、大学殿の御処分が未決定である限り、それに応じられぬ、と諭した。

安兵衛は、眉を揚げ、眦《まなじり》を決して、

「われらが、三月を主張いたすのは、同月までで、まる一年に相成りますれば、多分は、大学殿の閉門を免ぜられて、お身柄の安否も見とどけられると存じます。且つまた、それまで相待ちますれば、およそは公儀にて御処分仰せ出される可き期間を見合せていたことにもなり、公儀を重んじ奉る趣意も相立ちます。……爾後一両月間、充分に敵情を偵察し、御命日を期して一挙に出れば、必ず、上州《じょうしゅう》殿を討取ることは、天も御力を賜わるかと存じられます。何卒、太夫も、御決意の程を――」

と、重ねて、逼《せま》った。

さらに、老齢の上野介が、万一病死でもしたらどうなるか、とも云った。

内蔵助は、それでもなお、首をたてにふろうとはしなかった。温厚な原惣右衛門ですら、内蔵助の態度に、腹を立てたくらいであった。

ところで――。

一日置いた深夜、安兵衛が、ひそかに内蔵助と会って交した密語は、集合の席におけるのと正反対であった。

「上野介殿は、どうやら、近く願いのままに退隠を允《ゆる》され、その子左兵衛《さひょうえ》義周《よしちか》殿へ家督相続を申し付けられる様子にございます」

「すると、もはや、上野介殿への御譴責《けんせき》も、なんらの御処分もないな。……大学殿による御家再興の夢も消えたの」

「仰せの通り、幕閣内には、浅野家に対する一片の同情もありませぬ」

「上野介殿は、隠居したら、屋敷を替るであろうから、その屋敷の見取図を手に入れねばならぬ」

「心得て居ります」

「これからますます、おぬしの任務は重くなる。よろしくたのむぞ」

内蔵助は、心から頭を下げた。

「太夫、このぶんにては、到底来年三月の義挙は、思いもおよびませぬ。一年さきか、二年を待つか——そのあいだに、まだまだ、同志の数は欠けるものと存じられます」

「やむを得まい」

安兵衛は、内蔵助の泰然たる様子に、ますます、その器量の深さ大きさを感じないではいられなかった。

四

それから、一年、血盟帳から、さらに幾名かが消え去った。

まず、安兵衛に、はらわたを断つ思いをさせたのは、彼が当初から無二の親友として終始同志として行動を倶《とも》にした高田郡兵衛の変節であった。

郡兵衛は、江戸士で、内匠頭に召抱えられ、その秀《すぐ》れた槍術《そうじゅつ》によって新知二百石を賜わった人物であった。その恩遇に、いまこそ報いんとして、非常に気負って、明日にも単身で上野介を討つ程の節概をしめしたものだった。安兵衛と孫太夫の三人の刎頸《ふんけい》の交りは、自他ともにゆるすものであった。

事変以来、安兵衛と郡兵衛は、三日と会わないことはなかった。前述のごとく赤穂へ趨《はし》っては、内蔵助に一挙を迫り、帰府後は内匠頭の百カ日に会すれば、泉岳寺《せんがく》に詣でて復讐を盟《ちか》ったたし、八月十五日には安兵衛とともに、故主の未亡人瑤泉院の住む今井《いまい》の邸へ伺候して、厚い賞詞を受けている。十二月十二日、吉良父子の隠居、家督が決定するや自ら奔走して、同志を集めて、来春の決行をもう一度内蔵助に談判すべく、原惣右衛門に山科へ行ってもらいたいとうながすなど、誠忠無比とみえた。

ところが、その年の大つごもりになって、郡兵衛は、浮かぬ面持で、安兵衛をおとずれて、意外の変節を口にしたのである。

郡兵衛は、主家覆滅後、これも浪人していた舎兄高田弥五兵衛《やごへえ》の家に寄宿していたが、叔父にあたる旗本大身の内田三郎右衛門《うちださぶろうえもん》が、郡兵衛を養子にしたいと申し入れて来た。郡兵衛は、言を左右にして、これを避けつづけていた。

ついに、昨日、三郎右衛門が、これが最後の談合だ、と乗り込んで来て、膝詰めに応諾を迫った。郡兵衛は、やむなく、亡主のために同志と約し、復讐の大望を抱いている、とこたえた。すると、三郎右衛門は、面を朱にして、それは全くの筋違いの企てである。内匠頭殿は公儀から仕置仰せつけられて、公法に伏したのである。これを恨みとして徒党を結んで、剣戟《けんげき》沙汰を唱えるは、まさしく、上に仇《あだ》するに異ならず、われら公儀直参としては、組頭村越伊予守《むらこしいよのかみ》に訴え出て、事前に処分を仰がねばならぬ、このところをよくよく分別せよ、と叱咤した。

「……養子を断れば、大事の発覚となり、養子と相成れば一分の忠義が廃る。まさしく、進退谷《きわ》まった。屠腹するよりほかはない」

悄然《しょうぜん》として、そう告げる親友を、安兵衛は、しばらく、無言で、じっと瞶《みつ》めていた。

脚色された狂言であることは、即座に看破できた。

おそろしい憤怒を、おしかくすために、安兵衛は、返答ができなかったのである。

この場を去らせずに斬り伏せたい衝動があった。もし、郡兵衛の云ったことが、全くの虚偽であったならば、安兵衛は、

「よし、腹をせい！　拙者が介錯《かいしゃく》してやる」

と、云いはなったに相違ない。

その上で、怯懦をみせる郡兵衛へ、一太刀《ひとたち》あびせたであろう。

内田三郎右衛門から養子に望まれている、ということはかねて、安兵衛はきき知っていた。耳を藉《か》す郡兵衛ではない、と安心していたのである。

――郡兵衛め、本当に、大事を打明けたかも知れぬ。

この危懼《きく》が、安兵衛に、異常な忍耐をさせた。

長い、重苦しい沈黙の後に、安兵衛は、穏やかな口調で云った。

「養子に行くがよい。おぬしに、未練は持つまい」

郡兵衛は、なお、いくばくかの弁解をして、立去ろうとした。

すると、安兵衛は、その背中へむかって、

「郡兵衛、われらが本懐をとげたあかつきは、おぬしの態度は如何《いかが》？」

と、問うた。

振り向いた郡兵衛の面上へ、困惑の色が滲《にじ》むや、安兵衛は、にやりとして、

「その時は、おぬし、乱心、狂気のていを装って、腹をかききれ！　それが、一分の志を明らかにするにふさわしい振舞いであろう」

と、あびせた。

安兵衛は、その日のうちに、郡兵衛の変節を内蔵助へ書き送った。

内蔵助からは、おりかえして、郡兵衛という人物は、才気ありすぎて信用が置けなかった。飼い犬に手を噛《か》まれたことになるが、今後せいぜい彼に対して注意されたい、と申し越して来た。

安兵衛の再回答は、左のような内容であった。

『手飼の犬とおん心もとなく思召さるの旨に候段、御尤《もつと》も至極に奉存候。この方にても左様思召す可くと察し奉り、申し暮したる儀に御座候。然《しか》れ共、その段はすこしも御気遣い思召し下さる間敷く候、浅はかなる心底柄は、また幾重にもなだめやすく、大方は私共も高田が心底の様に申しなし置き、当春に至りても彼者方へ見《み》廻《まわ》り、捨て申さざる様になだめ置き申し候故、さのみさげすみ申すていに無之候間、毛頭御気遣い成さる間敷く候』

安兵衛は、この不慮に会して、さらに、ほぞをかたくかためなければならなかった。

同志が、袖をつらねて脱盟して行ったのは、翌十四年七月十八日内匠頭令弟大学長広《ながひろ》

が、評定所に出頭命じられて、老中御月番阿部《あべ》豊後《ぶんごの》守正武《まさたけ》から、

『其方《そちら》事、内匠存命中、養子分に相成居候えば、その儘擱《ままさし》おかれ難く、今般閉門差免され、知行被召上候に付、安芸《あきの》守本国に罷越可申、但し妻子及び家来召連れ候儀は勝手次第たる可く候』

との旨を申し渡されてからであった。

大学左遷の急報が、江戸の吉田忠左衛門《よしだちゅうざえもん》から、山科へ到るや、ただちに、同志の秘密会議が、七月二十八日の辰《たつ》の刻、円山重阿弥《まるやまじゅうあみ》の山荘で開かれた。恰《あたか》も、大学が、匹馬粛々として、江戸を去った日であった。

この日、此処に会合した人々は、

大石内蔵助、同主税《ちから》、原惣右衛門、小野寺十内《おのでらじゅうない》、同幸右衛門《こうえもん》、間瀬久太夫《まぜきゅうだゆう》、同孫九郎《まごくろう》、堀部安兵衛、潮田又之丞、大高源吾、武林唯七、不破数右衛門《ふわかずえもん》、貝賀弥左衛門《かいがやざえもん》、大石孫四郎《まごしろう》、大石瀬左衛門《せざえもん》、矢頭右衛門七《やとうえもしち》、三村次郎左衛門《みむらじろざえもん》の十七名であった。

すでに、城明渡し以来、内蔵助の帷幕《いばく》に参与していた奥野将監、進藤源四郎、小山源五左衛門、岡本次郎左衛門らの姿は、消えていた。就中《なかんずく》、奥野将監は、もし内蔵助の身に不慮の変があった際には、代って頭領たるべく約束された人物だった。

内蔵助は、しかし、将監の欠席については、一語もふれず、ただちに、威儀をととの

えて、おのが胸中を披瀝した。

「今度の公儀御裁定によって、霜台公《そうだいこう》以来の御名家も、茲《ここ》に全く廃り申した。……この上は、ただ最後の一挙に頼って、先君の御遺志を遂げるまででござる。ただ、事を挙げるにも、自らその道がござる。徒《いたず》らに讐家にふみ込んで、老敵の首級《しるし》を得挙げずして犬死せんは、廃れたる後までも浅野家武名の汚れ、先君の御恥辱に、さらに恥を上塗ることに相成る。孫武《そんぶ》の言にも、算多き者は勝ち、算少なき者は勝たず、と申す。万全を期し、絶対に討取る目算成って、はじめて義挙は遂行されることに相成ろう。その日までは誰々にもあれ、抜け駆けのお手出しはかたく御無用にされたい」

凜然《りんぜん》として宣してから、まず安兵衛にむかって、

「讐家の屋敷図を入手されたい」

と命じ、ほかの人々へも、それぞれの任務を与えたのであった。

五

帰府してから、安兵衛は、本所林町《ほんじよはやし》五丁目に、かなり手広い家を借りて、相次いで聚《あつま》って来る同志を迎え入れた。

木村岡右衛門《きむらおかえもん》、横川勘平《よこかわかんぺい》、小山田庄左衛門《おやまだしようざえもん》、中村清右衛門、毛利小平太《もうりこへいた》、鈴田重八《すずたじゆうはち》らであった。このうち、木村、横川を除いたほかは、ことごとく討入間際に至って遁竄《とんざん》してしまった。

安兵衛は、内蔵助が、敵をあざむく前に、味方をあざむいて、自分を復讐一途にはしらせて、その義心の火を同志間に絶やさぬようにはかった深算遠謀を、いまさらに、偉大に感じないではいられなかった。

安兵衛が、吉良邸の見取図を手に入れたのは、内蔵助東下の直前であった。

それは、上野介の先住松平登之助《のぼりのすけ》時代の絵図面で、上野介来住後は、かなり内部に改築が加えられていたので、さらに神崎与五郎《かんざきよごろう》、前原伊助《まえばらいすけ》らの苦心の密偵を必要として、それを修正しなければならなかった。

十二月十四日夜、吉良邸茶讌《さえん》のことを、富商中島五郎作《なかじまごろさく》、神道学羽倉斎《はくらいつき》（荷田《かだの》春《あずま》満《まろ》）、山田宗徧《やまだそうへん》らの好意によってさぐり取って、安兵衛の寓居《ぐうきょ》が、当夜の集合本部に定められた。

この宵、安兵衛は、二つの品をもって、平生親交のあった細井広沢《ほそいこうたく》をおとずれている。

まず、見せたのは、一挙の趣意書であった。

『浅野内匠家来口上

去年三月、内匠儀、伝奏御馳走《でんそうごちそう》の儀に付、吉良上野介殿へ含意趣《いしゆをふくみ》罷《まかり》在候処、於御殿中《ごでんちゆうにおいて》、当座難遁《のがれがたき》儀御座候歟《か》、及刃《にんじょうにおよび》傷候。不弁時節場所働《じせつばしよをわきまえざるはたらき》、無調法至極付、切腹被仰付《おおせつけられ》、領地赤穂城被召上《めしあげられ》候儀、家来共迄畏入奉存《までおそれいりぞんじたてまつり》、請上使御下知《じょうしのごげちをうけ》、城地指上、家中早速離散仕候。右喧嘩之《けんかの》節、御同席抑留之御方有之《これあり》、上野介殿討留不申《もうさず》、内匠末期残念之心底、家来共難忍《しのびがたき》仕合御座候。対高家御歴々《こうけおれきれきにたいし》、家来共挿鬱憤《うっぷんさしはさみ》候段、憚奉存《はばかりぞんじたてまつり》候得共、君父之讐倶不可戴天之儀《あだはともにてんをいただくべからずのぎ》、難黙止《もだしがたく》、今日上野介殿御宅へ推参仕候。偏継亡主之意趣志《ひとえにぼうしゅのいしゅをつぐのこころざし》迄に御座候。私共死後若《もし》御見分之御方御座候者、奉願御披見《ごひけんねがいたてまつり》、如此《かくのごとく》御座候。以上

元禄十五年十二月十四日

浅野内匠頭長矩家来』

広沢が、黙読し了《お》えるのを待って、安兵衛は、

「これに、君父の讐は倶に天を戴く可からず、と記しましたが、礼記《らいき》の成文には、父の讐、とのみあって、君父の讐とはありませぬ。かように経語を点竄《てんざん》いたしては、天下後世の嗤いを招くことはござるまいか、この儀おたずねせよと、大石内蔵助より命じられて参りましたが、如何でござろう？」

「いや、決して、君父の讐で、苦しゅうはござらぬ。経語の改竄は、大石殿が、はじめてではござらぬ。趙宋《ちょうそう》一代の碩儒新安《せきじゅしんあん》の朱熹《しゅき》が、時の皇帝孝宗《こうそう》に上《たてまつ》った書中にも、君父の讐、とみえて居り申す故、ご安堵あれ」

「忝《かたじけ》のうござる。これで、恥をかかずにすみます」

それから、安兵衛は、次の品をとり出した。

それは、主家凶変以来の出来事を記した日誌と、大石はじめ同志と往復した書束の全

文を筆記した覚書であった。

「後世において、われら赤穂浪士の行動があやまり伝わるのをおそれて、これを証拠として、おあずけつかまつる」

それが、口上であった。

本懐をとげて、四十七士は、粛々として、雪晴れの朝を泉岳寺にむかったが、途中、田町《たまち》七丁目三田八幡宮辺で群衆をかきわけて出て来たのは高田郡兵衛であった。

郡兵衛は顔面を蒼褪《あおざ》めさせ乍ら、一人一人へ、声をかけて、祝いの言葉を送ったが、誰も、彼へ応える者はなかった。ただ、冷たい一瞥《いちべつ》をくれて行き過ぎて行った。

郡兵衛は、殿《しんが》りを歩いて来た安兵衛に、さらに、大声をあげて呼びかけ、一別以来この八幡宮に日参して、一党の本望をとげる日を祈願していた、と追従した。安兵衛は、しかし、無言で一揖《いちゆう》して、遠ざかってしまった。

一党が、泉岳寺に入り、亡主冷光院殿の霊前へ、上野介首級を供えて、報告祭を了えて、方丈に入った時、役僧の一人が、安兵衛のところへ寄って来て、高田郡兵衛が山門に祝いの酒一樽《たる》を携えて来ている、と耳うちした。

安兵衛は、同志たちに気づかれぬように、厠《かわや》へでも立つふりをして、方丈を出ると、山門へむかった。

郡兵衛は、歓喜して、これを飲んでくれ、と云おうとしたが、そのいとまも与えられず、安兵衛の腰から噴く白い一閃《いっせん》に、愕《ぎょ》っと棒立った。

樽は真二つにされ、芳酒は、路雪をとかして、流れ散った。

「乱心、狂気して、腹をかっさばくと約束したことを忘れたかっ！　恥を知れ、たわけ者！」

大喝しておいて、安兵衛は、踵《きびす》をかえしていた。方丈へむかって、ゆっくりと戻りつつ、その双眸《そうぼう》には、泪《なみだ》が滲んでいた。

平山行蔵

一

兵原草蘆《へいげんそうろ》、と名づけられている三千坪の屋敷は、静かであった。

無人であったわけではない。いや、兵学と儒学を講ずる兵聖閣《へいせいかく》には、いま、二百余名の門弟が、咳《せき》ひとつせず、粛然と居並んで、師の講義をきいているのであった。

その講義が終れば、門弟たちは、武術道場であるこの演武場の方へ、移って来て、凄《すさま》じい稽古をはじめるであろう。

百畳はあろう道場の、鏡のようにみがかれた板敷に、たった一人、正座しているのは、三年ぶりに、還《かえ》って来た南部《なんぶ》の家臣下斗米秀之進《しもとまいひでのしん》であった。

——十年前、わしが入門した時と、すこしも変っては居《お》らぬ。

下斗米秀之進は、沈鬱な面持で、そう考えていた。

道場の一方の壁ぎわにずらりとならべてある、居台の大筒三つ、四百目ぐらいの抱え筒二つ、三十目ぐらいの筒、射込桶《いこみおけ》、鉄棒、長刀《なぎなた》、大槌《おおづち》、木太刀《きだち》、竹刀《しない》。

反対側の壁には、「兵原草廬規則書」の額がかかげてある。

下斗米秀之進は、十余年前、入門するや、直ちに、一字一句もらさず、暗誦《あんしょう》できるようにしたものであった。

兵原草廬規則書

諭

始メテ謁見ヲ行フ者ハ、予《あらかじ》メ紹介ヲ以《もつ》テ某姓名ヲ通ジ、而《しか》シテ後相見ス、或《あるい》ハ唐突、門ニ入ル者ハ之《これ》ヲ謝絶ス

稟

一、受業ノ子弟、堂ニ上ツテ先生ヲ拝シ、寒暑語畢《おわ》ツテ、次ニ生徒ヲ揖《ゆう》ス、只《ただ》粛整ヲ要ス、和ニ流レテ言笑妄《みだり》ニスルコト勿《なか》レ

一、威儀ハ厳猛ヲ貴ビ、弟ニ就テ正座ス、腰背ヲ端直ニシ、腹肚《はら》ニ力ヲ入レ、両手両膝上ニ放在シ、肘臂《ひじ》外ニ向ツテ張ランコトヲ欲ス、是亦《これまた》勇武ヲ養フノ一端也

一、講業及ビ先生ニ向ツテ言ヲ交ルニ至テハ、手ヲ下テ膝下ノ両側ニ置キ、恭敬ナルコトヲ要ス

一、一意、講ヲ聴ク時、己ガ了解セザルトコロヲ以テ、唐突トシテ質問スルコトヲ許サズ、講畢《おえる》シテ更ニ請フコトハ禁限ニアラズ

一、若《そ》レ学年ヲ積ミ返シ講業ヲ終ヘ、出師以上ノ諸篇《しよへん》ニ及ブモノハ、入堂ノ弟子ナリ、ソノ地位ニ至ラザルモノ、席ヲ同ジクスル講ヲ許サズ

一、講学階級アリ、授業差アリ、等ヲ越エ級ヲ凌《しのい》デ、敢《あえ》テ漫《みだ》リニ質問スル者ハ答ヘズ

一、一切国政ノ得失、官吏ノ淑慝心ヲ論ズルコトヲ禁ズ
一、天下ノ形勢、城堡《じょうほ》ノ利害ヲ議スルコトヲ許サズ
一、不遜倨傲《ふそんきょごう》、礼容ヲ失スルモノ、席ニ就クコトヲ許サズ
右件々知道シ了《おえ》テ、規則ヲ失錯スルコト勿レ、
若シ誤違スル者ハ塾法借サズ、諸審論諦セヨ

稟

一、頭巾、足袋無用ノコト
一、弁当無用、柳行李《やなぎごうり》相用ヒ申ス可《べ》ク候、尤《もつと》モ煎物ナド携フ候コト禁断
一、煙草《たばこ》無用
一、稽古中、雑談致ス間敷キ事
右ノ条々堅ク相守ル可ク候

これらの規則を、下斗米秀之進は、七年間守って、文武の道に精進して来たのである。

秀之進が、はじめて、入門を許されて、この道場に据えられた時、師から発せられた質問は、

「剣の術とは？」

それであった。

「おのが魂をきたえるすべかと存じます」

秀之進は、つつしんでこたえた。

とたんに、

「たわけ！」

一喝が、あびせられた。

「そのような返答は、剣の道を知らぬ長袖族に申せ。剣の術は、敵を殺すことだ。その殺伐の念慮を、まっしぐらに、敵の心身へ透徹することを以て、最要とするのじゃ」

まさしく、この道場の剣法は、それであった。

泰平が続けば、武士の作法としての、兵法修業も、華法となる。

しかし、兵法の修業は、そのまま、直ちに実戦に活用すべきものでなければならなかった。

兵原草廬の主は、当時に於《お》いて、実戦剣法を鼓吹し、それを実行していた唯一の兵法家であった。

その教えるところは、忠孝真貫流《ちゆうこうしんかん》であった。

下斗米秀之進は、十五歳の時に、その著すところの「忠孝真貫流剣術誓前書」を読んで、感動して、その門に入る決意をしたのであった。

誓前書には、例えば、短刀を用いるに就いては、次のように記されてあった。

「当流の剣、短刀を用いることは、格別に気勢を引立てんとのしかけなり。短刀を取りて逡巡《ためら》うことあれば、忽《たちま》ちに敗を取る。踵《きびす》をめぐらすべからず。因って敵の撃剣をかまわず、この五体を以て、敵の心胸を突いて、背後に抜け通る心にて踏み込まざれば、敵の体にとどかざるなり。かくの如《ごと》く、気勢を一杯に張りて、日々月々精進して倦《う》まず、刻苦《ずさ》して厭《いと》わず、思いを積み功を尽す時はしない太刀を取り立たば、自然と敵があと退りし、面を引くようにもなるぞかし。この如くならざれば、真剣の勝負はなかなか存じ寄らざることなり。これ短刀を以て演習を成す所以《ゆえん》にして、この外の趣意あるに非《あら》ず（中略）畢竟《ひっきょう》するところ流儀の本意、戦場に向かい潔く討死する精神を取り立てる演習ゆえ、打ちつ打たれつして、聊《いささ》かの当りはずれを吟味する比較とは、その相違せること天地なり」

このような、殆《ほとん》ど言語道断とも云《い》える修業を、秀之進は、七年間も積み、ついに、代稽古をつとめるまでにいたったのである。

そして――。

故郷南部から三年ぶりに出府した秀之進は、恩師から受け継いだ実戦的兵法を、いよいよ、身をもって為《な》そうとしているのであった。

二

やがて、秀之進は、呼ばれて、奥の書屋に入って行った。

兵原草廬の主平山行蔵《ひらやまこうぞう》は、真岡《もおか》木綿の筒袖に、たっつけをはいて、十畳の座敷に端座していた。背後の刀架に、六尺余の大陣太刀を立てているのも、左右の本箱に和漢の書籍があふれているのも、具足櫃《ぐそくびつ》、負荷《おいに》が座右に据えてあるのも、十数年来かわらぬ眺めであった。

居間の押込は、中敷で、上に簾《すだれ》をかけてあり、下段の板戸には、武蔵野《むさしの》の野原に、髑髏《されこうべ》がひとつ在る図が描かれ、
志士不忘在講壑（志士は講壑《こうがく》に在るを忘れず）

勇士不忘失其頭（勇士は其《そ》の頭《こうべ》を失うを忘れず）

と、自筆の賛がしるしてあった。

すべてが、秀之進は、なつかしかった。

すでに六十歳を越えている平山行蔵は、しかし、老皺《おいじわ》ひとつない面貌に、久しぶりに愛弟子《まなでし》を迎える慈愛の色を泛《うか》べて、挨拶を受けてから、

「秀之進、天下を聳動《しょうどう》させる所存かの？」

と、訊《たず》ねた。

行蔵は、すでに、秀之進出府の意図を看破していた。

「御賢察、恐れ入ります」

秀之進は、師の大きな双眸《そうぼう》から放たれる光を受けとめた。

南部領檜山《ひやま》が、津軽《つがる》藩に奪われて、檜山で暮らしていた南部藩の六百余人が、くらしに困っている噂《うわさ》は、行蔵の耳にも、すでにきこえていた。

平原草廬の修業を了《お》えて、南部藩へ帰って行った下斗米秀之進が、この非業を、黙っ

て視《み》ている筈《はず》はない、と行蔵は、考えていたのである。

津軽藩は、公儀に賄賂して、檜山を、南部藩から奪ったのである。

下斗米秀之進は、必ず、津軽藩に対して、一矢放つであろう、と行蔵は、確信していた。

「天下周知の強奪事件に対して、南部藩より一人の臣も奮起せぬ、とあっては、後世までの恥辱と存じ、それがし、起《た》つ決意をつかまつりました」

「よい。大義におもむく志は、見上げたものぞ、津軽の藩主の首を取る存念じゃな？」

「そのつもりでございます」

「津軽は、元来が、南部の臣であった。為信《ためのぶ》の時に、弘前《ひろさき》に封じられたのであったが、津軽寧親《やすちか》の時に、南部の主人が幼少であったのをさいわいに、逆に、その席次を変えたのであった。すでに、その時から、幕府によって、津軽と南部は、犬猿の間柄にされたと申せる。公儀自らが、国法をみだした以上、その方が、隣国の君主の首を刎《は》ねても、あながち不法とは申せまい。……天下は、泰平に狎《な》れて、うつけの夢をみて居る。これを醒《さま》すには、非常の手段もまた、大義名分をただす上から、やむを得まい。……だが、いやしくも、一国の太守を斃《たお》さんとするのじゃ。よほどの用意周到さ、万全を期す計画が必要であろう。遠くより狙うには、火砲を用い、近くよりうかがうには、変身の妙をもって為さねばなるまいぞ」

「はい」

「そちは、当道場で、兵法戦略ことごとく学びとった。それを、いかに生かすか――臨機応変を忘れまい」

「必ず、津軽侯の御生命《いのち》を縮めてごらんに入れます」

「秀之進、火薬と金子と刀を、餞別《せんべつ》につかわす」

「有難う存じます。御高恩、死して後も忘却つかまつりませぬ」

「変身するであろうゆえ、名も変えるがよい」

「はい――」

「相馬大作《そうまだいさく》と名のるがよい」

行蔵は、そう云ってから、立つと、押込の中から、金子二百両と、日頃愛用の太刀をとり出して、秀之進に与えた。

その太刀は、無銘であったが、武田信玄《たけだしんげん》の名将馬場美濃守信房《ばばみののかみのぶふさ》が佩《お》びていたと伝えられる、三尺五寸、蠟色鞘《ろいろざや》、髑髏《どくろ》目抜き、白柄《しらつか》勘助巻の剛壮無類の名品であった。

三

平山行蔵、名は潜《せん》、字《あざな》は子龍《しりよう》、兵原または運籌堂《うんちゆうどう》、そのほかに練武堂《れんぶどう》、退勇真人《たいゆうしんじん》、兵僊《へいせん》などと号した。

家は、幕府の伊賀《いが》衆で、世々江戸四谷《えどよつや》伊賀町稲荷《いなり》横町に住んでいた。

父は甚五右衛門勝籌《じんごえもんかつとし》といい、武家乍《なが》ら俠者《きようしや》という評判であった。母もまた、無髯丈《むぜんじよう》

夫《ふ》とうたわれた勝気なひとであった。この家柄と両親をもった行蔵が、幼少から武芸に

うち込んだのは、当然である。

兵法というものは、一にも二にも、鍛錬であった。

行蔵の修業は、言語に絶するくらい猛烈をきわめていた。

真貫流剣法を山田茂兵衛《やまだもへえ》に、大島流槍術《おおしまそうじゆつ》を松下清九郎《まつしたせいくろう》に、渋川流柔術居合を渋川伴《ばん》五郎時英《ごろうときひで》に、武衛流砲術《ぶえい》を井上貫流左衛門《いのうえかんりゆうざえもん》に、兵学を斎藤三太夫《さいとうさんだゆう》に学んだ。

これらの師は、いずれも、当代の錚々《そうそう》であった。

山田茂兵衛のごときは、神田佐久間町《かんださくま》の火事があった際、将軍家が、富士見櫓《やぐら》で見物しているのを発見するや、濠端《ほりばた》へ仁王立って、大音声をはりあげ、

「天下を治めるおん身が、民衆の難儀を、慰みに眺めるとは、何事でござろうか。これぞ、桀紂《けっちゅう》の暴虐と申すべき！」

と、罵りあびせたほどの剛直漢であった。

これらの師に就いた行蔵は、その平生を、常在戦場の心得によって、すごした。

着物は、極寒の時でも、単衣《ひとえ》しかつけず、足袋もはかず、年中、板間に、一枚のうすい布団をかけただけで、やすんだ。食は玄米、一汁一菜であった。

朝は七つ（午前四時）に起き、庭に出て、居合を抜くこと三百本、次に、長さ九尺の棒を四百回素振りした。

十六歳の時、寒中、深夜に、水に浸って、どれくらい辛抱することができるか試して

みようと、水風呂にとび込んだ。さすがに、四半刻《しはんとき》も堪えることは、できなかった。そのうち、一刻、二刻と、浸っていられるようになり、やがて、睾丸《こうがん》を綿で包むと、徹宵、冷水に浸っていられることが可能である、と発見した。

もとより、読書の方も、精進した。読書する時は、厚紙の上に座し、指先や関節を、板に突き当てて、かためることを怠らなかった。

その慰安とするのは、酒だけであった。

絶対に、女子《おなご》を近づけず、母以外は、道場に入るのを禁じた。妻も子もなく、絶倫なる天稟《てんぴん》の精力を、兵法に傾注したのであった。

風貌は、戦国武将はかくやと思わせる魁偉《かいい》であった。

三十四歳で昌平黌《しょうへいこう》に入り、聖堂出役より御普請役見習を命じられ、下勘定所という役所に出仕したが、その魁偉の風貌体軀《たいく》を、算盤《そろばん》をはじく席に、とうてい据えていられるものではなかった。

病気を申し立てて辞職し、幕臣乍ら、無職の身分を保持した。

兵原草廬を創《ひら》いたのは、四十歳の時であった。それからは、魚が水を得たごとく、行蔵の面目は、発揮されたのである。

二十年の間に、行蔵は、武道に関する書物一千八百部、城郭兵器の図面四百二十余、あらゆる兵器を集め、五百余巻の著書を為した。そして、教えた門弟は、五千余人にのぼった。

その五千余の門弟のうち、行蔵が、最も嘱目し、愛したのが、下斗米秀之進だったのである。

四

相馬大作と変名した下斗米秀之進が、津軽へ去って三月後に、兵原草廬に、早飛脚によって、一通の尺牘《てがみ》が届けられた。

一丈余もある巻紙には、三月間に為した行動が、くわしくしたためてあった。

相馬大作は、檜山領にふみ込んで行き、六箇村四百余人の飢えに苦しむ人々を、南部領へ逃散させることに成功していた。飢饉《ききん》のために、父祖の土地をすてて、他領へ逃散することは、戦国の頃から、しばしば行われている非常手段であった。しかし、住むところが、ほかの領主の所有になったので、逃散したのは、はじめてのことだった。これは支配者として、最も面目を失する不首尾であった。

大作は、公儀に対する反逆の意味からも、檜山から、全員を立退かせたのである。その逃散行にあたって、大作は、郡奉行所の役人四人を斬りすてた。そして相馬大作の名が、たちまちに、津軽藩の家中に、喧伝《けんでん》された頃を見はからって、城下の辻《つじ》に、

「津軽侯のおん生命、近ぢかに、申受け候、相馬大作」

と、立札したのであった。

大作が、身をひそめたのは、津軽領番所のある碇ケ関《いかりがせき》から二里ばかりはなれた矢立《やたて》峠

の山中であった。羽州《うしゆう》街道は、この矢立峠をこえて、陣場《じんば》を過ぎ、秋田《あきた》領番所になり、長走《ながはしり》、寺沢《てらさわ》、白沢《しらさわ》、橋桁《はしけた》、釈迦内《しやかない》、大館《おおだて》とつづく。

大作は、この山中で、師から教えられた火術によって、旱砲《かんほう》を作ったのである。節のない、硬くもない軟らかくもない木質の赤松をくり抜いて、砲筒を作り、それに、膠《にかわ》と金剛砂とを混ぜた糊《のり》で、美濃紙《みのがみ》を貼り重ねた。美濃紙を何百枚も貼り重ねると、鉄よりも強い力をもち、砲弾を二発や三発、射《う》っても、木筒にひびも入らぬのであった。大作は、さらにその上に、鉄輪を嵌《は》めて、万全を期した。

その試射は、大成功であった。

山を下って、とある断崖上から、眼下の裏街道に建ちぐされた庚申堂《こうしんどう》を狙って、射ったところ、見事に命中して、木っ端みじんにした。

大作は、師から教えられたとはいえ、実際に、師によって、大砲の威力を示されたわけではなかったので、試射せざるを得なかったのである。舶来砲は、元ごめで、既に、弾丸の中に鉛丸《なまりだま》と火薬が仕込んであるので、試射する必要はなかったが、平山流旱砲は、先ごめで、火薬を詰めて、鉛丸を入れ、さらに火薬を詰めて、その上を、木の棒で押すのであった。その押し加減がむずかしかった。失敗すると、大砲そのものが四散してしまうのであった。

台車を作り、硯《すずり》の海のような駒走りの溝を掘って、砲身を据えつけるのも、実際にやってみれば、むつかしいわざであった。筒掛けの傾斜度で、狙いは狂うし、弾道の曲線も考慮に入れなければならなかった。

大作は、街道を通る津軽侯の行列を、矢立峠のどの地点から狙うか、その位置を、あらかじめきめておいて、距離と傾斜度を計って、緻密な製作をやったのである。

苦心は成功した。砲弾は、照準にたがわず、狙った堂宇を、ふっ飛ばした。

不運は、その折、裏道を、一人の山伏が通りかかったことであった。

仰天した山伏は、裏道を駆け降りて行き、碇ケ関の津軽領番所へ、訴人したのである。

恰度《ちょうど》、その折、参覲交代《さんきんこうたい》の津軽越中守《えっちゅうのかみ》の行列は、国許《くにもと》へ帰るべく、大館の本陣に泊っていた。

碇ケ関の番所から、早馬が駆けつけて来て、相馬大作らしき怪しい者が、矢立峠の山中で、大砲の試射をしていることを報告したので、重臣たちは顔色を喪《うしな》った。

鳩首《きゅうしゅ》協議の結果、道を変えることがきまった。参覲交代の道順は、幕府に届け出てある通りに辿《たど》らねば、後日厳しい咎《とが》めがあり、場合によっては、改易になるおそれもあった。しかし、大砲で狙われているとわかっている矢立峠を、通るわけにいかなかった。

行列は、いったん早口《はやくち》までひきかえし、大野《おおの》へ出て、田代《たしろ》岳から、大和沢《おおわさわ》川に沿うた難路を辿ることになった。

そして、本街道を矢立峠へ向ったのは、越中守の身代りが乗った駕籠《かご》であった。

大作は、しかし、そのカラクリに気づいて、峠の頂上に、

「腰抜け越中守、遁走《とんそう》とは笑止」

という立札をかかげておいた。

師に宛てた尺牘には、討ちとれなかった無念を述べて、この上は、遠方より狙う火術の方法はすてて、短刀を持って刺す変身の妙をえらぶでありましょう、と書き添えてあった。

それから半年間、津軽領内に、転々としてひそみ乍ら、機会の来るのを窺《うかが》っていた相馬大作は、ついに、その秋《とき》を迎えた。

秋の佳日に、鷹狩《たかがり》の布令が出されたのである。

その日――。

琴平行者に身を変えた大作は、夜明け前に鷹場と村とをへだてる川の上流に、現れていた。

あらかじめ、鷹場を踏査した大作は、そこが、越中守を討ちとることは至難であるとさとって、家中の面々が想像もせぬ意外な攻撃方法をとることにしたのであった。

朝霧の中を、堤に沿うて、あたりに鋭く目を配りつつ、川下へ歩いた大作は、彼方《かなた》の堤に鷹狩装束の士の群が、くろぐろとかたまっているのを見出す地点で、すばやく琴平行者の白衣を脱ぎすてた。その下には、忍び装束をつけていた。ただの忍び装束ではなく、水中をもぐるために、特別に松脂《まつやに》をしみこませた衣服であった。これをつけていると、水が透《とお》らず、かなりの時間、水中にもぐっていられるのであった。からだには、油を塗っていた。

大作は、音もなく川の中に降りると、二日前に杭《くい》にひっかけておいた炭俵を、すっぽりかぶり、流れに乗って、静かに、進みはじめた。

堤から眺める者がいたとしても、ただの炭俵が、杭から杭にひっかかり乍ら、流れて行っている、としか思えなかった。

炭俵の中で、光る大作の眸《ひとみ》は、向う岸の川下の渡し場の状況を、くまなく視てとっていた。

津軽越中守が、そこへ到着するまでには、かなりの時間があった。

そのあいだ、炭俵は、こちら側の岸の杭に、ひっかかったように、動かなかった。

数十名の人々の土下座の中を、越中守が、足踏板を渡って、御座舟へ乗る姿が、見えた。つづいて七八名の供が乗り、船頭が、立上がって、桿《さお》をとりあげた。

――よし！

炭俵は、杭から離れた。

こちら側の堤にも、一間置きに、警固の士が並んでいたが、一人として、炭俵に目をとめる者はいなかった。

御座舟は、流れのまん中に出て来た。

秋の陽《ひ》は、澄んで美しく、風もない良い日和であった。凶漢が水中にひそんで、待ちうけていようなどとは、想像もできなかった。

渡し場を中点にして、川上川下約二丁の距離に、厳重な警戒網を張って、怪しい人影などひそむ余地をなくし、勿論《もちろん》、一艘《そう》の舟も通ることを禁じていたのである。

この穏やかな景色の中で、凶変が突発しようなどとは、夢にも考えられなかった。

御座舟と炭俵との距離が、三間に縮まった。

大作は、炭俵からぬけると、川底へもぐった。もぐりつつ、脇差を抜きはなった。

御座舟の黒い翳《かげ》が、青い澄んだ明るい水中を、すうっと掩《おお》うて来るのを、みとめて、大作は、川底を蹴った。

御座舟のどの位置に、越中守が床几《しょうぎ》に腰かけているか、判《わか》っていることであった。

その横の舷《ふなべり》に浮き上がって、躍り込むことができるかどうか——それが、討つか、仕損じるかの岐《わか》れ目になる。

——ここだ！

大作は、おのれに叫ぶと、ひと蹴り、水を蹴って、黒布で包んだ頭を、ぽっかり、水面に浮かび上らせるや、舷に左手を掛けた。

次の瞬間、そこに立っている警固の士の脚を、脇差で、ひと薙《な》ぎした。

「わっ！」

悲鳴をあげて、のけぞるのへむかって、大作の濡《ぬ》れた黒衣姿が躍り込んだ。

「曲者《くせもの》っ！」

「相馬だぞっ！」

驚愕《きょうがく》し狼狽《ろうばい》した士たちの動きで舟は、大きく揺れた。

狭い舟中に、あまりに多勢乗りこんでいたのも、かえって、不利であった。刀さえも自由に抜けなかった。

白刃を閃《ひらめ》かした忍び装束の者に、舷にすっくと立たれて叫びつつも、本能的に、どどっと後退さった。

「危ないっ！　ひっくりかえる！」

船頭が、悲鳴をあげた。

大作は、誰一人、主君をかばって、その前に立とうとしない腑甲斐《ふがい》なさを、あざ嗤《わら》う余裕をもった。

舷を蹴って、跳ぶや、越中守の肩を摑《つか》んだ。

「ああっ！」

恐怖で、顔面蒼白《そうはく》になった越中守は、哀願するように、両手を合せかけた。

「おのれっ！」

一人が、脇から、抜刀したが、

「邪魔するなっ！」

大作の凄じい形相と呶号《どごう》に、思わず、全身をこわばらせてしまった。

大作が、越中守を、まるで軽い荷のようにひきずって、水中に飛び込むまで、一人として、斬りつける者はなかった。

舟中と、両岸から、狂気のような叫び声があがる中で、御座舟からすこしはなれた川下の水面が、みるみる、真紅に染まって、布を流すように拡《ひろ》がって来た。

十数名の士が、飛び込んで、必死に泳いで行った時、もう越中守も、大作も、そこにはいなかった。

越中守の屍骸《しがい》は、それから一刻も後に、ずっと川下で、発見された。しかし、大作は、どこへもぐったたか、ついに、人々の目のとどく場所には、姿を現さなかった。

五

真岡木綿の筒袖に、鼠《ねずみ》のたっつけをはき、三尺五寸余の長刀を佩び、下部を八角にした目方八貫目の鉄杖《てつじよう》を携えた平山行蔵の巨軀が、南町奉行所に、曲淵《まがりぶち》甲斐《かいの》守を訪れたのは、その年の暮であった。

甲斐守と行蔵は、十数年来の知己であった。

対座すると、すぐ、行蔵は、きり出した。

「それがし、兵原草廬を創設して、武芸十八般を定め、幾多の門弟をやしない申したが、寄る年波には勝てず、そろそろ隠居致そうと存ずる」

甲斐守は、行蔵が、なぜ、わざわざ、奉行の自分に、そんなことを申し出て来たのか、読みとりかねた。

「貴公が、隠居されるとは、思いもかけぬ。百歳までも矍鑠《かくしやく》とされて居る御仁の筈だが……」

「いやいや、いかに鍛え申しても、老齢というやつには、敵《かな》い申さぬ。ついては、それがしの後継ぎとして、相馬大作なる者に、新たに道場をひらかせたく存ずる」

行蔵は、平然として、云いはなった。

甲斐守は、ぎくりとなった。

相馬大作の名は、江戸市中にも、英雄として喧伝されている。

幕府評定所でも、相馬大作を捕えるべきか、放置すべきか、意見が二つに分かれていた。

相馬大作が、大砲をつくって、津軽越中守を撃とうとしたこと、そのために、津軽家中は、公儀届出の参覲交代道中の道筋を無断変更したこと、秋にいたって越中守病死の届出があったが、実は、鷹狩に出た際、相馬大作によって刺殺されたこと。

以上の変事は、もはや天下周知であった。

津軽藩としては、隠蔽糊塗《こと》する段を過ぎて居り、いまは、公儀に、哀訴嘆願するしかすべはなくなっている状態であった。

そのさなかに、相馬大作が、こともあろうに、府内で、堂々と、道場を開く、という。

甲斐守は、渋面をつくらざるを得なかった。

「ご老人、それは、公儀に対するあてつけの振舞いと申せる」

「うかがい申すが、津軽藩から、主君の首を相馬大作に取られたとでも、届出がありましたろうかな」

「いや、そのような届出は、勿論ある筈もないが——」

「もし、公儀に於いて、津軽が参観道中の道を変えたこと、藩主が首を刎ねられたことを、公に裁くと決定いたせば、もとより、相馬大作は、下手人として召捕られ、極刑に処せられるは覚悟の上でござる。しかし、津軽に於いて、それを否定し、公儀もまた、処分の意志がないとなれば相馬大作の為したることは、風説として、ききずてにせざるを得ますまい。……申さば、津軽を処分いたすことになれば、相馬大作が何故に越中守殿の生命を縮めたか、その原因を糺明《きゆうめい》いたさねばならず、そうなれば、津軽からたんまり賄賂をとった老中の方々まで、罪を及ぼすことに相成る。そうではござるまいか、奉行殿」

「…………」

甲斐守は、絶句した。

行蔵は、微笑して、

「まず、考えられるのは、奉行所としては、相馬大作を人知れずに討ちとって、このたびの事変を、うやむやに闇に葬ることでござろう。相馬大作は、それを覚悟の上で、道場を開き申す。刺客を幾人送られようと、いささかも、おそれ申さぬ。本日おうかがいいたした儀は、そのことでござるわい」

行蔵は、云いたいことを云ってのけて、奉行所を辞した。

年の暮のあわただしい街なかを、鉄杖をついて、悠々と歩き乍ら、

——大作は道場を開いて、ものの一月も自由でいられるかどうかじゃ。しかし、それでよい。世間は、大作に、味方して居る。幕府が天下の法を曲げられぬ、と決意して、津軽をとりつぶす方針を定めれば、大作を召捕るであろうが、それ程の勇気のある者は、幕閣には居るまい。奉行所では、大作の暗殺を企てるであろう。大作は、しかし、殺されれば、さらに、その名を挙げるであろう。それでよいのだ。一人の下級武士が、大名の首を刎ね、幕府老中を狼狽させ、世間をやんやと云わせた。その勇者を送り出しただけでも、わしが、兵原草廬をひらいた意義はある。

もし戦国の世に生まれていたならば、その武勇をあまねく天下にとどろかせたであろう老兵法者は、胸中で、昂然《こうぜん》と呟《つぶや》いていた。

平手造酒

一

さむらいは、だんだん、めしが食えなくなって来ていた。

例えば——。

旗本小普請組・千二百五十石の知行を持った大久保惣兵衛《おおくぼそうべえ》という人物の生活難をみると、豆州《ずしゅう》四箇村、上州《じょうしゅう》・武州《ぶしゅう》それぞれ一箇村を支配し乍《なが》ら、次第に借金がかさみ、首がまわらなくなっていた。

やむを得ず、知行地六箇村から、賄金をせがんで、毎年の暮を辛じて越していたが、それも度重なると、六箇村の名主たちは、堪えきれなくなった。

名主たちは、毎年正月十五日に、江戸《えど》へ出て来て、年頭の挨拶をするとともに、年貢を納めていた。それは、現米ではなく、現金であった。

その現金で、大久保家は、一年間をまかなっていたのだが、足りる筈《はず》もなく、夏頃にはもう、使いはたしてしまっていたのである。

六箇村の名主たちは、連名で、次のような節約案を、大久保家へ、さし出した。

殿様御衣服料十二両を、六両に

奥様御衣服料六両を、三両に
御子様御衣服料一両一分を、一両に
おあき様御衣服料二両一分を、一両二分に
おゆく様御衣服料一両を、三分に
減らしてほしい、という要請であった。
さらに、殿様の小遣いを二分から一分二朱に、雑費一両を一分二朱に、削って欲しい、と求めている。
天下の旗本大身が、百姓たちから、家計歳出を、指示制限されているのであった。
御目見以上の旗本のくらしぶりが、このようなしまつであった。
百石以下の旗本御家人の窮乏は、想像にあまりがあった。
さらに――。
礼儀三千威儀三百――武士に課せられる作法ばかりが過重になっていた。公私の生活は、ことごとく形式に縛られてしまい、一寸活用の余地を剰《あま》さなくなっていた。
規矩《きく》整然は、外観の美にあるが、人間としての寛闊《かんかつ》、豁達《かったつ》な気宇を、全く喪《うしな》わしめる。
加賀前田《かがまえだ》家の家中の士が、何かの急用があって、江戸城中を、走った。これを、目付が見とがめ、前田家へ文書通達をした。前田家では、恐縮して、その士に、切腹させてしまった。
江戸城内では、走ってはならぬ、という不文律があったのである。

また――。

某旗本は、番所に詰めている時、三里（膝がしらの外側のところ）の、灸《きゅう》あとの膿《うみ》をとろうとして、膝を立てたところを、目付に咎《とが》められて、切腹している。

そういう不自由な生活が、経済上でも、窮迫して来れば、自棄の人物が現れて来るのは、当然である。まして、その者が、異数の天稟《てんぴん》でも備っていて、それを発揮することができぬ、となれば――。

平手造酒《ひらてみき》が、その一人であった。

平手造酒の家は、「将軍家御道具様《ため》し役」であった。

御道具様しとは、将軍家に於《お》いて、あらたに上納させた刀を、生き胴によって、斬れ味を試すことであった。

御留守居与力を勤めていた鵜飼十郎左衛門《うがいじゅうろうざえもん》は、据物斬りの達人であった。江戸城二の丸添番に進んでから、もっぱら、御道具様し役を仰付けられ、壮年から六十歳で、隠居するまでに、千五百人を斬った。これは、様物《ためしもの》の御用は、公儀からだけではなく、頼まれては、閣老や諸大名があらたに手に入れた業物の斬れ味を、その手練で、試みたためであった。

その生き胴は、大半は、牢屋《ろうや》からひき出した死罪の囚徒であった。しかし、試すのは、自邸の庭に於いてであった。

この鵜飼十郎左衛門が、平手造酒の先祖であった。

十郎左衛門は、六十歳で致仕して、その任務を解かれたが、わが家の庭に、永年流した汚血は、消えなかった。

嫡男修之進《しゅうのしん》に、二代目御道具様し役が命じられ、据物斬りの修練を余儀なくされたのであった。

二

さらに、三代、四代……と受け継がれるうちに、いつか、将軍家の御刀扱いは、沙汰やみとなり、もっぱら、武家切腹の介錯《かいしゃく》と、死刑囚徒の討首役を、果すようになった。

この切腹介錯と、囚徒討首の御用は、公儀よりの命令ではなかった。

介錯は、切腹する武士の名ざしの依頼であった。また、斬首は、当役の同心より依頼されるのであった。同心が、実際に首を討つと、刀の研代として二分が与えられたが、同心は、これを忌避して、鵜飼家へ、依頼するのを慣例とした。同心は、自ら手を下さずに、二分を儲《もう》けるし、鵜飼家に於いては、諸家から刀を試して欲しい、と頼まれていて、その方面から、相当の礼金を受けていたのである。

時代が下って、小普請組に入れられた鵜飼家は、この慣例によって、内証は、ゆたかであった。

しかし――。

世間からは、「首斬り十郎左衛門」と呼ばれ、いくつかの暗い噂《うわさ》を、ささやかれていた。

麹町平河町の、鵜飼家へ行って、金子二分をさし出すと、労症の薬を、呉れる。そ
れは、人胆である。そんな噂が、まことしやかに、つたわっていた。

また、当主は、今日は幾人、死刑になる者がある、と通達を受けると、その頭数だけの燈明をあげておいて、牢屋へおもむいた。ひとつ、首を刎《は》ねると、燈明が、ひとつ消える。二首めを刎ねると、燈明も、ふたつめが消えている。

つけておいただけの燈明が、みな消えると、もう御役は済んだ、と家族の者たちは、ほっとするのだ、という怪談じみた話も、町では信じられていたのである。

首討ち、試し胴で、巷間《こうかん》に、その名が高かったのは、山野加右衛門《やまのかえもん》、山田浅右衛門《やまだあさえもん》の二人であった。

山野加右衛門は、寛文《かんぶん》から元禄《げんろく》にかけての、達人であった。その頃、虎徹《こてつ》が最も世上に歓迎されていたが、その贋物《にせもの》は、加右衛門の手によって、だいぶ製造された、といわれる。その技が抜群で、どんな鈍刀といえども、手練ひとつで、ものの見事に、両断する自信があったし、また、失敗することはなかった。加右衛門は、ひそかに虎徹の贋物を造って、それを携えて、千住《せんじゅ》の刑場に行き、二つ胴、あるいは三つ胴を截《き》って、それを証明する金銘を、忠《なかご》に刻み、多くの利益を得た、という。

また、山田浅右衛門も、首討ちを目的として、据物斬りを修練した男であった。囚徒

の頸《くび》に、小豆《あずき》を貼りつけておいて、これをまっ二つに斬った、といわれている。浅右衛門が失敗したのは、美しく正装した花魁《おいらん》の首を斬った時だけであった、という。

いずれにしても――。

山野加右衛門、山田浅右衛門は、浪人者であり、生き胴を試すのを、職業とした男たちであった。

それに反して、鵜飼家は、れっきとした旗本であり、べつに、首斬りをなりわいとしたのではなかった。

ただ、いつの間にか、そういう不浄の家柄になってしまったのである。

平手造酒は、そういう家に生まれたのが不運であった。

造酒は、物心ついた頃から、わが家の萱葺《かやぶ》きの長屋門の門桁に、大きさ一尺ばかりの定紋が、嵌《は》め込んであるのを、不審に思っていた。

二百石の武家屋敷などには、こういう定めもしきたりもなかった。わが家だけが、そうであった。門に定紋をつけるのは、大名衆と旗本も大身に、限られていたのである。

造酒は、元服した頃になって、その大きな定紋こそ、わが家の陰惨な家柄を象徴するものである、と知った。

すなわち――。

牢屋から囚徒（あるいはすでに死罪になった屍骸《しがい》）をはこんで来るにあたって、門違いをして、隣家に迷惑をかけてはならぬ配慮から、特に許されて、門桁へ定紋をつけたのであった。ちなみに、当時は、武家屋敷は、表札をかかげていなかった。囚徒あるいはその屍体が、わが家の庭で、様し斬りにされる慣習は、すでに、造酒が生まれる数代前に、止まっていたが、その大きな定紋だけは、門桁に残されていたのである。

三

造酒の不幸は、その容貌と、異常な剣の天稟であった。

「積悪の家に余殃《よおう》あり」とは、太平記にも、記されてあるが、造酒の容貌は、まるで、先祖が首を刎ねた何千人かの人間ののろいを一身に聚《あつ》めたように、陰惨な翳《かげ》を宿していた。

紅顔であるべき少年の頃から、その頬は殺《そ》げおち、眼窩《がんか》は、くぼんでいたのである。のみならず、肌は蒼白《あおじろ》く、血の気がなかった。性情も暗く、寡黙で、人と交ることを最も苦手とした。

当然、周囲から、好意を抱かれる筈がなかった。父母からも、忌避されたことであった。

造酒は、全く孤独で育った、といえる。

さらに——。

剣に、異常といえる天稟を示したことも、さらに、周囲を薄気味わるがらせ、それが、造酒自身の心に暗く作用した。尋常でなかった性格に、さらに、拍車をかけたのである。

造酒が、はじめて、奇矯の振舞いを示したのは、二十歳の時であった。

継母を姦《かん》して、殺した町人が、獄門になることになり、市井引廻《ひきまわ》しの上、埋門《うずみもん》から刑場へつれ込まれ、いよいよ、咽喉縄《のどなわ》を切り、着物を引き下げて、首をさしのべさせられたところへ、声をかけて、つかつかと近寄ったのが、造酒であった。

検屍役は、若者が、「首斬り十郎左衛門」の嫡流ときくや、すぐに、同心と討ち役を代らせた。

造酒は、手伝い人足が三人、囚徒を押えているのを、無用、とひきさがらせておいて、構えも示さず、やや、しばらく、冷然と見据えていたが、抜き手も見せぬ迅業《はやわざ》で、斬りおろした。

首は、刎ねとばなかった。そのかわりに、のけぞって仆《たお》れた囚徒の顔が、失《う》せていた。造酒は、両耳をのこして、額から頤《あご》まで、すぱっと殺ぎ落したのである。

検屍役の呶号《どごう》を背中にあびつつ、悠々と、立去った造酒は、それきり、わが家へは戻らなかった。

「鵜飼」の苗字《みょうじ》をすてて、平手造酒と名のったのは、その時からである。

造酒が、お玉《たま》ケ池《がいけ》の千葉周作《ちばしゅうさく》の北辰《ほくしん》一刀流道場へ入門したのは、家を出奔してからであった。

入門半年と過ぎぬうちに、門弟筆頭の実力を発揮したが、同時に、千葉道場の名をけがす放埒《ほうらつ》無頼ぶりは、門弟一同の顰蹙《ひんしゅく》を買わずには、いなかった。

「平手の所業は、沙汰の限りだ。先生は、何故、破門されぬのか?」

門弟たちは、三人寄れば、造酒の噂をし、師の寛大をいぶかった。

師の千葉周作は、造酒に対して、ただの一言も、訓戒を与えようとはしなかったのである。

造酒の放埒無頼の所業は、その日の風まかせであった。

例えば――。

夜更けて、人気のない街中を、酔った足どりで通っている折、とある商家から、一挺《ちょう》の駕籠《かご》が出るのを見かけた造酒は、ふと、直感が、働いて、あとを尾《つ》けて行った。

その先棒に携《さ》げられた提灯《ちょうちん》に浮いた杜若丸《かきつばた》の紋が、花山院《かさんのいん》家の代表家紋であるのをみとめたのである。

花山院家は、諸国の寺院を管掌している由緒ある僧家であった。

駕籠は、花山院の庫裡《くり》の玄関さきに据えられた。そして、その中から、しのびやかに出たのは、三十四、五の、そのあたまの茶筅《ちゃせん》が後家であることを示している町方女房であった。

造酒の直感は、あたっていた。

裕福な商家の後家は、花山院へ密会にやって来たのであった。

後家が、書院で、会ったのは、まだ二十四、五歳の納所《なっしょ》であった。

おそらく、花山院の住職は、その商家から多額の寄進を受ける代償として、若い納所を後家にあてがったに相違なかった。

後家と若い僧は、会うや直ちに抱き合った。

抱き合うやいなや、後家は、もう、全身を燃やして、豊かな腰を、官能の疼《うず》きに堪え得ぬように、うねうねとよじった。

膝が割れ、紅縮緬《べにちりめん》の下着が乱れた。

若い僧は、紅の散ったその膝のあいだに片手を滑り込ませた。

その時、造酒は、火頭窓の障子を音もなく開けて、幽鬼のごとく、踏込床へ、忍び入っていた。

それと気づかず、若い僧は、後家の上へのしかかり、後家はまた、男をおのが体内に容《い》れるべく、大きく下肢を拡《ひろ》げた。

瞬間――。

造酒は、片手抜き討ちに、若い僧の片腕を、刎ねとばしたことであった。

それから、小半刻《こはんとき》のち、上野広小路《うえのひろこうじ》を通り抜けて行こうとしていた造酒は、夜鷹《よたか》に呼びかけられると、黙って、袖口をさぐらせた。

夜鷹は、握ったその手のつめたさに、ぞっとし乍らも、しっつこく、まつわりついた。

そのうちに、不意に――。

握っていたその手が、すぱっと抜きとれてしまって、夜鷹は、おそろしい悲鳴をあげて、しりもちをついたものであった。

「ははは……」

造酒は、かわいたむなしい笑い声をあげて、遠ざかって行った。

造酒が、夜鷹に、切断した人間の手を摑《つか》ませたという噂が、師の千葉周作の耳に入ったのは、それから数日後であった。

ついに、千葉周作も、破門の決意をせざるを得なかった。

しかし、周作は、造酒を自室に呼んで、破門を宣告するかわりに、別の手段をえらんだ。

造酒と、試合をすることであった。

四

幕末の剣客は、斎藤弥九郎《さいとうやくろう》、千葉周作、桃井春蔵《もものいしゅんぞう》の三家を以《もつ》て、巨擘《きよはく》とする。

そのうち、北辰一刀流、千葉周作は、一刀流をおのが流儀に組みかえた達人であった。

一刀流は、伊藤一刀斎《いとういっとうさい》より六伝して、小野《おの》派一刀流・小野忠方《ただかた》に、その正統を受け継がれ、それが、中西子定《なかにしたねさだ》という稀代《きたい》の手練者《てだれ》によって、さらに新しいものにされた。

子定から三代を経て、不世出の使い手である中西忠兵衛《ちゆうべえ》子正《たねまさ》を生んだ。

宝暦《ほうれき》の頃である。

忠兵衛子正は、剣豪であるとともに、統率の将器であった。
その門下に、
浅利義信《あさりよしのぶ》
浅利義明《よしあき》
千葉周作
寺田五右衛門宗有《てらだごえもんむねあり》
高柳又四郎《たかやなぎまたしろう》
白井亨《しらいとおる》
遠藤正贇《えんどうまさかた》
中沢源蔵《なかざわげんぞう》
高野苗正《たかのみつまさ》
などが、輩出した。
一刀流は、形《かた》のことを「組太刀《くみだち》」といい、同じ中西門下にあって、その組太刀が、寺田五右衛門派と白井亨派に分れた。
寺田五右衛門は、おのが構えの木太刀の尖端《せんたん》よりは火焔《かえん》を放つと称し、白井亨は、わが木剣の切先よりは輪を生む、と云《い》った。
寺田五右衛門は、竹刀《しない》撃ちの稽古はせず、もっぱら組太刀に専念した。
道場高弟の一人が、それを不服として、竹刀撃ちの立合いを、所望した。

五右衛門は、承知して、その高弟には面、籠手《こて》に身がためさせ、おのれは、素面素籠手で、対峙《たいじ》した。

高弟は竹刀、五右衛門は、二尺三寸五分の木太刀を把《と》っていた。

高弟は、真っ向頭上から、まっ二つに撃ちおろさん、と心を決した。

とたん、五右衛門が、冷然として、

「面を撃って来れば、すり上げに、胴を撃つぞ！」

と云いはなった。

心中を看通《みとお》された高弟は、

——よし！　それでは、小手を取る！

と、胸中で、叫んだ。

瞬間、五右衛門は、微笑して、

「小手へ来れば、斬り落して、突きを入れるぞ！」

と、云いはなった。

高弟は、ひとつひとつ、こちらの為《な》そうとするところを看破され機先を制されて、手も足も出なくなった。

「組太刀」とは、それほど、重要なものであることを、寺田五右衛門は、証明した。

その組太刀を、さらに、精妙に練りあげたのが、千葉周作であった。

千葉周作に、次の言葉がある。

『上達の場に至るには、二道ある。理《ことわり》より入るもの。業より入るもの。いずれより入るも善しとするが、理より入る者は上達が早く、業より入る者は、上達がおそい、といえる。なぜならば、理より入る者は、たとえば、向う斯様《かよう》する時には斯くせん、斯くせんとする時は斯様にせん、斯くなりたる時は如何《いかん》せん、とその理を種々さまざまに考え、工夫をこらし、稽古をするを云う。しかるに、業より入る者は、左様《さよう》な考えはなく、必死に骨折って、さんざんに撃たれ突かれて後に妙処を覚えることゆえ、上達の場に至るまでに日時を要する。故に、理を味わい、考えては稽古をし、稽古をしては理を考え、必死に修行すべきである。理と業と兼備の修行をすれば、十年の歳月を五年で終るであろう』

いたずらに、撃ち合うばかりの道場稽古を、周作は否定したのである。

この組太刀をきわめれば、高柳又四郎のような、音無しの構えが生まれる。

高柳又四郎は、いかなる対手《あいて》と立合っても、おのが竹刀に、対手の竹刀をふれさせず、絶えず一寸か二寸のはなれを保ち、むこうの出るあたま、起こるあたまを撃ち、あるいは突きを入れ、決して、こちらへ寄せつけなかった。そして、対手が一歩でも退いたならば、その刹那をはずさず、二歩進んで、撃ち据えた。他流試合に於いて、未《いま》だ曽《かつ》て、一度も、勝を譲ったことはなかった。

北辰一刀流・千葉周作の道場にあって、平手造酒の立合いぶりは、この高柳又四郎の音無しの構えに似ていた。

五

千葉周作は、平常、感情をおもてにあらわさぬ人物であった。

その日も――。

めずらしく、道場へ姿を見せた平手造酒をみとめて、

「久しぶりに立合おうか」

と呼びかけたが、その態度は、いつもと、いささかもかわらぬ穏やかさであった。

造酒も、師の肚裡《とり》に、烈《はげ》しい決意がひそんでいるとは、すこしも知らずに、竹刀を把った。

両者は、道場中央に、相青眼に構えて、四半刻あまり対峙した。

そのあいだに、造酒は、師の構えが、平常とちがい、徐々に、なみなみならぬ剣気を濃くみなぎらせるのを、さとった。

――おれを破門する決意をしたな！

ようやく、そう読みとった。

――よし！　勝ってみせる！

傲慢な殺意が、造酒の痩身にあふれた。

造酒は、その構えを、じりじりと突きの姿勢に転じた。

これは、平手造酒独特の構えであった。

普通、攻撃は、青眼から、面打ちに出るか、突きに出るか、胴斬りに出るか、小手を打つか——その潮合きわまるまで、敵に全く窺知《きち》させないところに、有無相の虚実の極意がある。

一刀流無名の極意に——、

『天祖より秘伝の太刀も、有無相の虚実を知らざれば、勝つべからず、容易に会得し難し。〝有〟とは、その架《かまえ》の形、目前に現われたるもの也。勝負に臨む時は、たとえば、その架なんの〝架〟にもせよ、いま見るうちに、〝無〟となり、他の架の形が現わるる也。されば、有の裏は無、無の表は有なれば、架のままにては、容易に勝つべからず。その変化量るべからず。……また〝相〟とは、心が形に顕《あらわ》れるをいう。その顕れたるところの虚実に、わが観察がとどけば、必勝也。実は打つべからず。実の虚となるさかいを、潮合という』

と、ある。

すなわち。

敵に対して、有か無か、実か虚か——その構えから、いかなる変幻の業を放つかは、敵に絶対にさとらせないのが、必勝の秘伝というものであった。

ところが……。

造酒は、不敵にも、いざとなると、常に、突き以外の業のない構えを、とったのである。

——突くぞ！

そう予告しておいて突く——その凄《すさま》じい剣法は、天稟の神速を具備してこそ能《よ》く為し得るものであったろう。

敵が、その突きの予告に対して、面か胴か小手か、撃たんとはかるのを、造酒は、すばやく読みとって、竹刀と竹刀の間隔を絶対に変えぬ動きを示しつつ、一瞬、凄じい突きを入れて、勝利を取るのであった。

これは、いわば、寺田五右衛門の組太刀に、高柳又四郎の音無しの構えを合せたともいえる無数の業であった。

造酒は、曽て、突くと予告して、突き損じたことは、一度もなかった。

当然——周作の方も、これを予測していたに相違ない。

電撃の迅業にそなえて、周作は、竹刀を、右下へ、斜め脇構えに、移した。

中段にとって、奇に当るに正を以てするよりも、奇に対するに奇を以て、迎えたのである。

潮合が、きわまった。

造酒は、道場の床板を蹴って、疾風を起こした。

周作は、体を左へ斜め横にひらくと、造酒の胴を、颯《さつ》と、薙《な》いだ。

目に見てとれる格正しい動きであったが、刀身には、さまでの力はこもっていなかったように思われた。

造酒は、倒れずに、すっくと立ったままであった。

周作は、一歩しりぞいて、造酒の様子を、じっと、見戍《みまも》った。

造酒は、徐々に、突きの構えをとった竹刀を、床へおろした。そして、やや、顔を仰向かせた。白く色褪《いろあ》せた唇が、わななき、次に、ぐわっと、夥《おびただ》しい血潮を喀《は》いた。

病める肺が、ついに破れたのであった。

――そうか。このために、突き損じたか。

周作は、不審が解けた。

造酒は、ゆっくりと、その場へ坐《すわ》ると、鉢巻きにしていた白い布をはずして、床へ散った血潮を拭き、それから、口辺をぬぐうと、両手をつかえ、

「退散つかまつる」

と、云った。

周作自身の口からは、ついに破門宣告はされなかった。

六

平手造酒が、破門されたその足で、ふらりと入って行ったのは、深川《ふかがわ》七場所のひとつ櫓下《やぐらした》に、小ぢんまりとしたしもたやを持つ芸者蔦吉《つたきち》の許《もと》であった。

深川芸者は、吉原《よしわら》芸者と対蹠《たいしょ》的で、芸を売るとともに、色をひさぐ二枚証文であった。

はじめは、男装羽織をはおって、わざと、芸名も、何次とか何吉とか、男名を用いて

いたが、やがて、羽織をすてて、厚化粧もきらい、髪も水髪にして文字通り水もしたたる島田に、仕掛という無反りの一文字櫛《ぐし》をさし、無地小紋裾模様の紋付に、下げ帯、素足で、いわゆる辰巳《たつみ》の意気を誇って、江戸の通人粋客をよろこばせるようになっていた。

宵越しの金を使わぬ江戸っ児《こ》の心意気を受けて立つ辰巳芸者の意気地とやらが、他目《はため》には莫迦《ばか》なまねだと眉宇をひそめられようとも、自身では明日を思わぬくらしをさせていた。

蔦吉も、その一人であった。

陰惨な余殃を背負った平手造酒のような出奔御家人を、ころがり込ませて、

——あたしがいなけりゃ、この人は生きられないのだ。

と、勝手に思い込んだけしきであった。

座敷へ出て、客から、

「蔦吉、おめえ、途方もない血なまぐさい地獄浪人を、背負ったらしいな」

と、からかわれても、平然として、

「あい。惚《ほ》れました、惚れられました。当節、地獄の沙汰も、金ではなくて、心意気でござんす」

と、こたえていた。

造酒は、蔦吉の寐《ね》部屋であった二階の一間で、朝から晩まで、ただぼんやりと寝そべっているばかりであった。

灯が入った頃あい、ふらりと出て行き、どこでどうやってすごすのか、夜更けてから、戻って来た。もとより、酒気をおび、時には、泥まみれのていになっていた。

蔦吉は、そんな造酒に、イヤな顔ひとつみせず、甲斐甲斐《かいがい》しい世話をした。

梅本《うめもと》、山本《やまもと》、尾花《おばな》屋などの大茶屋が、通人粋客の懇望に、使いの足を幾往復させようと、気が向かねば、絶対に首をたてに振らない鉄火な流行《はやり》っ妓《こ》が、なんの酔狂で、一瞥《いちべつ》したただけでぞっとするような、暗い翳をもった御家人崩れを、情夫《いろ》に持って、わが家でごろごろさせているのか。

まわりの人々には納得のいかないことであった。

その日も——。

階段を、とんとんと軽い音をたてて上がって来て、

「造酒さん、品川《しながわ》まで遠出して来ますよ。お客が、薩摩《さつま》のお留守居だから、目をつむって、たんまりかせいで参じます」

と、顔をのぞけた。

まだ、午《ひる》まえであった。

明るい陽《ひ》ざしを受けて、浮きあがった仇姿《あだすがた》を、じろりと眺めた造酒は、

「ここへ、来い」

と、呼んだ。

「なにさ？」

何気なく寄って来たのを、造酒は、猿臂《えんぴ》をのばして、つかんで、ひき寄せた。

「あれ！　てんごうお止《よ》し」

しかし、造酒は、無地小紋の裾模様も華やかな紋付の晴衣裳《いしよう》に、紺博多《はかた》の独鈷《どっこ》の下げ帯もそのままに、うむを云わせず、その場へ、押し倒した。

「おてんと様が、顔をしかめていらっしゃる」

そう云い乍らも、蔦吉は、あらがいもせず、島田の下へ、脇息《きようそく》をあてがって、目蓋を閉じると、されるがままになった。

造酒は、無言であった。

上着も黄八丈の下着も、浜ちりめんへ名高い絵師が寄せ描いた黒絵の対丈《なが》襦袢《じゆばん》も、青い水面へ、さまざまの絵具を溶いたように、畳いちめんに拡げられてしまった。

燃える緋《ひ》の花絞り鹿の子縮緬の、湯延しもせずに縮められた湯もじが、白いゆたかな下肢の柔かな曲線を、あざやかに浮きあがらせた。

二の腕あらわに、男の頸を巻いた双手《もろて》が、淫靡《いんび》な弄びにつれて、しだいに力をこめる……。

白昼の営みは、はじめてのことであり、かえって、蔦吉の官能をあおったようであった。

造酒は、おのれの顔の下に、声を殺して喘《あえ》ぐ白い美しい顔を、残忍な双眼をひらいて、凝視しつつ律動を刻む。

……やがて。

蔦吉のかたちのいい紅唇が、わなないて、皓《しろ》い、美しくならんだ歯がのぞき、微《かす》かな呻《うめ》きを、糸をひくように洩《も》らして、ふっくらと可憐《かれん》な二重頤を顫《ふる》わせた。彫られたような丸い鼻孔が、熱い息づかいで、鼻翼を、ふくらませる。

「…………」

造酒は、なおも、残忍に、押えつけて、女をさいなみつづける。

「……い、いや……もう、いや……いや……」

堪えきれないように、蔦吉が、ついに、叫びをあげた――とたん。

造酒の顔面が、みるみる、苦痛の形相と化した。

七

ぐぐぐ……、と生あたたかい塊りが、造酒の胸もとに、せりあがって来たのである。

「うーむ！」

造酒は、その塊りを、むりやりに嚥《の》み下した。

しかし、それは、宛然《えんぜん》、生きもののように、蠢《うごめ》きつつ、再び、咽喉もとまで、せりあがって来た。しかも、感覚的には、ひとまわりも大きくふくれあがって、造酒の呼吸を停《と》めんばかりであった。

「あーあ、ああ……」

造酒は、口を開いて痴呆《ちほう》のように、全身を痙攣《けいれん》させた。

次の瞬間、どろどろの液体が、口腔《こうこう》内いっぱいにあふれた。

造酒は、片方の掌《て》で、口を掩《おお》うた。

造酒の下で、男の異常な様子に、美しい眉宇をひそめていた蔦吉は、口を掩うた片手の、指の隙間から、真紅の液体が、だらだらと、つたい落ちるのをみとめて、「お、おまいさん！」

と、悲鳴をあげた。

造酒は、かぶりを振りつつ、のろのろと身を起こして、肩で大きく喘いだ。

蔦吉は、起き上がろうとしたが、はだけた裳裾《もすそ》の上に造酒をのせているために、拡げた下肢を合せることも出来ず、そのあられもない姿態のままで、眸子《ひとみ》を一杯に瞠《みは》って、息をつめつつ、見まもった。

一瞬――。

造酒は、掌へあふれたいまわしい喀き血を、蔦吉の股間へ――恥毛のしげった秘処へ、べったりとなすりつけた。

さらに、掌にまみれた血潮を、女の白い豊かな太腿《ふともも》へ、こすりつけておいて、そこから退いた。

それから、食膳にいざり寄って、飲みのこした茶碗《ちゃわん》の酒を、ひと息にあおった。

蔦吉は、下肢に塗られた血潮を拭きとるいとまもなく、身じまいをととのえて、造酒の姿を眺めやった。

鬼気迫る悽愴《せいそう》をきわめたその姿を、しかし、蔦吉は、恐怖では眺めなかった。積悪の家に生まれた者の惨めな業を背負うたさまを、辰巳の俠妓《きょうぎ》は、この上もなくあわれなものに、感じたのであった。

永い沈黙ののち、造酒は、

「おい——」

と叫んだ。

「あい」

「なにか、うたってくれ」

「あい」

蔦吉は、壁から三味線をとりおろすと、音締めして、つまびきはじめた。指さきが、顫えていて、音が狂った。

二度、三度、弾きなおしてから、蔦吉は、うたいはじめた。

可愛い、ということ、誰《た》が、はじめたか、外の座敷は上の空、もとさま参るとしめす心のあどけなさ、上々さまの千話文《ちわぶみ》も、べつにかわらぬ様まいる、思いまわせば、もったいのうて、言葉さげたり思うこと、菜の花にとまれ、蝶《ちょう》の影
造酒は、その二上がりをきいているうちに、徐々に上半身を傾けて、床縁を枕にして仰臥《ぎょうが》していた。

蔦吉が、うたいおわった時、造酒は、云った。

「おれは、今日のうちに、ここから、消える。……いろいろと、世話になった。死ぬまで、おめえのことは、忘れねえ」

「造酒さん！」

蔦吉は、屹《きつ》となった。

「この蔦吉は、酔狂で、おまいさんを、この家に置いたのじゃありませんよ」

「…………」

「惚れたからですよ。いくら、おまいさんのような、人のことなど考えない御仁《おひと》でも、あたしが惚れていることぐらい、知らないとは云わせない」

「…………」

「おまいさんが、地獄へ落ちれば、あたしも一緒に落ちようじゃありませんか」

「…………」

造酒は、薄目をひらいて、蔦吉の必死な顔を仰いだ。

「よござんすか！　おまいさんの行くところへ、あたしは、くっついて行きますよ」

「ばかな女だ」

造酒は、呟《つぶや》きすてた。

八

大利根《おおとね》の流れも末の、笹川《ささがわ》の宿場。

銚子《ちょうし》と佐原《さわら》の中間にあたるそこに、諏訪《すわ》明神がある。

この日――七月二十二日。

例祭で、御輿《みこし》の渡御があり、花車《だし》がねりあるき、舞殿では太神楽《だいかぐら》が催される。

数千坪の境内では、江戸をはじめ、各地から、香具師《やし》が、続々と集まって来て、ここの親分の笹川繁蔵《ささがわのしげぞう》の采配によって、地割をしてもらい、小屋を掛けて、客呼びの声をはりあげる。

軍談講釈、おででこ芝居、玉乗り、手品《てづま》、曲芸、蛇つかい、一人角力《ずもう》、砂絵、長井《ながい》兵助《ひょうすけ》居合抜き、竹目ののぞきからくり……等々。

群衆の中を、願人坊主や鎌倉《かまくら》節の飴売《あめうり》が、わいせつな文句を、あたりはばからずに、うたいあるく。

その見世物の中でも、

「天下無双・長井兵助」

という大幟《おおのぼり》をたてた居合抜きは、仕掛けのない鮮やかな迅業を売物にして、多くの人の足を停めさせている。

白衣に襷《たすき》を十字にあやどり、白袴《しろばかま》の股立ちをとり、大髻《おおたぶさ》のあたまに白鉢巻、高足駄をはき、三尺四、五寸もあろう朱鞘《しゅざや》の居合太刀を、腰に帯びて、

「そもそも――居合と云っぱ、一刀流には真影《しんかげ》流、まった無念《むねん》流と、派はわかれても、

鯉口《こいぐち》のくつろぎ、腰のひねり加減で、三尺四尺はおろか、九尺一丈の長刀を、気合一喝、見事に抜きはなってごらんに入れる。その迅さ、流星に似て、あっという間に、腰間におさまる。……いでやっ！」

と、叫び乍らも、まだ抜かずに、もとの姿勢にもどって、群衆をさんざじらせておき、本業の歯抜きと歯磨粉を商うのである。

「されば、いよいよ、——居合の秘術を」

もとの位置にもどり乍ら、肚《はら》のうちでは、

——世の中がせち辛くなりやがって、鐚銭《びたせん》しか投げやがらねえ。

と、田舎者たちのケチさ加減をののしっていた。

そこで——。

抜くとみせて、またひとくさり、居合の講釈を述べ乍ら、もっと人が集まるのを待つ。

「なんだよう、早くやらんかい！」

「つべこべ、屁《へ》理窟をならべるのは、もう止《や》めえ！」

「おうおう——。うしろの刀架けの一番長えやつをひっこ抜いてみろ。そいつは、飾りで、抜けねえんだろう？」

苛立《いらだ》った群衆は、口々に、わめきたてはじめた。

「おしずかに、おしずかに……。抜けるか抜けぬか、さあ、そこが問題じゃ。昨夜の首尾にしびれていても、主の寐顔《ねがお》に、つい惚れなおし、重いからだを身に引きうけて、抜くに抜かれぬ腕枕――にはこれあらず、抜いてみせようこの大太刀を！」

長井兵助と称しているが、この男、実は、贋物であった。

多少の剣の心得はあるが、見物人をあっといわせる技は、持っていなかったのである。

「されば――いでやっ！」

と、腰を引いて、一尺ばかり抜いてみせてから、また、

「電光石火、飛燕《ひえん》の一閃《いっせん》と申すものは、つまり、この腰のひねりによって……」

と、喋《しゃべ》りかけた。

「うるせえっ！」

吶号とともに、石ころが、びゅんと飛んで来た。

これを、かわすいとまもなく、額へくらって、長井兵助がよろめいたから、群衆は、おさまらなくなった。

「この野郎！　贋物だなっ！」

「石っころもかわせねえで、なにが天下無双だ！　なにが、電光石火だ。……てめえ、イカサマ野郎だな！」

「銭をかえせっ！」

「四《よ》ン匍《ば》いになって、三遍まわってワンと吠《ほ》えろ！　そうすりゃ、かんべんしてやらあ」

群衆にじわじわと、包囲の輪を縮められて、贋長井兵助は、蒼白《そうはく》になった。

「ま、まて！　わしは、前座じゃ。本、本物は、あとから出る。……いま、出る。ま、待ってくれ」

必死になって、たのんだ。

「嘘《うそ》をこきやがれ！　本物さんがいるものか。てめえ、銭をひろって、とんずらしくさるつもりじゃったろう」

「ち、ちがう！　い、いま、本物が出る！」

贋長井兵助は、やくざらしい若い男に、胸ぐらをとられて、あわて乍ら、叫んだ。

その時――。

うしろにたらされていた莚《むしろ》が、あげられて、幽鬼のごとく、一人の浪人者が、姿をあらわした。

その凄味《すごみ》をおびた姿に、群衆は、思わず息をのんだ。そして、あわてて輪をひろげた。

九

浪人者は、平手造酒であった。

江戸を出てから、三年の歳月が流れていた。

病める剣鬼は、一瞥して、普通の人々を戦慄させる妖気をただよわせていた。

造酒は、群衆を、ずうっと見わたして、

「それがしが、長井兵助だ。いま、技を見せる」

と、云っておいて、ゆっくりと歩いて行き、となりの場所に、店をひろげている釣り屋に、

「もらうぞ」

と、その大盥《おおだらい》から、大きな鯉を一尾、つかみあげた。

「どうなさるんで？」

「料理する」

造酒が、元の位置にもどると、すでに、贋兵助の方は、地面へ、莚を敷いていた。

造酒は、

「蔦！」

と、呼んだ。

明石から緋縮緬を、ほのぼのと透かした艶冶な仇姿が、ついと、造酒のかたわらに立った。

群衆は、そのあまりの美しさに、ひとしく、視線を釘《くぎ》づけた。

辰巳随一の売れっ妓であった三年前と、その美しさは、すこしもおとろえてはいない蔦吉であった。いやむしろ、この三年のあいだに、浮世の裏表をつぶさにあじわったおかげで、しっとりとおちついた風情を増しているようであった。

「ここへ、俯《うつぶ》しに寝ろ」

造酒は、莚を指さした。

贋長井兵助と組んで、彼処此処の祭礼に、大道で、剣の迅業を売って、すごして来ている造酒であった。しかし、造酒は、決して、同じ業を見せなかった。その日、その時で、ふっと思いついて、意外な業をやってのけるのであった。

そこが、そこいらの居合抜きとは、ちがっていた。

したがって、仲間の贋長井兵助にも、蔦吉にも、その場になってみなければ、造酒が、いったい、どんな業をやるのか、見当もつかぬのであった。

蔦吉は、ちょっとためらっていたが、駒下駄をぬぐと、嫋《なよ》やかな身ごなしで、莚の上へ、俯した。

群衆は、大よろこびした。

こんな滅法界な美女には、生まれてはじめて出会ったことだった。その美女を地面へ俯させておき、一尾の鯉を、どうやって、料理するというのか。

群衆の頭数は、みるみる増して、人垣が、ひしめいた。

贋長井兵助は、ここぞとばかり、日の丸の大扇子をひらいて、

「お立合い——、一生のうち、二度と見られぬ北辰一刀流は、抜く手も見せぬ鯉切りの秘術！　しかも、その俎《まないた》たるや、色香も盛りの絶世の美女、と来た。まさに、当明神祭礼中随一の見ものじゃ。見料はただの三十文、無料《ただ》見しようなどという料簡《りようけん》をおこすと、あとで、その御仁の首が、居合で刎ねられる、ということに相成るやも知れぬぞ」

と、鳥目を集めてまわった。

ちょうど、そこへ――。

雅楽を奏している本殿の方角から、数人の乾分《こぶん》をつれた、若いが貫禄《かんろく》のある博徒が、近づいて来た。

笹川の繁蔵であった。


日本全土に、博徒が、はびこっている時世であった。

上州に大前田英五郎《おおまえだえいごろう》、国定忠治《くにさだちゆうじ》、甲州《こうしゆう》に黒駒《くろこま》の勝蔵《かつぞう》、駿州《すんしゆう》に清水《しみず》の次郎長《じろちよう》らが輩出し、博奕《ばくち》は、徳川《とくがわ》の治世下で、未曽有の盛況を呈し、いたるところで、渡世人どもの血なまぐさい縄張争いが起こっていた。

ここ――大利根に沿った地方も、博奕は、非常な勢いで、はやっていた。気候がよく、作物にめぐまれ、江戸に近く、名所も多い土地柄として、当然、庶民の向う気は強く、日本一の漁獲高を誇る九十九里《くじゆうくり》浜の漁夫気質は、博奕をはやらせるには、もって来いであった。

笹川の繁蔵、銚子の五郎蔵《ごろぞう》、松岸《まつぎし》の半治《はんじ》、飯岡《いいおか》の助五郎《すけごろう》――いずれも、全土にその名を売っている貸元たちであった。

なかでも、笹川の繁蔵は、土地の素封家の三男に生まれて、少年期をゆたかに育ち、体軀《たいく》もたくましく、正式な剣道も習い、多少の学問も身につけていたし、また性格もからっとして、鷹揚《おうよう》であり、胆力もそなわっていたので、一番の人気があった。

芝宿《しばじゆく》の文吉《ぶんきち》の跡目を継いで、親分の披露をしたのは、まだ二十五歳の時であった。

この繁蔵には、強敵がいた。

飯岡の助五郎であった。

助五郎は、相州三浦郡横須賀村《そうしゆうみうらぐんよこすか》の出身であった。

若い頃、飯岡へ流れて来て、しばらく漁師をしているうちに、村の博奕うちに見込まれて、養子になり、貸元の座についた。機才があって、銚子の代官から十手、捕縄をあずかり、その勢力を増した。

繁蔵が貸元になった頃には、助五郎は、すでに、押しも押されぬ顔役であった。

年齢も、繁蔵より十八も年長であった。

この二人の博徒は、いずれ雌雄を決しなければならぬ宿敵としての運命を持っていた。

十

笹川繁蔵と飯岡の助五郎は、はじめのうちは、互いの縄張りをまもって、侵すことなく、かなりの親しみを見せあっていた。

繁蔵は、新顔であったし、助五郎の勢力の強大さに反抗することの無謀を知っていたからである。

しかし、そのうちに、気っぷと金ばなれのよさと、土地の素封家の生まれという強味から、繁蔵が、みるみる売り出して来るにつれて、助五郎との仲は疎遠にならざるを得なかった。繁蔵には、いい乾分がぞくぞくとついて来たことも、その理由のひとつであった。勢力《せいりき》の富五郎《とみごろう》、清滝《きよたき》の佐吉《さきち》、夏目《なつめ》の新助《しんすけ》、少南《しょうなん》の庄助《しょうすけ》、羽計《はばかり》の勇吉《ゆうきち》などという顔ぶれであった。

こうなると、封建因習の時世であるだけに、地元名家の出の繁蔵と、流れ者の助五郎とでは、評判が格段となるのは、当然であった。

いくたびかの縄張り争いをくりかえすうちに、繁蔵と助五郎は、いずれ、近く、利根の磧《かわら》を血に染める勝負をしなければならぬ事態を迎えていた。

その直接の原因となったのは――。

去年、繁蔵は、この諏訪明神の祭礼で、境内の相撲場に、野見宿禰《のみのすくね》の碑を寄進して、奉納相撲を催し、これを機会に、各地の大親分たちを招待して、花会をひらいた。

花会というのは、その賭場であがったテラ銭を「花」として、それを、催した目的のために、そっくり出すことをいう。すなわち、繁蔵は、碑の建設に、テラ銭を全部寄進するのを名目としたのである。

目的はもうひとつあった。つまり、華々しく売り出した自分が、どれだけの数の大親分を集められるか、試したのである。

繁蔵の野心は、遂げられた。その花会には、大前田英五郎をはじめ、信夫《しのぶ》の常吉《つねきち》、仙《せん》台《だい》の忠吉《ちゆうきち》、国定忠治、清水の次郎長など、名の売れた面々が、やって来てくれたのであった。

ところが、顔を見せなければならぬ義理があるにも拘《かかわ》らず、やって来なかった者が一人いた。飯岡の助五郎であった。病気と称して洲崎《すのさき》の政吉《まさきち》を名代として寄越した。

これによって、繁蔵と助五郎の確執は、親分連のあいだに、はっきりと知られてしまったのである。

繁蔵は、渡世人の仁義をふみにじった助五郎を、見すてておくわけにはいかなかった。

大喧嘩《おおげんか》をやるのは、もう日時の問題になっていた。

したがって、繁蔵は、腕の立つ助人をもとめていた。

繁蔵は、左手に鯉をぶら携げた浪人者を一瞥して、

――これは！

と、うなずいた。

平手造酒は、莚の上へ俯した蔦吉のそばへ、のそりと寄るや、片足を、緋縮緬の透ける明石の裾へかけると、ぱっとはねた。

着物は、緋縮緬の下着とともに、花が散るように宙にひるがえった。

蝟集《いしゅう》した見物衆は、一斉に、声をあげた。

捲《ま》きあげられたその下から、むっちりと肉の盈《み》ちた豊かな、白い下肢が、くまなく、陽ざしにさらされたのである。

ふっくらと、初雪に掩われたふたつの丘陵のような臀部《でんぶ》に、すべての視線が、吸いついた。

造酒は、その臀部の上へ、鯉を、どさりと、置いた。

とたん——。

それまで、死んだようになっていた鯉が、勢いよく、ぴょん、と空中へ、はね跳んだ。

一瞬——。

造酒の腰間から、白い光芒《こうぼう》が、走った。

「あっ！」

「おっ！」

見物衆は、思わず、わが目を疑った。

一閃の白刃をあびた鯉は、宙で、縦にまっ二つに断たれ、さながら二尾にわかれたように、それぞれ落下して、蔦吉の臀部の、ふたつの隆起の上へ、ぺったりと、のったのである。

なんとも、鮮やかな迅業であった。

十一

それから、小半刻のち、利根川にのぞむ料亭の二階で、笹川の繁蔵は、平手造酒に、盃《さかずき》をさしていた。

「生まれてはじめて、あのようなお見事なお手の内を見せて頂きました。あっしは、そのお腕前に、しんそこ、惚れました」

そう云う繁蔵に、造酒は、冷たい眼眸《まなざし》をかえして、

「おれを、用心棒に、やといたいのか？」

「用心棒、と申しては、失礼に相成ります。乾分どもに、一手だけでも、教えてやって頂きたい、と存じます」

「それは、ご免を蒙《こうむ》ろう」

「では、ただ、しばらく、ご逗留《とうりゆう》下さるだけで結構でございます。先生に、ご逗留ねがうだけで、乾分どもの気ぐみがちがって参ります」

「親分」

造酒は、うすら笑った。

「飯岡の助五郎という男と、近いうちに、喧嘩をする、という噂を、おれは、きいて居《お》るぞ」

「へい――」

「おれを、働かせたい、と思っているなら、率直に、そう云ってもらおう」

「おそれ入りました」

「ただし――。喧嘩をさきにのばしたならば、おれは、待てぬぞ。……おれは、胸を患って居る。こんど血を喀いたら、もう廃人だ。そのつもりでいてもらおう」

その日のうちに、造酒が、蔦吉とともに、案内されたのは、笹川村からすこしはなれた桜井村《さくらい》の古寺の離れであった。

造酒は、見まわして、

「ここで、果てるか、それとも、博徒どもの修羅場でくたばるか――」

と、呟いた。

「そんな縁起でもないことを云わないで……」

蔦吉が、たしなめた。

蔦吉は、やっと、二人のおちつき場所を与えられて、いそいそしていた。

造酒は、蔦吉を視《み》て、

「お前は、辛抱づよい女だな。いつ、おれに愛想をつかして、去るか、と思っていたが、とうとう、おれの最期を見とどけるつもりらしい」

「冗談じゃありませんよ。あたしは、おまいさんの女房ですよ。どこまでも、くっついているのは、あたりまえじゃありませんか」

「江戸が恋しくはないのか？」

「恋しくない、と云えば、嘘になります。でも、女房は、亭主の往《い》くところへ、ついて行くように、神様から、きめられています。……ここで、療養すれば、屹度良くなりますよ。そうしたら、江戸へつれてかえって下さいな」

蔦吉は、ごろりと仰臥した造酒に、かいまきをかけ乍ら、云った。

「お前がいなければ、おれは、もう、疾《と》うのむかしに、この世のものではなかったろう」

「またそんな不吉なことを——」

「まあきけ、おれは、首斬り役の家に生まれたおかげで、世をすねた、と自分でも、そう思っていた。しかし、それは、ちがっていた。おれは、物心ついた頃には、母親を失っていた。また、おれをかばい、やさしく育ててくれる乳母も女中もいなかった。おれは、淋《さび》しく、孤独で育った。その淋しさを忘れるために、剣を学んだ。それが、禍《わざわい》となった。それだけのことだ」

「…………」

蔦吉は、病みおとろえた造酒の蒼白な貌《かお》を見下し乍ら、胸が痛んだ。

「おれのそばに、お前のような優しい女がいてくれて、育ったならば、おれは、こうはならなかったかも知れぬ。……お前に、出会った時は、いささか、おそすぎた」

「いいえ。おそすぎはしません。おまいさんは、いまでも、心の底は、あたたかい御仁なのです。病いがなおれば、剣術の先生になって、しずかなくらしができますよ」

「笹川の繁蔵は、ただでおれをやしなってくれるのではないぞ。近いうちに、大喧嘩をするために、おれをやとったのだ」

「おまいさんは、強いのですもの、そんな喧嘩の助太刀ぐらい、なんでもないじゃありませんか」

そう云い乍らも、蔦吉は、急に、不安をおぼえた。

「そうだ。おれは、強い。しかし、強いがゆえに、生きのこれるとは、限らぬ」

「また、そんな……」

「むざと犬死するつもりはないが、念のために、お前に云っておくのだ。もし、万一、おれが死んだら、おれの骨を、江戸へ持ちかえって、おれの家の庭へ――庭の北の隅に、おれの先祖が囚徒の首を刎ねた場所に、青石が置いてある。その下へ、埋めてくれ」

十二

笹川の繁蔵一家と飯岡の助五郎一家が、利根川の磧で、凄惨な修羅場を展開したのは、それから十日あまり後の夜明けであった。

不運であったのは――。

その前夜、平手造酒は、酒を飲んでいるうちに、いままでにない大喀血《かっけつ》をして、牀《とこ》に倒れたのであった。

境内へ駆け込んで来た乾分の一人の大声に、造酒は、我破《がば》と掛具をはねのけて、起き上がった。

蔦吉は、あっとなって、造酒にすがった。

「いけない！　そのからだでは、むりです！　行っちゃいけない！」

かきくどく蔦吉を、造酒は、つきのけて、すばやく、着換えた。

そして、床の間の差料を把ろうとしたが、一瞬はやく、蔦吉が、それを横奪《ど》りして、裏手へ、遁《に》げた。

「お蔦！　刀を寄越せ！」

造酒は、叫んだ。

「いやです！　貴方《あなた》を犬死させてたまるものか！」

女心の必死さで、蔦吉は、夢中で、竹藪《たけやぶ》の中へ、遁げ込んでしまった。

しばらく、そこで、息をひそめていてから、家の中がしんとしているので、造酒がおとなしく、牀に就いたものと思い、そっと、もどって来た。

造酒の姿は、なかった。

蔦吉は、仰天して、造酒を呼びつつ古寺を奔《はし》り出た。

造酒の姿は、どこにもなかった。

素手のままで、磧へおもむいたのである。

造酒が、そこに到着した時、飯岡方は、笹川方を追いつめて、繁蔵宅まで、迫っていた。

しかし、幽鬼にも似た造酒の姿が出現するや、形勢は一変した。

造酒は、斃《たお》れている者の手から、鈍刀を取ると、ゆっくりと、敵勢へ向って進んだ。

喚《わめ》きたてて襲って来るやくざどもを、造酒は、むしろ、小うるさげな、かんまんとも見える動作で、一太刀ずつの一閃裡に、確実に、一人一人を斬り仆した。

向うところ、敵はなかった。

飯岡方の用心棒の浪人者が、行手をふさぐや、造酒は、じっと見据えて、

「お主、妻子があるだろう」

と、云った。

浪人者が、ひくく唸《うな》って太刀をふりかぶるや、造酒は、

「犬死することはない。去れ！」

と、すすめた。

浪人者は、面目上、その言葉にしたがうわけにいかず、

「やあっ！」

と、斬り込んで来た。

造酒は、避けるつもりで、体をひらいて、差料をひと振りした。

しかし、その切先は、対手の咽喉をぞんぶんに薙いでしまった。

血反吐《ちへど》を撒《ま》いて、地べたへ俯す浪人者を、見下して、微かな悔いを、おぼえた。

その直後――。

胸から咽喉もとへ、またもや塊りがせりあがって来た。

夥しい血潮を、そこへ喀いた造酒は、よろめきつつ、繁蔵宅の向いにある延命《えんめい》寺という寺院の境内に入った。樟《くすのき》の巨樹に凭《よ》りかかって、顔を仰向けて、ひと息ついた。とたんに、またもや、肺を破った血潮が、口腔いっぱいにあふれた。

それを、片手でおさえた時、幹のうしろから、一本の竹槍《たけやり》がくり出されて、その脾腹《ひばら》をしたたか、突き刺した。

蔦吉が、その境内へ駆け込んで来たのは、それから四半刻も過ぎてからであった。樟の根かたに倒れている造酒を見出して、

「あっ！」

と、悲鳴をあげて、走り寄り、きちがいのように、抱き起こした。

「おまいさん！　し、しっかりして！　死なないで！　死んじゃ、いやだ！」

かきくどかれて、造酒は、薄目をひらいた。

そして、なにか、呟いた。

「え？　……なんて、云ったのです？　え？　……なんですか？」

蔦吉は、ききかえした。

「そ、空が、青い。……どこまでも、つき抜けるように、青い……」

造酒は、微かな声音で、呟いた。

「ああ！」

蔦吉の双眸《そうぼう》から、泪《なみだ》があふれた。

「お、おまいさんは……、よく、空を、見上げていたねえ」

「……うむ。……空が、晴れて……青いのが、おれは、好き、なのだ……よく、晴れて

いる。……きれいだ」

それが、剣鬼の最後の言葉であった。

孤独な少年であった造酒は、遊ぶ友もなく、一人ぼっちでいる時に、よく、空を仰いでいたものであろう。

この日——。

空は、しかし、雨もよいで、灰色の雲に掩われていた。

二日ののち。

骨壺《こつつぼ》をかかえて、江戸への道を、一人でとぼとぼと辿《たど》って行く蔦吉の姿が、見受けられたが、その美しい容子に、見惚れる者はあっても、その胸にかかえられた骨壺の中の死者がどんな人間であったか、想像してみる者は一人もいなかった。

伊庭八郎

一

嘉永《かえい》六年の春、四谷伊賀町《よつやいが》に住む刀工山浦清麿《やまうらきよまろ》のところへ、十三、四歳の少年がおとずれて、差料一振りを打って欲しい、とたのみこんだ。

眦《まなじり》が鋭く切れて、眸子《ひとみ》の光に凄味《すごみ》をおびている少年であった。

清麿は、元服前の少年に、差料をたのまれたのは、はじめてであったし、ただの少年とは思われぬので、

「敵討でもなさいますのか?」

と、陰気な口調で、問うた。

「いいや。ただの差料だ」

「まだ、刀をえらぶのは、早《はよ》うはありませぬか?」

「わたしは、講武所剣術師範役伊庭軍兵衛《いばぐんべえ》の長子八郎《はちろう》と申す。剣客の家に生まれたからには、自分の刀は自分でえらぶ」

そうこたえた。

伊庭軍兵衛の長子、ときいて、清麿は、うなずいた。

当時、江戸《えど》の剣客中、心形刀流《しんぎようとう》の伊庭軍兵衛は、実戦刀術の雄として、高名であった。

伊庭家は、代々軍兵衛の通称を継いでいたが、この軍兵衛は、秀業《ひでなり》といい、嫡子ではなく、もとは七代秀淵《ひでなみ》の門弟であったが、その技の卓抜さと気概に富んだところを見込まれて、八代を嗣《つ》いだのである。すでに、伊庭道場は、千余人の門弟を擁していたが、軍兵衛は、道場の繁栄よりも、一風を立てることに厳しかった。時代は天保《てんぽう》におよんで、泰平に馴《な》れた士民が奢侈《しやし》に流れ、遊惰を事とし、旗本の子弟の多くも辺幅を飾り、華美を誇る風が盛んであったが、軍兵衛は、これを憤慨して、厳しく門弟を戒め、当世風の長羽織に細身の大小落差しなどという風俗は、断乎《だんこ》として許さなかった。

しぜん、伊庭道場からは、荒稽古に堪えぬ者は去り、残った門弟たちは、いずれも、腕節強く、気象荒く、大小を閂《かんぬき》に差して、短袴《たんこ》を鳴らして闊歩《かつぽ》したから、すぐに、それと知れた。気概を負うて府内を横行するのであったから、兎角《とにかく》、喧嘩《けんか》口論沙汰をひきおこすきらいがあったが、軍兵衛は、不義に与《くみ》する者でさえなければ、知らぬふりをしていた。

この剛骨ぶりが、老中水野越前守忠邦《みずのえちぜんのかみただくに》にきこえ、いわゆる天保の改革に着手した矢先であったので、忠邦は軍兵衛を召出して、御書院番にとりたてた。奢侈禁制を主眼とする忠邦の政策上、軍兵衛のような人物は、適役だったのである。

改革は、僅か一年足らずで、忠邦の失脚という結果をまねき、軍兵衛もまた致仕して、再び出仕の望みを絶ち、以来専ら道場にあって、門弟の養成につとめているのであった。

その長子が、十三歳で、おのが差料を所望するのは、別に異とするに足りなかった。

清麿という刀工も、一風変っている人物であった。

名人と称される者がそなえている狷介不羈《けんかいふき》をつらぬいて来ていた。

清麿は、信州赤岩《しんしゅうあかいわ》の刀工の次男に生まれ、十四歳の時、九つ違いの兄、真雄《まさお》から、鍛錬の手解きを受けたが、たちまちのうちに天稟《てんぴん》の才を伸ばして、父親を感嘆せしめる刀を作った。十七歳の時、隣村の旧家長岡《ながおか》家の一人娘で、四つ年長のさよ女《じょ》に恋をするや、あらゆる障碍《しょうがい》を、独力で排除して、聟《むこ》入りした。しかし、二年経《た》って、さよ女が、生まれた赤子に添臥《そいぶ》しているすがたを眺めるや、突如として、烈《はげ》しい嫌悪に駆られて、その日のうちに、養家を飛び出して、江戸へ出た。

幕臣窪田清音《くぼたすがね》の家に、下僕として住み込み、薪水の労をとっていたが、一日、主人から、刀工であるなら、ひとつ、試作してみろ、と命じられて、屋敷内に鍛冶場を急造して、材料を揃《そろ》えたのが、江戸で名をあげるきっかけとなった。清麿は、手ばやく一刀を打ちあげたが、研《みが》き上げられた出来は、すばらしかった。こころみに試し斬りしてみると、刃味も極めて上々であった。

清音は、四谷伊賀町に一軒借りてやり、刀工の看板をかかげさせると、知人から秘蔵の名刀を借りてきて、清麿に、手本にせよ、と渡した。清麿は、狂気のごとく、鍛錬に熱中した。

ようやくその名が、ひろまって来ると、程ちかい左門《さもん》町に住む固山宗次《こやまむねつぐ》という刀工が、因縁をつけて来た。

　固山宗次は、備前《びぜん》伝の丁子乱れにかけては、当代の第一人者であった。楠木正成《くすのきまさしげ》の佩刀《はいとう》小竜景光《こりゆうかげみつ》を模造した作が評判高く、一時は松平楽翁《まつだいらくおう》のお抱え鍛冶になっていたくらいである。

　清麿が、ある時、所詮模造師は模造師にすぎぬ、と口をすべらしたのを、つたえきいて、宗次は、激怒して、左封じの果し状をつきつけたのであった。

　清麿は、平然として、使い者に、「いつでも、この家へ斬り込んで来い」と返辞した。

　その夜、宗次が、門弟七人をひきつれて、乗り込んで来てみると、門扉は開かれ、庭先には篝火《かがりび》がたかれ、清麿は、玄関の式台に、肱枕《ひじまくら》して、ながながと寝そべっていた。助太刀《すけだち》といえば、枕もとの徳利だけであった。宗次も一流の刀工であるから、この放胆さに感服して、黙って、引き上げて行った。

　その頃から、清麿の狷介不羈ぶりは、ますます烈しいものになり、いくら注文が山と積っても、気分が向かなければ、鍛冶場に入らなくなっていた。

　毎日、酒をくらい、かさむ借金の中で、泰然としていた。弟子たちは、四六時中酒気の去らない師匠の狂的な眼光に堪えられなくなって、一人のこらず、逃げてしまっていた。

　伊庭八郎少年が、差料を注文したのは、そうした時であった。

二

「お前様は、どのくらい、刀をお使いなさる？」

清麿は、濁り目を据えて、たずねた。

八郎は、じっと瞶《みつ》めかえしていたが、突然、

「えい！」

と、鋭い気合を発して、抜き打ちに脇差を一閃《いっせん》させた。

清麿は、煙管《きせる》をくわえていたが、それが、まん中から両断されて、雁首《がんくび》が膝へぽろりと落ちるのを見た。煙管を持ち添えていた右手には、ほんの微《かす》かな衝撃すらも感じなかった。

清麿は、にやりとした。

「よろしい。三月経ったら、おいでなさい」

その日のうちに、清麿は、鍛冶場にとじこもった。

食事も運ばせたし、厠《かわや》の用も、片隅ですませ、その臭気も一向に意に介さなかった。

五十日後、鍛冶場からあらわれた時、その面貌は幽鬼のごとく悽愴《せいそう》なものと化していた。

もと柳橋《やなぎばし》の芸妓《げいぎ》をしていた内妻の鈴代《すずよ》を、座敷に呼んだ。

鈴代は、清麿が、白装束にあらためているのを見て、愕《ぎょ》っとなった。

打ち上げた刀を、左わきに横たえている。

「はだかになって、そこへ、仰向けに寝ろ」

清麿は、命じた。

鈴代は、この時、臨月のからだをしていた。

「どうするんです？」

「なんでもよい。寝ろ！」

清麿は、かみつくように呶鳴《どな》った。

しかたなく、鈴代は、衣服をすて、腰衣いちまいになって、仰臥《ぎょうが》しようとするとそれもとれ、と命じられた。

鈴代は、おそろしさに顫《ふる》え乍《なが》ら、目蓋をとじた。

清麿は、用意した濡《ぬ》れ紙を、むっくりと膨れた腹の上へ貼った。

そして、打ち上げた刀を、白鞘《しらさや》から抜きはなつや、鈴代の上へ、跨《また》った。

鈴代は、薄目をひらいて、一瞬、ひぃーっ、と悲鳴をほとばしらせた。

「動くな！」

叱咤《しった》した清麿の双眸《そうぼう》は憑《つ》かれた光をはなっていた。

切先を、濡れ紙にあてると、一気にすーっと引いた。

濡れ紙は、みごとに切れた。

しかし、切れた隙間から、血が滲《にじ》んで、みるみる紙を染めた。

清麿の面貌が、歪《ゆが》んだ。

「切れすぎる！」

絶望の独語が、それだった。

並みの刀工ならば、刀が切れすぎることに不満はない筈《はず》であった。清麿は、それを、いさぎよしとしなかった。

名刀というものは、刀工の魂がこもって居《お》り、切ろうとするものだけを切る意《こころ》を蔵しているべきであった。濡れ紙を切る目的のみを持っている以上、腹を切って血を流してはならなかった。濡れ紙だけが切れなければならなかった。

妻の臨月の腹を切ってしまう刀は、おのれの魂が、こもっていない証拠である。清麿は、五十日間の一心不乱の仕事に、刀工の生命《いのち》をかけてみて、絶望の結果を得たのである。

清麿は、暗い視線を、地沸《じにえ》の美しい板目肌に五の目丁子の焼刃をやいた刃長二尺三寸五分の業物へ、しばし、じーっとあてたなり、微動もしなかったが、やがて、ふらふらと立上がって、鍛冶場へ入ってしまった。

鈴代は、清麿が、また、そこへとじこもるのだろうと思っていたが、夕刻、食膳をはこんで行って仰天した。

清麿は、その刀で、腹をさばいて、事切れていた。

伊庭八郎少年が、あらわれたのは、偶然にも、その葬儀の日であった。鈴代は、八郎少年の口上をきくと、仔細《しさい》を語って、その刀を示した。

そして、これは不吉の刀だから、あきらめるように、と忠告したが、鞘を払って、見入る八郎少年は、すでに、魅せられたように、返辞をしなかった。

鈴代は、戦慄して、打ち明けたことを後悔した。

三

伊庭八郎が、その時から差料として腰に帯びた清麿刀は、はたして、後年にいたって不吉の宿運をしめした。

慶応《けいおう》四年正月、八郎は、遊撃隊士として、伏見《ふしみ》に戦ったが、その勇猛ぶりは、薩将《さつしよう》野津七左衛門《のづしちざえもん》をして、幕軍に伊庭八郎あり、と嘆称せしめた。連合軍が東下して来るや、八郎は、退いて上総《かずさ》に赴き、船で沼津《ぬまづ》に出て、敵の後方を扼《やく》する作戦をたてて、箱根《はこね》で闘った。

三枚橋《さんまいばし》で、八名の敵を一手にひき受けて斬りむすび、五名まで斃《たお》した時、左腕を両断されたが、聊《いささ》かもひるまず、のこり三名を悉《ことごと》く斬り伏せた。清麿刀は、その冴《さ》えを、遺憾なく発揮した。

明治《めいじ》二年四月、榎本武揚《えのもとたけあき》にしたがって、函館《はこだて》に転戦し、肩と腹部に銃創をうけて加療中、五月十二日、朝の洗面の際、流弾が咽喉《のど》に命中して、即死した。年歯二十九歳であった。

清麿刀は、攻略軍によって、江戸へ持ち帰られ、伊庭家を嗣いでいる末弟の想太郎《そうたろう》の手に渡された。

想太郎は、長兄八郎を心から尊敬していたので、刃こぼれひとつない清麿刀を瞶めた刹那、どっと泪《なみだ》があふれた。

八郎が、函館に脱走して行くにあたって、のこした別離の言葉が、甦《よみがえ》ったのである。

「榎本武揚は、意志の薄弱な人物だから、この戦いは、あるいは、屈辱の結果を告げるかも知れぬ。ただ、わたしだけは、生きて、江戸へ戻る所存はない」

八郎は、はじめから、絶望の上、出発して行ったのである。

後年、想太郎は、榎本武揚が、小石川《こいしかわ》に東京農学校を創設した時、迎えられて若い校長となったが、やがて経営難に陥るや、榎本が、自分勝手に放り出してしまうのに遭《お》うて、あらためて、八郎の人を見る明に思いあたったことである。

想太郎もまた、剣の道に秀《すぐ》れた才能を持っていたし、精進を怠らなかったが、すでに、時代は、彼の存在など無意味にしていた。

文明開化の風潮に対する分懣《ふんまん》は、年とともに、想太郎の肚裡《とり》で、烈しいものとなって行った。

道場はさびれ、わずかな頭数の陸海軍の若い将校たちが、稽古に来ていたが、そのうちに、想太郎は、道場をも閉じてしまった。

人の訪れが絶えて、一年ばかり過ぎた頃、想太郎は、一人の青年から、剣道の極意を得たい、と乞われた。

佐藤鉄太郎《さとうてつたろう》という海軍中尉であった。

想太郎は、

「極意を得て、どうしたいと云《い》われるのか？」

と、訊《たず》ねた。

「いかなる危機に出会っても、ビクともしない胆力を練りたいのです」

佐藤の言葉に、想太郎は、冷笑した。

「剣道の極意を得ることと、胆力を練ることは、自《おの》ずから別だ。剣道で養える胆力など、知れたものだ。おのれより強い敵と立合った場合、いかに胆力が練れていようとも、勝つことはおぼつかぬ。君に、異常の天稟があれば、技を練磨するにつれて、胆力も付随してそなわって来ようが、見受けたところ、それ程の才能もあろうとは思えない。せいぜい、上手ぐらいのところが止まりだろう。それなら、はじめからキナくさい思いをしない方がいい。剣道などは、もはや、甲冑《かっちゅう》とともに、骨董《こっとう》化してしまって居る。……しかし、せっかく胆力を練りたいという所望なら、参考までに、ひとつだけ、その方法を教える。これからは、一切勝負事を止《や》めることだ。いかなる事柄でも、勝負と名がつくものには、目をそむける――これだな」

しかし、佐藤には、勝負という観念をすてることが、どうして胆力を練ることになるのか、よくわからなかった。

佐藤は、奮励努力型であったので、その意味がわかるまで、想太郎のところへかよう肚《はら》をきめた。

想太郎は、佐藤があらわれるのを一度も拒みはしなかったが、歓迎もしなかった。

二月ばかり過ぎてから、想太郎は、次のような話を、佐藤にきかせた。

伊庭家中興の達人であった軍兵衛秀業が、某夜、異常の気配に目ざめてみると、すでに、寝室に、抜刀した覆面の士が五名、押し入って来ていた。

ふだんならば、曲者《くせもの》の気配が、廊下を近づいて来る時に、早くも、意識を蘇《よみがえ》らせている筈であった。

軍兵衛は、昨夜、ある酒席で、珍しくしたたかくらって、酔って帰って来ていた。咄《とっ》嗟《さ》に、酒席で、自分を酔わせたのは、この連中だったのだな、とさとったのは、流石《さすが》であった。

酒席に集まっていたのは、いずれも、腕に自信のある府内在住の剣客ばかりであった。

軍兵衛は、彼らが、剣客である以上、無言で、斬りつけて来ないと、見てとるや、変に応ずべき手段を、瞬息の間に、考えた。

はたして、

「伊庭軍兵衛、起きろ！」

と、声がかかった。

軍兵衛は、数秒間、そのまま、微動もせずにいて、再び、「起きろ！」とあびせられた刹那、掛具を、ぱっと、おのれの頭越しに、撥《は》ねとばした。

掛具が飛ぶのと、その下をかいくぐって、敷蒲団《しきぶとん》の裾へ躍って、そこに立つ者を襲うのが、殆《ほとん》ど同時だった。

侵入者たちは、軍兵衛が、はね起きるや、当然、床の間の刀へむかって跳ぶもの、と考えていた。

軍兵衛は、完全に、その裏をかいて、敵の一人の刀を奪いとったのである。

とはいえ、侵入者たちは、いずれも、一人対一人で闘って、容易に斬り伏せ難い腕達者であった。

軍兵衛は、ようやく、二人を傷つけて、後退させた時、おのれもまた後方に追い詰められていた。

ついに、台所の板の間へ、片足をずらせた——瞬間、軍兵衛は、撞《どう》っと仰のけに倒れた。昼間、家内の者が、炭を取って、板を閉じ忘れていたのである。

「不動智神妙録《ふどうちしんみようろく》」に、心の置き所についての言葉がある。

「敵の身に心を置けば、敵の太刀に心をとられ、敵の身の働きに心をとられる。敵を斬ろうと思うところに心を置けば、敵を斬ろうと思う心に心をとられる。わが太刀に心を置けば、わが太刀に心をとられる。自分が斬られると思うところに、心を置けば、切られると思う心に心がとられる。……心を身の内に捨置け。他処《よそ》へは去《い》なぬ物である。唯一所に留まらぬ工夫——是《これ》が肝心である」

と、ある。

軍兵衛が、倒れ乍ら、無念無想で、颯《さっ》と横へ薙《な》ぎ払った一閃の白刃は、まさにこの不動智の至極をしめした。

勢い込んで、上段にふりかぶった敵は、したたか胴を割られて、よろめいた。

次の瞬間、軍兵衛は発条《ばね》のように、五体をはね立たせるや、猛然と反撃に移って、またたく間に、残り二名を斬り伏せてしまった。

攻撃者たちは、対手《あいて》が倒れたので、しめた、と思ったが、かえって、そこに紙一枚の隙が生じた。軍兵衛の一剣は、その虚を衝《つ》き、勝敗は、刹那にして、そのところを換えたのである。

この話は、佐藤に、ふかい感銘を与えた。

明治三十四年六月二十一日、想太郎は、清麿刀を仕込んだ桜杖《おうじょう》を携《さ》げて、わが家を立ち出ると、東京市参事会議事堂におもむいた。

この日は、市参事会の例会日で、会議は午後三時頃終り、常例として、参事会室の戸前に掲げておいた秘密会議の札を撤して、市長、助役、参事会員らが、椅子に倚《よ》って、しばらく、雑談の花を咲かせていた。

そこへ、想太郎は、のっそり入って行った。その人品といい、服装といい、年輩といい、堂々たる容子であったので、誰も、べつだん気にとめなかった。

想太郎は、ゆっくりと、テーブルを右に廻《まわ》って、前逓信《ていしん》大臣星亨《ほしとおる》の背後に歩みよる

や、

「星さん――」

と、呼んだ。穏やかな声音であった。

何気なく振りかえって、

「なんだい？」

と、問いかえす星亨へ、想太郎は、にやりとして、

「伊庭想太郎、天下の為《ため》、奸賊《かんぞく》を斬る！」

と、叫びざま、桜杖から、白刃を滑り出させて、無造作に、その胸部を刺しつらぬいた。呻《うめ》きをあげて、のけぞる星亨の胸部から、刀を抜きとった想太郎、第二撃を腹部へ、ぐさっと、くれた。

そして、懐紙をとり出して、刀身を拭うと、杖《つえ》に納めて、茫然《ぼうぜん》自失している市長たちをしり目にかけて、悠々と、廊下へ出た。

市庁府庁の各吏員たちが、惨事をききつけて、どっと廊下へなだれ出た時、想太郎は、階段を降りて、玄関に立っていた。

四方に、全員が蝟集《いしゅう》するのを待ってから、斬奸状をとり出し、星亨が政界における罪状を、声たかだかと読みあげた。

やがて、警視庁に警送された想太郎は、取調べの検事に、その仕込杖をさし出して、

「これを、海軍省の佐藤鉄太郎に渡して頂きたい」

と、たのんだ。

四

それから四年後——明治三十八年五月二十七日。

海軍中佐佐藤鉄太郎は、上村《かみむら》司令長官幕下の第二艦隊参謀として、旗艦出雲《いずも》に乗込んで、バルチック艦隊を邀《むか》え撃つべく、加徳《かどく》水道を出港していた。その腰には、清麿刀が携げられていた。

それを打ちあげた刀工自身の生命を奪い、依頼者を戦死せしめ、さらに、ゆずり受けた者をして凶行を演じせしめたその刀を、腰に携げて、出陣することに、佐藤は、いちまつの不吉な予感をおぼえたが、敢《あ》えて、はずさなかったのである。

午後一時四十分、日本海海戦の幕は、きっておとされた。

「皇国の興廃この一戦にあり、各員一層奮励努力せよ」

旗艦三笠《みかさ》の檣頭《しようとう》に、この有名な信号旗が、かかげられた時、佐藤は、清麿刀を抜いて、かたわらに突き立てた。

二時十分、射程距離六千に近づくにおよんで、三笠が砲口から火を吐いて、応戦の嚆《こう》矢《し》を放ち、他艦もこれにつづいて一斉に砲門をひらいた。

まず、第二艦隊旗艦オスラビヤが火を噴き、列をはなれて沈没した。つづいて先頭にあったアレキサンドル三世が、濠々《ごうごう》と黄煙黒煙をまきあげて、よろめいた。

佐藤は、艦橋にあって、終始双眼鏡をはなさずにいたが、旗艦スワロフが、突如、敵左に回転しはじめるのを見て、しめた、と思った。

スワロフには、総司令官ロジェストウエンスキイ中将が乗っている。この艦の動きによって、敵全体の行動がわかる、と考えられていた。

この時、背後で、山本《やまもと》後任参謀（後の軍事参議官山本英輔《えいすけ》）の声がした。

「佐藤参謀、信号旗を降ろしてよいですか？」

はっとなって、檣《ほばしら》を仰いだ佐藤は、

「左八点の一斉廻頭《かいとう》」

各艦一斉に左方九十度の方向に針路を変えよ、という信号が、かかげてある。

――いかん！

佐藤は、憤然となった。せっかくの好機をつかみ乍ら、これは、敵と反対の方角に遠ざかり、彼らに逃亡の隙を与えることになる。

「いかん！　信号旗を降ろすな！」

艦隊に対する信号命令は、その信号旗を降ろした時から、行動が開始される。だから、降ろさなければいいのだ。

第一艦隊は、すでに、「左八点の一斉廻頭」をやっている。それで読めた。第二艦隊は、この先航艦隊の信号をそのまま、真似《まね》たのである。

「第一艦隊など、どうでもいい！　第二艦隊は独自の行動をとる！　信号を降ろすなっ！」

佐藤は、吻鳴った。

ところが――。

一時間後、佐藤は、愕然《がくぜん》となった。

第一艦隊が左回転したため第二艦隊は、それと艦列を重ねてしまったのである。すなわち、第一艦隊の敵に向けての砲撃を、第二艦隊が妨害してしまったのである。

佐藤は、戦闘上、重大な過誤を冒してしまった。

――しまった！

思わず、夢中で、かたわらに突き立てた清麿刀をひっ摑《つか》んだ。その瞬間、佐藤の脳裡に、伊庭想太郎が語ってくれた軍兵衛秀業の逸話が、甦った。

――そうだ！　あれだ！

佐藤は、上村司令長官のところへ、奔《はし》った。

「面舵《おもかじ》（右廻頭）を取って、敵の頭を押えさせて頂きたい」

そう申し出た。

これは、無謀に近い冒険であった。わずか五隻の装甲巡洋艦で、敵の戦闘艦八隻に対し、縦射に甘んじ乍ら、その先頭を圧しようというのである。

上村司令長官は、二秒ばかり黙していたが、大きく合点してみせた。すかさず、伊地《いじ》知《ち》艦長が、

「面舵！」

と、叫んだ。

冒険は成功した。

旗艦スワロフは、猛火につつまれ、大檣は中ほどから折れ、前檣は影をとどめなかった。さらに、煙突は倒れ、煤煙《ばいえん》は直接上甲板から噴出しはじめた。もはや、わが艦隊に対抗し得る一門の砲も喪《うしな》われていた。

しかし、後方ケビンに、依然として発砲を止めぬ小口径速射砲が、一基だけあった。沈着に照準し乍ら、沈没するまで、撃ちつづけた。その正確さは、これを追った第四駆逐艦隊にも命中したし通報艦千早《ちはや》にも命中した。

そして――。

沈没寸前に放った一弾は、佐藤の立つ艦橋へ、飛び来った。

佐藤が、本能的に、跳び退いたあとを唸《うな》りをたてて掠《かす》め去って行った。

ふと――気がついてみると、
そこへ突き立てておいた清磨刀は、微塵《みじん》に砕けて、橋上に散っていた。

上田馬之助

一

異常な天才というものは、いつの世にも、存在する。

幕末の剣客、上田馬之助《うえだうまのすけ》も、その一人であった。

その生涯は、孤独に終始し、殆《ほとん》ど用向き以外は、人と口をきくことがなかった。勿論《もちろん》妻帯せず、住む家も持たず、流浪人たることを、ついに易《か》えなかった。現れた土地で、思いつくままに、その場かぎりの姓名を使ったのも、異常な天才らしかった。

流れて、薩摩《さつま》に入った時、三十歳になっていたが、すでに、頭髪は半白となっていた。のみならず、黒髪の中に交っているのではなく、額の生際から、銀河のように、まっすぐに、総髪の中を通っていた。顔面は蒼白《そうはく》で整った眉目に妖気があった。

鹿児島《かごしま》には、十余の道場があった。馬之助は、一日一道場をおとずれて、魔技にひとしい業を示した。勿論、門を入る時に、その日使う姓名を思いつき、玄関で名乗ったので、数日過ぎるまでは、数人の剣客が鹿児島へ押し入って来た、という噂《うわさ》さえ立った。

ことごとくの道場を撃ち破った馬之助は、鹿児島を立去ろうとした朝、城代の使者の訪問を受け、日向国《ひゅうがのくに》の天自然流の剣客、吉田九郎四郎《よしだくろうしろう》と立合ってもらえまいか、と望まれた。

試合は城下鍛冶屋《かじや》町の某藩士邸の庭上で行われた。

座敷には、藩主島津斉彬《しまづなりあきら》をはじめ、重役たちが並座していたし、庭の四方を、藩士がうずめていた。馬之助は、与えられた面小手と胴をつけ、竹刀《しない》を携えて、現れた。

ところが、吉田九郎四郎は、素面素小手で、太い木太刀《きだち》を摑《つか》んでいた。

馬之助は、もの静かな声音で、

「道具をおつけなさるよう――」

と、すすめた。

九郎四郎は、昂然《こうぜん》と胸を張って、

「他国の御仁はご存じないとみえ申すが、わが天自然流は、一切の道具を排し木太刀をもって、真剣同様に撃ち合い申す。それがしの躰軀《たいく》は、鍛えて鉄と異なるところがない故、頭でも胴でも、勝手にお撃ちめされい。竹刀ごときものに撃たれて、音を上げるそれがしではござらぬ」

と、云《い》った。

馬之助は、黙って、面小手と胴をはずすと、

「野試合であるならば、お手前の流儀にしたがいますが、藩主の前では、立合いかねます」

と、一礼して、立去ろうとした。

「怯《お》じ気づいたのであれば、やむを得まい」

九郎四郎は、せせらわらった。

審判の師範役が、勝手に辞退するのは許されぬ、と双方をなだめた。

すると、馬之助は、ものしずかな声音で、

「わたしの竹刀の働きは、真剣と同じ働きをいたす」

と、告げた。

「面白い。まず、その働きを示されい」

と、九郎四郎がすかさず叫んだ。

馬之助は、藩士の一人に、薩摩隼人《はやと》のうちでも豪傑と名高かった武将の具足をお借りしたい、と申し出た。

やがて、広縁へ、据えられたのは、啄木縅《たくぼくおどし》の大鎧《おおよろい》であった。

馬之助は黒光りする胴を、庭の樫《かし》の巨樹の幹へ巻き着けてもらいたい、と所望した。

九郎四郎はじめ、藩士らは、大鎧を竹刀で撃って、なんの証拠が示し得るものか、と
馬之助の無謀にあきれていた。

馬之助は、竹刀を携《さ》げて、幹に巻きつけた胴の前に進んだ。

そして、青眼に構えるや、それなり動かなくなった。

人々は固唾《かたず》をのんだ。

一瞬、凄《すさま》じい気合もろとも、竹刀は突き出された。

馬之助が、竹刀を引いて、退《しさ》るや、人々は、どっと、そこへ駆け寄った。

胴のちょうど真中あたり、千日板《せんだんのいた》が突き破られて、孔《あな》があいていた。胴をはずすと、樫の幹は、皮が破られて白い肌をのぞかせていた。

藩主、斉彬も、わざわざ、庭へ降りて来て、この見事な技の痕を観《み》た。

人々が、ふと、気がついた時には、馬之助の姿は、いつの間にか、消えていた。いや、馬之助のみならず、九郎四郎の姿も、なくなっていた。

それから半刻《はんとき》ばかり後、城下はずれの街道で、馬之助は、九郎四郎から、行手をさえぎられていた。

左右は森であり、前後に人影のない、さびしい場所であった。

不意に、木立の中から躍り出た九郎四郎は、九尺もあろう軍弓に征矢《そや》をつがえて、ひきしぼったのである。

距離は、わずかに、三間であった。

馬之助は、しかし、わずかに眉毛をひそめただけで、顔色も変えず、自然な静止の立姿をそのままに、微動もさせなかった。

「上田馬之助、いかに！」

九郎四郎は、吼《ほ》えるように叫んだ。

馬之助は、ひくい声で、

「射《う》たれい」

と、促した。

「躱《かわ》すか！」

「みごと躱すことは叶《かな》うまい」

「では、斬って落すか？」

「そのいとまもあるまい」

「観念したのか？」

「なかなか――」

馬之助の口辺に、はじめて、冷やかな薄ら笑みが泛《うか》べられた。

弦が鳴った。矢は、電光のごとく、馬之助の胸もとへ、飛び来った。

九郎四郎は、矢が、馬之助の胸に突き立って、白い真鳥羽が、ぶるんとふるえるのを、視《み》た。

しかし、それは、九郎四郎の錯覚であった。矢が突き立ったのは、馬之助の胸ではなくて、脇差の柄《つか》であった。

矢が弦から放たれた刹那、馬之助は、脇差を摑んで、胸前《むなさき》の楯《たて》としたのである。

九郎四郎は、次の瞬間、狂気じみた形相と化すや、弓を抛《ほう》りすてておいて、抜刀しざま、馬之助に、斬りかかった。

馬之助は、殆ど、その位置を動かずに、刀風を唸《うな》らせて襲って来た閃光《せんこう》を、わきに流しざま、いつの間に、脇差の柄から抜きとったか、敵の呉《く》れた矢を、突き出していた。

九郎四郎は、自らのぞんでそうするように、咽喉《のど》もとへ、ふかぶかと矢を刺されて、けだものじみた呻《うめ》きを迸《ほとばし》らせつつ、のけぞった。

二

馬之助は、武道を售《う》る家の生まれでもなければ、秀《すぐ》れた師について修業したわけでもなかった。

くらしに困らぬ程度の、旗本小普請の倅《せがれ》であった。十三歳までは、一度も竹刀をとったこともなく、むしろ、読書の好きな少年であった。

ある日机にむかって書道の独習をしていると、突如、奥から、呶号《どごう》とともに、もの凄《すご》い物音が起こった。

父の部屋に、誰か、客人があったことは知っていた。

筆をとめて、じっと息をとめていると、障子のむこうの廊下を足ばやに去る音がした。客人のようであった。

馬之助は、裏庭へ出て、父の部屋を覗《のぞ》いてみて、あっとなった。

父は、朱《あけ》にそまって、倒れていた。

かけ込んで、父を抱き起こし、耳もとで呼び叫んだ。

父は、意識をとりもどすと、起こせ、と命じ、脇息《きょうそく》に凭《よ》りかかった。

それから、母を呼べ、と命じた。

馬之助は、屋内を走りまわったが、母の姿を見つけられなかった。

母は、庭のはしの、植込みの蔭《かげ》に蹲《うずくま》って、虚脱したように、うつろな眼眸《まなざし》を宙に置いていた。

馬之助は、母を促したが、その姿は石になったように動かなかった。

馬之助は、ついに、母の肩をつかんで、

「父上は、御臨終にございますぞ！」

と、叱咤《しった》した。

ようやく、母は、ふらふらと、馬之助のあとを跟《つ》いて来た。

父は、脇息に俯伏《うつぶ》して、もはや事切れたように見えた。

馬之助が、かかえて、必死に呼び叫ぶと、父は、燃え尽きようとする生命《いのち》の灯を、ひとまたたきさせて、血まみれの顔を擡《もた》げた。

その口から、もらされたのは、意外な言葉であった。

「母を、斬れ！」

それであった。

馬之助は、母を睨《にら》みつけている父と、うなだれた母を見くらべて、ただ、胸に激しく動悸《どうき》をうたせるばかりだった。

父は、喘《あえ》ぎ乍《なが》ら、

「お前が、母を、斬るのを、見とどけねば、わしは、死ねぬぞ！」

と、せきたてた。

やむなく、馬之助は、父の脇差を把《と》って、母の前に進み、

「母上、父上の御遺言です。自害めされ！」

と、つきつけた。

とたん、母は、恐怖の表情を擡げるや、言葉にならぬ叫びを発して、部屋をのがれ出ようとした。

「馬之助！」

と呼んだ父に、どうしてまだ、そのような力が体内にのこっていたか、脇息わきの差料を、抛った。

馬之助は、無我夢中で、差料を摑みとるや、母の背中めがけて、振りあびせた。

ひーっ、と悲鳴を迸らせて、ひと泳ぎして、廊下へ倒れた母は、みにくく匍匐《ほふく》しつつ、なお、のがれようとした。

おのが生みの母に対して、残忍な狂暴性を発揮した瞬間から、馬之助の性根は暗い虚無に一変したといえる。

馬之助は、二の太刀《たち》を、母の頸根《くびね》へ、くれた。その血飛沫《ちしぶき》をあびて、馬之助は、喪神した。

われにかえって、のろのろと、首をまわしてみると、父は、すでに、畳に俯伏して、永久に動かなくなっていた。

父を討たれ、母を斬った馬之助は、しかし、十三歳の少年らしからぬ冷静をとりもどすと、屋敷内の家来一同を呼び集めて、いずれかの口から、真相を喋《しゃべ》らせようと、厳然たる態度を示した。

しばらくの間は、おし黙って、俯向いていた家来たちは、すっくと座を立った馬之助から、

「只今から、この馬之助が、当家のあるじだぞ！」

と、叱咤されると、一斉に、顔を擡げて、仰いだ。

馬之助は、家来たちの口を割らせた。

母は、密通していたのである。対手《あいて》は、神田松枝町《かんだまつえだ》で井蛙《せいあ》流の剣道場をひらいている平井利兵衛《ひらいりへえ》という人物であった。

井蛙流は、新陰《しんかげ》流より起こり、丹石《たんせき》流を祖として、寛文天和《かんぶんてんな》の間に盛んであった流儀である。因州《いんしゅう》の人深尾角馬《ふかおかくま》が、その祖であった。

およそ、戦国の頃には、武者修業の来訪に備えるために、剣術を業とする家では、必ず「仕合太刀」という秘伝を工夫して、他流の人に知らせないようにしているのが、ならいであった。

宮本武蔵《みやもとむさし》の「小くらい」、佐々木巌流《ささきがんりゅう》の「おみなえし」など、その仕合太刀である。

丹石流には「かまえ太刀」という極意があって、これは、いかなる天魔鬼神と雖《いえど》も面

をそむける程の凄じい一撃であった、という。

深尾角馬は、この丹石流の「かまえ太刀」を学んだ上に、さらに井蛙流を修得して、「かまえ太刀」の方から一寸も手の出せぬ仕方を工夫した。これを「かまえくだき」と称した。

平井利兵衛は、この深尾角馬の井蛙流の正統を継いだ唯一の人物、という評判であった。

いまだ十三歳の、一度も竹刀を手にしたことのない少年が、こんな一流剣客を対手にして、仇討《あだうち》ができる筈《はず》もなかった。

その日のうちに、江戸《えど》を逐電した平井利兵衛を、追跡するわけには、いかなかった。

三

当時、府内には、たくさんの一流剣客が輩出して、宏壮《こうそう》な道場を構えていた。まず、三傑と称せられるお玉ケ池《たまがいけ》の北辰《ほくしん》一刀流・千葉周作《ちばしゅうさく》、高橋浅蜊河岸《たかばしあさり》の鏡心明智《きょうしんめいち》流・桃井春蔵《もものいしゅんぞう》、そして、九段坂上三番町《くだんざかかみさんばん》の神道無念《しんとうむねん》流・斎藤弥九郎《さいとうやくろう》らは、それぞれ、門弟三千人を擁しているという噂であった。

馬之助は、おのが家が改易となり、忠実な老いた下僕とともに、本所《ほんじょ》の御家人町の棟割長屋に移り住んでから、下僕のすすめで、桃井春蔵の道場へ、入門したが、たった一日行っただけで、やめてしまった。

下僕から、

「なぜお行きなさいませぬ！」

と問われると、

「竹刀で、ぱんぱん打ち合っているのは、子供の遊びにひとしい。剣の修業は一人でやるものとおぼえた」

と、こたえた。

馬之助は、その日から、一人で、修業をはじめたのであった。

まず――。

近くの神社の境内に行き、立木にむかって、千回の打撃をこころみた。次いで、砂と石を満した俵を、その立木の太枝からつり下げておいて、おのれの小軀を突き当てることを、へとへとになるまでくりかえした。

家に戻って来てからも、馬之助は、寸刻も休息しなかった。おのが身のまわりのものを、修業の対象にした。紙撚《こより》をつくって、丸行燈《まるあんどん》を突く。これは容易な業ではなかった。いかに気合をこめても、紙撚はいたずらに、折れるばかりであった。

馬之助が、行燈の紙を、突き破ることに成功したのは、二年後であった。

また、馬之助は、椋《むく》の実を、天井から糸でつりさげて、これを刀の切先で、突くのを練習した。異常なまでの忍耐を必要とすることであった。

馬之助は、紙撚で行燈の紙を突き破るのに成功した頃、椋の実をも、また、ただ一突きで、つらぬき得るようになった。食事の時にも、馬之助の修業はなされた。すなわち、箸を持って、蠅《はえ》を捕えることであった。これは、行燈の紙を破ったり、椋の実をつらぬくよりもむつかしい業であった。

手で、蠅をつかむのさえも、なかなかの困難であるのに、箸ではさもうとするのである。

馬之助は、やがて、目にふれる蠅は、いっぴきも逃さないようになった。

剣の修業は、無心であること。

誰に教えられたともなく、馬之助は、それを会得していた。

剣の譬話《たとえばなし》に、次のようなものがある。

ある樵夫《きこり》が、深山に入って、木を伐《き》っていると、さとりという一角一眼の珍獣が出現した。樵夫は、なんとかして生捕りたいと思った。

とたんに、さとりは、

「お前はいま、わたしを生捕りたい欲望を起こしたな」

と、云った。

樵夫は、愕然《がくぜん》となった。しかし、そ知らぬふりをしていると、さとりが云った。

「お前は、わしが、お前の心の中を読んだのを、ふしぎがっているようだ」

樵夫は、かっとなり、この化物を斧《おの》で一撃で殺したくなった。

その瞬間に、さとりが、笑った。

「わしを殺したいか」

そうあびせられては、樵夫も、断念せざるを得なかった。

あきらめて、とりあわずに、また一心に伐ることにした。

さとりは、そのまわりを、ゆっくりと歩き乍ら、

「さようさよう、そうやって、自分の分に精出すにこしたことはあるまい」

樵夫は、いくらあざけられようと、一切あいてにならぬことにした。

と——突然、思いもかけず、斧が、自然に、柄から抜けて、さとりへ飛び、その頭を、ざくろのように砕いてしまった。珍獣は、一言もなく、その場に仆《たお》れてしまった。

無念無想の強さというものを、教えた譬話である。

馬之助は、ひとつひとつの至難な稽古をするにあたって、心中から物をすてたのである。

剣の妙所は、その辺にある。これは、現代のスポーツにも通じている。

ジャイアンツの長嶋《ながしま》は、長いあいだホームランが出なかった。スランプになればなるほど、焦燥し、夜もねむらずに、打撃フォームを研究する。家を出がけにも、昨夜の工夫で、今日はもしかすれば打てるかも知れぬ、と期待する。そして、それは、ますます、彼をひどいスランプに陥入らせる結果を招いた。

ある朝、長嶋は、どうしたのか、全く無心状態を迎えた。今日こそは、などという気持は、きれいに消えうせていた。自分でも、ふしぎなくらいであった。その日、長嶋は、

ホームランを二本、打った。

すべて、極意というものは、無念無想から生まれる、これを、口や筆をもって、人に伝えることは不可能であろう。

馬之助は、十五歳になった日、はじめて、生きた人間を対手にして、修業すべく、家を出た。

おもむいたのは、かつて一日だけ入門した桃井春蔵の道場であった。

馬之助は、立合った敵にむかって、一撃をくれるに先立ち、

「面」

「突き」

「小手」

と、声をかけておいて、正確に、それをなした。

十人が立合ったが、防ぎ得る者は一人もなかった。

桃井春蔵は、五人の剣士を、同時に、馬之助に立ちむかわせてみた。

しかし、一人として、馬之助のからだに、竹刀をふれることができた者はいなかった。

桃井春蔵は、問うて、独り学《は》んだ、という返辞に、舌をまくと同時に、十五歳の少年らしからぬ、その面貌が刷く冷たい虚無の翳《かげり》に、微《かす》かな戦慄をおぼえたことであった。

それから半年後に、忠僕が、老衰して逝くや、馬之助は、家をすてて、江戸を去った。

四

馬之助が父の敵にめぐり会ったのは、それから十年後であった。

美濃大垣《みのおおがき》に、井蛙流の看板をかかげた町道場があった。ふらりとおとずれた馬之助は、まだ二十半ばの道場主と立合って意外な凄じい攻撃に会った。

まさしく、それは、現存する流派に見られぬ井蛙流の「かまえくだき」であった。

長短ふた振りの竹刀を、長刀を頭上に直立させ、短刀を突き出して、目まぐるしく円を描きつつ迫って来て、間を看《み》て、長刀を抛りつけざま、ふところへとび込んで来て、短刀で胸を突き刺す――いわば、意表を衝《つ》いた仕方であった。

二刀の極意といえば、未来知新流の飛竜剣をはじめ、円明《えんめい》流、一方《いちかた》流、宝山《ほうざん》流など、短剣を手裏剣に打つことを伝えている。

井蛙流の「かまえくだき」は、長剣の方を手裏剣に打つのである。

馬之助に、蠅を箸でつかむ修業がなされていなかったならば、この意表を衝く迅業《はやわざ》に、敗れていたに相違ない。

馬之助は、咄嗟《とっさ》に――いわば、本能的な反射作用ともいうべき応変の迅業をもって、受けた。すなわち、飛び来たった長刀を左腕で受けるとともに、突き出された短刀を払ったのである。

真剣勝負であれば、当然、馬之助の左腕は両断されていたに相違ない。

馬之助は、その若い道場主に師は何者かと問うた。

若い道場主は、数年前に、九州《きゆうしゆう》から、海路を帰って来ようとして、嵐に遭って、船が、瀬戸内海《せとないかい》の小豆島《しようど》に流れついた際、そこに住む浪人者に学んだと語った。

馬之助は、それが父の敵平井利兵衛に相違ない、と確信した。

十日後、馬之助は、小豆島に渡った。

しかし、馬之助が、石を置いた板屋根の、文字通りの茅屋《ぼうおく》に見出したのは、中風を患って半身不随になった骨と皮だけの男であった。のみならず、二歳ばかりの幼女を抱いた、あきらかに知能の足らぬ妻が、その枕もとに坐《すわ》っていた。

十三歳の日から、井蛙流の極意を備えた一流剣客の敵を討つべく、刻苦し、その行方をもとめて十年間、諸方を放浪した挙句、馬之助が見出したのは、あまりにも惨めな光景であった。

馬之助は、名乗らずに、踵《きびす》をまわした。胸中の虚無は、ますます深淵《しんえん》の底に似た。

馬之助が、江戸へ帰って来たのは、明治《めいじ》に入ってからであった。

桃井道場の居候になって、門弟に稽古をつけるでもなく、気ままなくらしをつづけたが、その剣名は、いつとなく世間に通っていた。

某日、銀座《ぎんざ》の尾張《おわり》町にある松田《まつだ》という料亭に上がって、昼食をとろうとした。二階の広間は客が、なかなか混んでいた。

突然、馬之助がとった席と反対側の席で、呶号があがった。

三人の武士が、子供連れの商人をつかまえて、たけり立ったのである。子供が刀を踏んだとか踏まないとか、つまらない理由であった。

時勢が急変している世の中で、武士は商人を目の敵にしていた。

馬之助は、三人の武士の一人が、天童《てんどう》の織田《おだ》家の剣術師範役であるのをみとめた。他の二人は、門弟のようであった。

門弟の一人が、子供をねじ伏せるのを見て、馬之助は、立って行き、ひと言、

「見苦しいまねは、止《よ》されたい」

と、云った。

対手が、異常な天才剣客と知って、三人は、無念の色を示しつつも、おとなしくなった。

馬之助は、自分の席に戻って、勘定を済ませて、立上がり、しずかに、階段を降りて行こうとした。

三段まで降りて、四段目へ足をかけたところを、忍び足で迫った三人が、一斉に抜きつれて、踊り場から斬り下して来た。

刹那——階段に、ひらっと躍ったのは、馬之助の黒い羽織であった。

羽織は生きもののように、師範役の白刃に、巻きついた。

馬之助は、はるか下の段に、立って、冷やかな眼眸をあげていた。

それから、ゆっくりと、一段一段を踏んでのぼって来た。

その不気味さに圧倒されて、三人は、じりじりとあと退《ずさ》った。

馬之助の首が、足もとへ現れた瞬間、師範役は、気合もろとも、斬り下した。

どう躱したか、馬之助の五体が、躍りあがった。

刃風と、肉を断つ音と、絶鳴がつらぬいた。

それは、全く一瞬裡《り》の闘いであった。

師範役は胴を両断され、門弟の一人は、額から頤《おとがい》まで一直線に割られ、そしてあとの一人は、首を打ち落されていた。

馬之助は、再びしずかな足どりで階下へ降りると、役人を呼んで検視してもらうように、店の者に命じておいて、自分は、小部屋を借りて、午睡した。手枕をしたその寝顔は、涅槃絵《ねはんえ》の相のようであった、という。

解説

末國善己

剣豪小説を書く作家は、剣戟《けんげき》シーンにリアリティを与えるため実在した剣豪、剣術の流派に興味を持つことがある。それは『大菩薩峠《だいぼさつとうげ》』で近代的な剣豪小説の基礎を作った中里介山《なかざとかいざん》が武術名人の逸話を集めた『日本武術神妙記』『日本武術神妙記　続』を刊行し、『仇討《あだうち》十種』などを書いた直木三十五《なおきさんじゆうご》が、有名な剣豪たちの評伝といえる『日本剣豪列伝』を書いたことからも分かるはずだ。『眠狂四郎《ねむりきょうしろう》無頼控』で昭和三十年代の剣豪小説ブームを牽引《けんいん》した柴田錬三郎も実在の剣豪を主人公にした作品を書き継いでおり、それをまとめたのが本書『生死の門　柴錬剣豪譚』である。

柴錬は、『大菩薩峠』の主人公でニヒリスト剣客の机龍之助《つくえりゆうのすけ》から着想を得て同じニヒリストの眠狂四郎を生み出した。介山の影響を受けたためか、本書収録の「平手造酒」には、机龍之助の必殺技「音無しの構え」のモデルになった高柳又四郎のエピソードが紹介されている。『日本武術神妙記』には、高柳又四郎の「音無しの勝負」が収録されており、柴錬は介山の著書を参考にした可能性がある。また「上田馬之助」には、馬之助が強さを認めた道場主に師を尋ねたところ、九州から海路で帰る時に船が嵐で小豆島に流れつき、そこに住む浪人者に剣を学んだとの返答を得る場面があった。これは、長崎からの帰路に船が嵐で難破し、泳ぎ着いた孤島で老剣客に学び円月殺法を編み出した眠狂四郎のセルフパロディと思われる。眠狂四郎の逸話は、先の大戦中、南方へ派遣される途中で敵の潜水艦に輸送艦を撃沈され七時間漂流した後、味方の船に救助された柴錬の経験がベースになっているとの指摘もある。

本書には『日本武術神妙記』を意識したところもあるが、大きく違うのは、介山が大菩薩峠刊行會版の「序文」に「創作ではない、取敢《とりあ》えず著者所蔵本の一部分から忠実に抜き集め、それを最も読みよきように書き改めた」だけと書き（歴史、武術の研究が進んだ現代の目から見ると評価が低い史料も含まれているが）創作性を排除したのに対し、柴錬は時に史料を引用しつつも、時に大胆なフィクションを織り込んでいることである。由比正雪とともに浪人救済と幕府転覆を計画した慶安事件の首謀者・丸橋忠弥は前半生が分かっておらず、上野国出身、出羽国出身、下級幕臣の子などの他に長宗我部《ちょうそかべ》盛親《もりちか》の庶子だったとの説がある。ところが本書の「丸橋忠弥」では、文禄・慶長の役で朝鮮半島に渡った加藤清正が、現地の女性に産ませたか、戦場に捨てられていた子を拾ったかしたのが丸橋忠弥というフィクションを作っている。丸橋忠弥に長宗我部盛親の落胤《らくいん》との巷説《こうせつ》があるなら、嘘《うそ》か本当か分からない加藤清正の縁者説があっても構わないのではないかという発想は、小説の基盤をエトンネ（人を驚かすこと）の精神とした柴錬らしいといえる。

る。だが柴錬がフィクションにこだわったのは、エトンネだけが理由ではないように思える。介山は「演劇や映画」などで描かれる剣の「勝負」に「日本の剣法」の「俤《おもかげ》を見ようとする」のは間違いで、その神秘を知るためには「日本の宗教」に触れなければならないとし、直木は剣豪たちを人を殺す技術を人を活《い》かす「道」にまで高めたとするなど、剣や剣豪の精神性を評価している。これに対し、刀を「あくまで凶器」（「眠狂四郎の生誕」）と考える眠狂四郎を創出し、宮本武蔵を勝つためなら手段を選ばない男とした『決闘者　宮本武蔵』を発表した柴錬は、本書の「まえがき」に「剣」は「兇器《きょうき》」であり、「この修業を成した者」は「一歩踏みはずせば」「地獄の世界に身を入れる」修羅の世界を生きていると捉えている。徳川家康が人を殺す技ではなく精神修養として剣を教える柳生新陰流を将軍家御流儀に定めたことで、精神を鍛える剣が全国に広まるが、これは徳川家＝幕府に刃向かうような武士を減らすためだったとされる。いってみれば介山がいう「日本の宗教」と結び付くような剣ができるのは、太平の世になった江戸時代以降だが、柴錬は剣の本質が人殺しの技術なのは変わらないとしている。その意味で本書は、柴錬が介山、直木という巨星に突き付けた挑戦状であり、あえてフィクションを導入することで、人を斬る技術を磨くのが剣の流派であり、人生の楽しみをすべて捨てて修業をして勝負に勝っても相手から恨まれる負の連鎖を覚悟しなければならないのが剣豪だという現実を、読者に示す意図があったのではないだろうか。そのことは、小野派一刀流を開いた小野次郎右衛門忠明を描いた「小野次郎右衛門」に、「天才というものは、殆《ほとん》ど例外なく、狂気を内に蔵して」おり、修業を積んでいる頃は「狂気も抑えられて」いるが「功成り名を遂げた中年から、そろそろ、この狂気が、鎌首をもたげ」てきて、特に「無数の試合に勝ちぬいた一流兵法者は、モノマニアの性情」があるので「それが、晩年には、露骨に現れている」と書かれていることからもうかがえる。

巻頭の「塚原卜伝」、卜伝に奥義を伝授された北畠具教を主人公にした第二話は、物語の核になる「一の太刀《たち》」が、長い修練を積んだ上にある「一つの境地」という禅問答（介山がいうところの「日本の宗教」観）のように解説されるが、極言すれば刀を速く強く打ち込む技術だったとされる。柴錬は「当時の修業」の一つに「薪割《まきわ》り」を挙げるが、ボクシングを題材にしたシルベスター・スタローン主演の映画『ロッキー4／炎の友情』、森川《もりかわ》ジョージの漫画『はじめの一歩』でも薪割りがトレーニングに取り入れられていたので、その先駆性に驚かされる。いってみれば力任せの剣を振るっていた卜伝は、テクニカルな剣を愛洲移香の長男に学んだ相手に戸惑うことになる。

有名な小野善鬼と神子上典膳の決闘が織り込まれている「小野次郎右衛門」は、剣の道に厳しいあまり将軍相手でも容赦しなかった次郎右衛門を主人公にしている。同じ将軍指南役の柳生家と家の格で差が出てしまい、次郎右衛門は出世こそできなかったが、その厳格さゆえに剣の高い技術は後世に受け継がれた。次郎右衛門の人生は、現世での栄達と死後の名誉ではどちらを優先すべきかを問い掛けているように思えた。続く「柳生五郎右衛門」も、剣の達人ながら不器用にしか生きられなかった主人公の最期がせつない。

「丸橋忠弥」は、江戸幕府が造った、武術の腕があっても出世ができない太平の世を舞台にしている。槍術《そうじゅつ》の達人・丸橋忠弥と、忠弥との勝負で片目を奪われた友人の仇《かたき》を討とうと荒稽古で有名な小野道場で修業する天堂寺転の対決に向けて進む物語は、幕府の権力を強めるため多くの大名家が取り潰され、主家を失った浪人が生活苦にあえいでいる状況を浮かび上がらせていく。現代も、新卒で就職できなかったり、会社の倒産やリストラで職を失ったら前と同じ条件での再就職が難しいだけに、困窮する浪人たちのために動く忠弥たちの怒りがリアルに感じられるように思える。

忠臣蔵の外伝になっている「堀部安兵衛」は、早期の仇討ちを主張する安兵衛ら江戸急進派と、浅野内匠頭の弟・大学を立ててのお家再興を優先する大石内蔵助は対立していたとの通説を覆している。忠臣蔵の世界では、仇討ちから抜けた者は卑怯《ひきょう》とされているが、再就職なり、別の道を見つけるなりしたのならば幸福だったともいえる。高田馬場の仇討ちで名を揚げ浅野家に召し抱えられたが故に、主君の仇討ち以外の道を考えられなかった安兵衛も、不器用な剣の達人の一人だったのかもしれない。

「平山行蔵」は、南部藩士の下斗米秀之進が、相馬大作の変名で藩同士に長い確執があった津軽藩主の暗殺を試みた相馬大作事件の外伝である。江戸で平山行蔵に弟子入りした秀之進は、太平の世にあって剣は「おのが魂をきたえるすべ」ではなく「敵を殺す」術だと叩《たた》き込まれる。実践的な兵法を学び津軽藩主の暗殺を計画する秀之進と、そんな弟子を持ったことを誇る行蔵との関係は、剣の世界の〝狂気〟を見せつけてくれる。

「平手造酒」は、下総一帯で飯岡の助五郎一家と笹川の繁蔵一家が繰り広げた争いを題材にした実録体小説で、講談や浪曲、小説、映画でも取り上げられた『天保水滸伝《てんぽうすいこでん》』の中に笹川一家の用心棒として登場する平手造酒を主人公にしている。日本では組織の和が重視され、周囲と協力してプロジェクトを進めることが多い。そのため「出る杭《くい》は打たれる」の諺《ことわざ》の通り、傑出した能力を持つ個人は忌避されるケースもある。剣を振う必要がなくなった太平の世に生まれたため、卓越した剣の能力によって転落していく平手造酒は、日本的な組織の犠牲者であり、身につまされる組織人も少なくないように思えた。

剣の天才なので太平の世が続いていたら不幸になったかもしれない伊庭八郎が、再び乱世になった幕末を生きたため思わぬ運命の変転に見舞われる「伊庭八郎」は、実在した天才刀工の清麿をして「切れすぎる!」故に絶望させた刀が八郎の差料となり、幕末から明治の世を変転しながら重大な歴史的事件にかかわっていくので刀剣奇譚としても楽しめる。

最終話「上田馬之助」は、生涯孤独で、用向き以外は人と口をきかず、妻帯せず、住む家も持たずひたすら剣の修業をした上田馬之助を描き、改めて剣の世界の奥深さ、それと紙一重の〝狂気〟を掘り下げている。

本書は、歴史に名を残す剣豪たちという現代人から見ると非日常の人物を描いているが、その中には秀逸な日本人論や、強大な武力は平和をもたらすのかといった普遍的なテーマへのさりげない言及がある。本書を読んで柴錬に興味を持たれた方は、〈眠狂四郎〉シリーズや『花の十郎太《じゆうろうた》』『おらんだ左近《さこん》』など、迫真の剣戟を通して戦中派にしか書けない強いメッセージを打ち出している作品も読んで欲しい。

(すえくに・よしみ　文芸評論家)

本作品には、一部不適切と思われる表現や用語が含まれておりますが、故人である作家独自の世界観や作品が発表された時代性を重視し、原文のままといたしました。これらの表現にみられるような差別や偏見が過去にあったことを真摯に受け止め、今日そして未来における人権問題を考える一助にしたいと存じます。

（集英社　文庫編集部）

本書は一九七八年九月、集英社文庫として刊行された『生死の門』を再編集しました。

単行本
『生死の門　～柴錬剣豪譚～』　勁文社　一九七六年九月

初出
※掲載誌・紙が確認できなかった作品については、初収録の単行本を表記しました。
「塚原卜伝」　原題「一の太刀」／「小説公園」一九五六年六月号
「北畠具教」「オール読物」一九七三年二月号
「小野次郎右衛門」「週刊朝日」一九六七年十月十三日～十一月十七日
「柳生五郎右衛門」「週刊読売」一九六八年十二月六日号～二十七日号
「丸橋忠弥」『柴錬剣豪譚　生死の門』一九七六年九月　勁文社
「堀部安兵衛」「面白倶楽部」一九五六年二月号
「平山行蔵」「小説新潮」一九六三年四月号
「平手造酒」『柴錬剣豪譚　生死の門』一九七六年九月　勁文社
「伊庭八郎」『柴錬剣豪譚　生死の門』一九七六年九月　勁文社
「上田馬之助」　原題「孤独な剣客」／「週刊文春」一九六二年八月二十日号

集英社文庫　目録（日本文学）

柴田錬三郎　柴錬水滸伝 われら梁山泊の好漢(一)(二)(三)
柴田錬三郎　英雄三国志一 義軍立つ
柴田錬三郎　英雄三国志二 覇者の命運
柴田錬三郎　英雄三国志三 三国鼎立
柴田錬三郎　英雄三国志四 出師の表
柴田錬三郎　英雄三国志五 攻防五丈原
柴田錬三郎　英雄三国志六 夢の終焉
柴田錬三郎　われら九人の戦鬼(上)(下)
柴田錬三郎　新篇 眠狂四郎京洛勝負帖
柴田錬三郎　新編 剣豪小説集 梅一枝
柴田錬三郎　徳川三国志
柴田錬三郎　新編 武将小説集 男たちの戦国
柴田錬三郎　柴錬の「大江戸」時代小説短編集 花は桜木
柴田錬三郎　チャンスは三度ある
柴田錬三郎　眠狂四郎異端状
柴田錬三郎　貧乏同心御用帳

柴田錬三郎　御家人斬九郎
柴田錬三郎　真田十勇士(一) 運命の星が生れた
柴田錬三郎　真田十勇士(二) 烈風は凶雲を呼んだ
柴田錬三郎　真田十勇士(三) ああ！ 輝け真田六連銭
柴田錬三郎　眠狂四郎孤剣五十三次(上)(下)
柴田錬三郎　眠狂四郎独歩行(上)(下)
柴田錬三郎　眠狂四郎殺法帖(上)(下)
柴田錬三郎　眠狂四郎虚無日誌(上)(下)
柴田錬三郎　眠狂四郎無情控(上)(下)
柴田錬三郎　おらんだ左近
柴田錬三郎　花の十郎太
柴田錬三郎　生《しょう》死《じ》の門 柴錬剣豪譚
地曳いく子　50歳、おしゃれ元年。
地曳いく子 槇村さとる　ババア上等！ 大人のおしゃれDO! & DON'T!
地曳いく子　若見えの呪い
地曳いく子 槇村さとる　ババアはツラいよ！ 55歳からの「人生エベレスト期」サバイバルBOOK

地曳いく子　ババア上等！ 番外編 地曳いく子のお悩み相談室
地曳いく子 槇村さとる　ババア最高！ +60歳からのHAPPYおしゃれ
島尾敏雄　島の果て
島﨑今日子　安井かずみがいた時代
島崎藤村　初恋―島崎藤村詩集
島田明宏　ダービーパラドックス
島田明宏　キリングファーム
島田明宏　ジョッキーズ・ハイ
島田明宏　絆 走れ奇跡の子馬
島田明宏　ノン・サラブレッド
島田明宏　ファイナルオッズ
島田明宏　ブリーダーズ・ロマン
島田裕巳　0《ゼロ》葬――あっさり死ぬ
島田雅彦　自由死刑
島田雅彦　カオスの娘
島田雅彦　英雄はそこにいる 呪術探偵《シャーマン》ナルコ

集英社文庫

生死《しょうじ》の門《もん》 柴錬剣豪譚《しばれんけんごうたん》

2024年6月25日 第1刷 定価はカバーに表示してあります。

著 者 柴田錬三郎《しばたれんざぶろう》

発行者 樋口尚也

発行所 株式会社 集英社
東京都千代田区一ツ橋2-5-10 〒101-8050
電話 【編集部】03-3230-6095
【読者係】03-3230-6080
【販売部】03-3230-6393(書店専用)

印 刷 株式会社広済堂ネクスト

製 本 株式会社広済堂ネクスト

フォーマットデザイン アリヤマデザインストア マークデザイン 居山浩二

ISBN978-4-08-744668-5 C0193